1

VOLUME
ONE

AUTHOR
YUUJI
Illust.
NJ

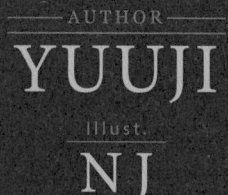

目次
CONTENTS

PROLOGUE

凌晨突然下起的雨在早上的時候雖然短暫放晴，下午卻又再次下起了滂沱大雨。彷彿不會停止的雨勢伴隨著強風一起打在了窗戶的玻璃上。

最近這段期間時常下雨。而下過雨後，氣溫就會急速降低。明明此刻已經來到了春天的尾聲，準備要正式踏入夏天，還是會不禁感到一絲涼意。

想必等到這場雨勢結束之時，又會有那麼一、兩天冷到不行。

「今天的雨怎麼下得這麼誇張……」

鄭泰義出神地看著雨滴像發狂似的打在從客廳延伸至內院玻璃門上的模樣，猛地嘟噥道。雖然這幾天三不五時就會下起雨，但今天的雨勢卻格外猛烈。

不過這樣倒也挺不賴的。

屋內聽不見雨滴在外頭敲打著厚實玻璃門的聲響。鄭泰義只能看見雨水無聲地從玻璃門上滑落的模樣。

世界就像被浸泡在雨水裡似的。

鄭泰義靜靜地、懶洋洋地躺在那個最深的角落。那是沙發後方，厚重垂落的窗簾之下，一處不容易被其他人發現的位置。

昨天趁著晴朗天氣才洗淨晒乾的窗簾，正散發著淡淡清新的香味。在眼下這不停下著雨的天氣裡，這股乾爽、輕柔的氣味足以讓人感到心情大好。

鄭泰義常常待在這個地方。

就算現在整間屋子裡的人都知道他很喜歡躺在這裡，但那角落依舊是個絕佳的位置——既不顯眼，又能晒到溫暖的陽光；若是光線太過刺眼，還可以拉過一旁的窗簾遮蔽。

剛開始被麗塔發現的時候，她曾經不悅地念叨過兩、三次：「請不要躺在這種偏僻的角落裡。」在那之後，為了不要再被麗塔發現，鄭泰義便會拚命把自己縮進那個狹小的角落裡。

殊不知有次不小心被麗塔目擊到他縮著身子的模樣後，或許是動了惻隱之心，又或者只是單純感到心寒，便不再為這件事而念叨鄭泰義了。

於是，客廳沙發後的角落，就成了鄭泰義的專屬位置。

對此，鄭泰義覺得非常滿足。

在太陽如金粉般柔軟灑落的午後，打開玻璃門，迎著細細的微風，躲進窗簾的陰影下睡午覺，簡直是再幸福不過的事了。又或者是現在這樣大雨傾盆的日子，躺在微涼的地板上，聽著若有似無的雨聲，也是一種別樣的愜意。

待在書房，或是自己房間裡忙完什麼事的伊萊偶爾會跑到客廳沙發上翻著報紙，一邊若無其事地垂下手來，在他身上使勁按壓。要是可以少了這種干擾，那這裡絕對會是最完美的休息空間。

「真舒服……」

懶洋洋地嘆著氣，像是自言自語般嘟囔著的鄭泰義闔上了雙眼。

今天是「平靜得剛剛好」的日子。

今天既不像豔陽高照的日子般令人靜不下心，也不像雷電交加的日子般令人感到不安。凱爾今天也比較早回家，所以每個該出現在這個家中的人，此刻都在家裡。

鄭泰義既沒有什麼需要趕著處理的事，也沒有碰上什麼會令心情感到低落的事件或意外。

「真舒服啊，這樣剛剛好。」他又再次嘟噥了起來。

仔細一想，這個世界上還會有像他這麼好命的寄生蟲嗎？

在這個熟悉到只要不特別去想，就不會意識到自己其實寄人籬下的屋子裡，鄭泰義正悠閒地躺著。

實際上，鄭泰義已經在這間屋子裡待上好幾年了。除了偶爾下定決心要去其他地方度假的日子之外，他平時基本上都不會離開這個區域。因為他可以隨心所欲走動的地方其實也就只有這一帶而已。

就算現在只剩下了形式上的意義，但遺憾的是，他仍舊是被許多國家通緝著的通緝犯。

與此同時，住在同個屋簷底下，真正惡毒的另一名通緝犯卻可以肆無忌憚地到處跑來跑去。雖然鄭泰義不是很清楚伊萊究竟在忙些什麼，但對方偶爾會說有事要辦就跑到很遠的地方，好幾天都不回來。

每當那種時候，鄭泰義難免會覺得這個世界未免也太不公平。可是實際上，他的心情也沒因此大受影響。畢竟打從一開始，他就不是個會因為被困在家中而感到鬱悶難耐的人。況且還有凱爾推給他處理的工作。即使那些事對凱爾的助手，像是詹姆斯之類的人來說只要半天就可以完成了。不過鄭泰義往往都得花上好幾倍的時間去處理那些工作。

而最遺憾的是，凱爾的公司一天比一天還要繁榮。因此他要幫對方處理的工作也變得絡繹不絕。

也對，仔細一想我也不是那麼厚臉皮的寄生蟲。再怎麼說，我都有幫對方處理一些雜事啊！

鄭泰義回想著昨天處理到大半夜，今天早上好不容易才遞給詹姆斯的一堆文件，自豪地點了點頭。

在這漫長的人生裡，就算有幾年得坐牢又怎麼樣。更何況哪裡還有這種既舒適又豪華的監獄啊！

雖然不能一想到就去見思念的人，這點難免有些可惜，不過那些人全都是行程滿檔的大忙人，倒也不是說想見就一定能見到面。況且那些人裡頭，偶爾也會有人主動來找他……例如兩年半前，只來這裡住一天就離開的叔叔。

這麼一想，現在也差不多到了他們放假的時候。不知道他們這次會不會來這裡玩。

鄭泰義邊想邊翻了個身。雖說是翻身，但由於空間太過狹窄，他實際上也就只是稍微改變個方向而已。

「你是貓嗎？」

於是，一道嗓音從上方傳了過來。

與此同時，鄭泰義也看見了滿是雨滴的玻璃門上映出一個若隱若現的影子。

稍稍轉過頭後，他便看見了那名從中午開始就躲在房間裡敲打著鍵盤的惡毒通緝犯、國際恐怖分子，伊萊·里格勞。

「這裡沒有看上去的那麼窄，不過依照你的體型，若是要躺進來的話……算了，你想躺的話，就躺躺看啊。」

鄭泰義在剛好只容得下他一個人的空間裡，死命地擠出了多餘的位置。而伊萊見狀就只是一語不發地看著那個連半個手掌寬都不到的狹窄空間。

「……」

「……」

「那我就試著躺——」

「抱歉，剛剛是我想得不夠周全。」

眼看對方用著若無其事的表情，一副真的要躺下來的模樣，鄭泰義連忙打斷對方的話，並躺回原本的位置。這個空間光是要讓遠比鄭泰義還要高大許多的伊萊躺下，就已經明顯不足了。

縱使他剛剛是以開玩笑的口吻開了口，不過仔細一想，對方根本就不是個會在這方面開玩笑的人。要是鄭泰義剛才不趕快喊停的話，伊萊絕對會立刻跑過來躺在這裡。

而伊萊在看見鄭泰義那副死活都不打算讓開的模樣後，忍不住笑了起來。隨後，他乖乖地到沙發坐了下來。似乎不打算妨礙鄭泰義的休息時光，他拿起半個小時前用塑膠袋裝好送來的晚報，翻閱了起來。

「有什麼有趣的消息嗎？」

「沒有。」

在結束了這段簡短的對話後，客廳內再次恢復一片寂靜。

鄭泰義簡單翻了個身，朝著玻璃門外的方向望去。頓時，他看見了依舊被傾盆大雨淋著的內院。一看到彼得昨天才細心修剪完的低矮樹木，不禁就感到一絲惋惜。

古樸的圍牆欄杆包裹著內院，從內院裡就能清楚地看見外面的街道。在這個人煙稀少，面積又大的住宅區裡，偏偏這間屋子剛好位處巷弄裡的最深處，平時沒有什麼人會經過這附近。然而只要有人經過屋外那條在內院裡就可以清晰看見的街道，那麼十之八九就是要來造訪這間屋子的客人。

或許是外頭下起了滂沱大雨，此時那條街道上看不見任何人的身影。轉念一想，在這種天氣下，大家往往只想待在溫暖的家中喝茶度過吧。

「……」

鄭泰義原本想要去煎個煎餅來吃，可是再過一、兩個小時就是晚餐時間了，要是他現在吃了煎餅的話，麗塔到時候肯定會不悅地瞪著他。外加不久前從韓國好不容易弄來的東東酒[1]也喝光了，雖然煎餅配啤酒也不賴，但他最喜歡的還是煎餅配東東酒的組合……

正當鄭泰義惋惜地咂嘴時，圍牆欄杆的外頭，不停降下的雨水之中，出現了一個模糊的身影。而那道從巷弄盡頭拐了彎，朝著這個方向走近的人影也變得越來越清晰。

撐著一把黑色雨傘的來人將雨傘壓得很低，看不見對方的臉，是名身高很高的男子。那人身穿時髦的黑色西裝，配上黑色領帶及黑色皮鞋。除了象牙色的襯衫之外，全身上下都是黑色的那名男子，卻不讓人感到黑暗或陰森的氛圍。或許是因為儘管在如此的暴雨之中，他的步伐卻悠哉得像在享受散步似的。

原來他是要來拜訪的客人啊。

鄭泰義沒來由地這麼想道。

「好像有客人來了。」

隨後，他便像自言自語般地咕噥了起來。照理來說，坐在沙發上的伊萊肯定有聽見他的說話聲，卻一句話也沒說。伊萊就像什麼都沒聽見似的，繼續翻閱著手中的報紙。

就在這時，擺在客廳一角的落地鐘響了起來。隨著沉重的鐘擺緩慢地擺動著，熟悉的聲響就這樣慢慢響了五次。

當落地鐘漫長的餘響結束之時，這次換室內對講機響了起來。鄭泰義聽見麗塔從廚房那

1　東東酒〈동동주〉：也稱為「浮蟻酒」。與更常見的瑪格利酒同屬米發酵酒，但東東酒的酒液較為清澈，並保留漂浮的米粒，米香較為明顯。

邊朝對講機走去的腳步聲。沒過多久，又傳來麗塔與警衛簡短的對話聲。想必那名客人馬上就會進到這間屋子裡了。

既然客人都要來了，那我是不是也該起身了？

雖然鄭泰義這麼想著，卻仍舊躺在那個角落繼續磨蹭。

他才剛躺下來沒多久，現在正處在心情大好的狀態。再者，會來到這間屋子拜訪的客人與其他地方不太一樣。由於每天都會有新的客人停留在這裡，他現在已經不會以太過大驚小怪的心情來迎接即將到來的拜訪者了。

不行，再怎麼說，為了保有最基本的禮貌，我還是得起來。

正當鄭泰義為了起身而向肚子施力時，突然有一張報紙朝他的臉上飛來。

或許是已經看完了晚報，伊萊隨手將報紙往沙發後方一扔，紙張沙沙作響地蓋住了鄭泰義的臉。雖然沒什麼痛感，但紙張卻在他頭上輕飄飄地散開，滑落至地板上。

「你在做什——」

「他來了嗎？」

還沒等鄭泰義不滿地發出牢騷，樓上書房就傳來了凱爾下樓的動靜。嘎吱，嘎吱，木樓梯細微作響。

當凱爾跨過最後一階階梯，抵達一樓時，玄關門也被打開了。鄭泰義依舊坐在沙發後頭的地板，身上覆蓋著報紙，望向那名帶著雨氣進來的男子。

男子在將手中的黑色雨傘放進玄關外側的傘架裡後，便走進了屋內。男子緩緩地抬起頭看向凱爾，接著再看向坐在沙發上的伊萊。

霎時，男子平靜的臉龐湧上了一股笑意。下一秒，男子的眼眸與嘴角微微地彎了起來。此時，鄭泰義才總算看清了男子的模樣。

「堅硬」是最先浮現的印象。男子就像是冰冷的石頭，不管從哪裡下手，似乎就連針尖也無法刺入。唯一稍顯柔和的，便是那張帶著笑意的臉龐。即使如此，還是給人一種「不好對付」的感覺。

鄭泰義撓了撓頭。

凱爾的朋友之中，又或者是其他找上門來的客人們裡頭，偶爾會出現這樣的人。這種一看上去就知道對方肯定不好惹的人。

想必眼前的這個男人一定是有過之無不及。

而男子和那些人相較之下，有著格外良好的第一印象。明明對方身穿像是要去參加葬禮般的全黑服裝，要是換作其他人，肯定會顯得很陰沉。可是同樣的服裝穿在男子身上，就變得既時尚又簡約。

要散發著這種不尋常的氛圍，還能留下這麼好的印象實在也不容易。

鄭泰義用著敬佩的心情看向男子。然而他現在坐著的位置剛好被花盆與觀賞石擋住，無法看得很清晰。

就在他思索著這些想法的同時，他也錯過了走出去的時機。

「請進，好久不見了。雨天過來應該很辛苦吧。」

「請不要這麼說。因為很久沒有看見雨景，我剛剛還特地在大馬路上下車，用走的過來這裡。話說兩位最近過得好嗎？」

「嗯？但最近不是常常下雨嗎？難道你那邊都沒有下雨？」

凱爾在將男子從玄關處帶到客廳後，便在與伊萊坐著的沙發呈直角擺放的位置坐了下來。而男子則是坐在他的對面。

因為位置緣故，無法再看清男子的模樣，因此鄭泰義在眨了眨眼後，只能靜靜地嘆了口氣，將後背靠在沙發上。他隔著厚實的沙發，與伊萊背對背靠坐著，再次望向外頭傾盆的雨景。

男子那緩慢又獨特的語氣微妙地帶著一點奧地利口音，與他的外貌異常相配，聽起來十分悅耳。

「沒想到德國東部的範圍這麼大。光是這個月，柏林就已經下了四波大雨了，可是你在德勒斯登卻都沒有看過雨景……？」

鄭泰義聽見背後傳來了伊萊那帶有笑意的自言自語。

唉，他真的是狗嘴吐不出象牙。

鄭泰義無聊地用頭撞了身後的沙發一下，然而對方自然是沒有任何的反應。

不過的確就像伊萊說的那樣，在距離柏林不到兩百公里的地方，怎麼可能好一陣子都沒有看過雨。

「不是的，其實我從三月起就一直待在利雅德。前幾天才回到德國。」男子似乎本來就認識伊萊，用著輕鬆的語氣笑著回答。

而原先打著哈欠的鄭泰義趕緊闔上嘴巴。隨後，他開始轉動起自己的眼球。

利雅德……他沒想到會在這裡聽見那個令他心痛不已的地名。

坐在他身後的人之所以會在一夕之間成為被許多國家通緝的恐怖分子，就是因為發生在利雅德的事件。

「啊哈，原來如此。再怎麼說，在德國下的雨的確不可能跑到中東去。」

恐怖分子的親哥哥在聽完對方的話語後，泰然地笑著說道。想必恐怖分子本人應該也對此感到不以為意。

「利雅德啊……這麼說來，離忌日也沒幾天了。」

在凱爾像是有些意外地說話時，鄭泰義聽見了茶具碰撞在一起的細微聲響。間隔了幾秒後，一股溫暖的香氣便在空氣中四散開來。看來這是麗塔剛泡好的紅茶。

要是我趁現在起身，跟麗塔要杯紅茶來喝……算了，我還不想被他們的視線刺死。

或許大家同時都拿起茶杯喝起了茶，客廳裡頓時陷入了一片寂靜。

鄭泰義深深吸著空氣中淡淡的紅茶香，閉上了雙眼。

仔細一想，平常伊萊根本就不會在意有哪個客人跑來找凱爾。可是今天卻坐在客廳裡，跟著凱爾與那名客人一起喝起了茶。不對，鄭泰義根本就沒有看見伊萊到底有沒有喝茶。

轉念一想，也許那名男子並不是凱爾的客人，而是伊萊的客人也說不定。

不過還沒等鄭泰義得出結論，伊萊便率先打破了那有點微妙的沉默，「那麼，繼承的問題呢？」

從語氣中就可以聽出伊萊究竟有多不耐煩，又有多麼想趕快結束這場對話。而才剛坐下來沒有多久的男子見狀並沒有表露出絲毫尷尬的神色，只是悠悠地放下手中的茶杯。

「距離決定日只剩下不到四個月了。」

「四個月嗎……我想他們應該早就決定好繼承人選了。老實說，我並不覺得他們有必要拖到那個時候，但既然這是規定的話，那我們也只能慢慢地等下去了。」帶著笑意淡然說出這段話的人是凱爾。

「是嗎?但我想在結果公布之前，一切都還很難說。」男子的嗓音聽上去還是這麼從容。

從男子那既謙遜又帶有笑意的語氣中，鄭泰義可以大致上猜到他們在聊些什麼。

在某個決定即將被公諸於世的情況下，這名男子占據了上風。而且幾乎是絕對的優勢。就算凱爾講話時總是帶著善意，卻不曾講出違反現實狀況的稱讚。

「那麼，是哪位要負責呢？」男子接著問道。

隨後，客廳裡再次迎來一陣短暫的寂靜。而那微妙的寂靜也讓鄭泰義更加找不到合適的時機可以起身離開。

一直待在這個角落裡也不是辦法，鄭泰義原本是打算趁三人聊到一個空檔，裝作剛睡醒的樣子迷迷糊糊地出現。可是眼下的氛圍卻變得很微妙。要是一直坐在這裡，會讓他有種在偷聽三人講話的感覺，心裡不是很自在。

……不過往好處想，至少坐在身後的那傢伙也知道我在這裡。應該沒有必要這麼良心不安？

鄭泰義幻想了一下自己大喊著：「想不到吧！」突然出現在三人面前的模樣，忍不住搖起了頭。在現在這詭異的安靜氛圍下，要是他真的做出了這種事，伊萊那張說不出好話的嘴之後肯定時不時就會提起這件事。

「由我負責。」

在經過一陣短暫的沉默後，率先打破寂靜的人是伊萊。

「前提是，你不介意的話。」

伊萊邊說邊用指尖在單人沙發的扶手上緩慢地敲打了起來。這是伊萊陷入沉思時會做出的習慣動作。

鄭泰義瞥著對方那若隱若現的白皙手指，忍不住嘆了口氣。雖然光憑這些零碎的對話，無法理解他們究竟在討論著什麼，但可以確定的是，伊萊打算要去做某件事。

一想到這，鄭泰義的心底湧上了一股微妙的情緒。伊萊向來不會乖乖聽從他人的請求。更不用說，伊萊剛才還親切地補上了一句「當然前提是，你不介意的話」。

感慨萬千的鄭泰義將後背靠在沙發上，看著雨滴打在玻璃門上形成的波紋。與此同時，玻璃門還隱隱約約地映出客廳的景象。畫面中，男子默默點起了頭。

「我都可以，那到時候就再麻煩你了。」

語畢，男子毫不猶豫地起身。在用眼神向伊萊示意後，男子轉身看向了凱爾，「那我就先告辭了。」

……什麼？

鄭泰義看著男子那映在玻璃門上的身影，靜靜地眨了眨眼。

男子剛來到這個家中沒有多久。這段時間最多也就只夠他們喝完一杯茶而已。然而男子在簡單聊完幾句話後，便起身要離開了。或許保險業務員或上門推銷的業務員待的時間都比男子還要久。

既然如此，那幹嘛不直接打電話談一談就好，真是奇怪……

就在鄭泰義思索著這個問題時，男子已經走到了玄關。而凱爾似乎早就習慣了男子這種態度，理所當然似的起身送客。

不久後，玄關處傳來了幾句客套話後，玄關門便「喀鐺」一聲被闔上了。沒過多久，鄭泰義透過玻璃門看見了男子的身影出現在庭院外。

男子就跟來時一樣，撐著傘從容地走在滂沱的雨勢之中。而沿著圍牆的方向，走向大馬路的男子卻倏地停下了腳步。對方的視線停留在某一處。

無聊打量著男子的鄭泰義見狀也看向了男子視線停留之處。男子此時正盯著沿著圍牆盛開的薔薇看。

深杏色混合著鮮紅色的花瓣層層疊疊，小巧又華麗的花朵沿著圍牆生長，在猛烈的風雨中搖擺不定。男子用充滿愛意的眼神凝視著那些花朵。似乎是覺得眼前這些堅韌地忍受著風吹雨淋的華麗薔薇很動人似的，眼角染上了一絲笑意。

喜歡花的男人。嗯，這種浪漫的人也很不賴呢。

在看見男子細心欣賞彼得精心種下的薔薇的模樣後，鄭泰義不禁滿意地點了點頭。他看見有人放慢腳步去感受著生活周遭微小的美景時，心情總是會跟著大好。

隨後，男子換手拿著雨傘，接著伸出右手小心翼翼地撫摸起薔薇。驟然間，男子的臉上露出了溫暖的笑容。

出現在雨天裡的帥氣男子、美麗的薔薇、溫柔的動作，這些畫面所勾勒出的氛圍都讓鄭泰義感到滿足。不過下一秒，他卻不禁愣在了原地。

男子原先撫摸著花瓣的手，在轉眼間用力地捏碎了花瓣。但嘴角那淡淡的笑容始終沒有改變過。

「……彼得……」

彼得一定會很痛心……

這是鄭泰義在那個當下唯一想得到的心得。

就在鄭泰義木然地盯著男子看時，男子先是用手指搓揉起從花瓣中擠出的鮮紅液體，接著就像覺得很可愛似的拍了拍其餘的花瓣，最後才又邁開步伐離開。

鄭泰義張大著嘴巴，默默看著男子逐漸遠去的背影撓起了頭。

「那是怎樣啊。」

從玄關處走回客廳裡的凱爾一看見鄭泰義嘟囔著從沙發後方起身的模樣，便詫異地瞪大了雙眼，「原來你一直在那裡嗎？」

「啊，我原本也打算要起身離開，可是剛剛的氛圍實在是有點……不好意思，不小心偷聽你和朋友間的對話了。」鄭泰義邊說邊向凱爾鞠了個躬。

不過凱爾的態度與平常不同，連作勢要挽留男子的客套話都沒說。或許對方根本就不是凱爾的朋友，實際上兩人私底下的關係不好，只是因為工作才不得不過來談事情罷了。

「可是他給人的印象很好……」

男子給人的印象好到完全不亞於凱爾身邊那些既沉穩又可靠的朋友。

而坐在沙發上的伊萊一聽見鄭泰義的自言自語聲，立刻瞥了他一眼，「印象很好？你說的該不會是剛剛那個傢伙？」

「嗯，對啊。他平靜的語氣聽上去就像個個性很和藹的人。」

「……」

伊萊隨即就瞇起雙眼盯著他看，這也讓鄭泰義不禁懷疑起自己剛剛是不是不小心說錯了什麼話。

而伊萊在凝視了鄭泰義好一會兒後，低低地嘖了一聲。「之前的中國小鬼就算了，竟然說剛剛那個大變態給人的印象很好……你看人的眼光還真的是……」

雖然伊萊沒有把話講完，但從脈絡上來看，對方要講的絕對不可能是稱讚。縱使鄭泰義很想惡狠狠地瞪著對方，大吼「我看人的眼光怎樣了？」不過伊萊的視線早已從他的身上移開，再次用指尖敲打起沙發的扶手。

大變態？剛剛那男人？怎麼看都覺得很正常又乾淨俐落啊。

鄭泰義疑惑地再次思索起剛才發生的事。那名來匆匆去匆匆的男子始終都維持著既有禮貌又和氣的模樣。無論怎麼看，都不是那種去哪都會被嫌棄批評的長相。

但是，人不可貌相。像現在坐在面前的這男人，光看外表不也很正常嗎？

就在鄭泰義直勾勾地盯著伊萊看的同時，凱爾也在伊萊前方的沙發上坐了下來。此刻的凱爾就跟陷入沉思中的伊萊一樣，一句話都沒說。

鄭泰義茫然地看著深陷於思緒之中的兄弟倆。

「你們是不是沒有很歡迎他的到來啊？我原本還以為那個人是凱爾朋友……但他好像也認識伊萊。」

他坐進了兩人之間的位置。伊萊維持著陷入沉思時的姿勢，僅僅只將視線移到鄭泰義的身上。

「看來是位令人頭痛的客人？剛剛聊到了繼承問題……好像不久前也去了沙烏地阿拉伯。」

伊萊直直地盯著鄭泰義看，接著又像是想到了什麼般，勾起自己的嘴角，「啊哈，你現在德語也聽得懂不少了啊。」

「嗯？」鄭泰義先是愣了一下，接著露出一副何必如此大驚小怪的表情解釋：「雖然現在說得還不是很流利，但聽力跟閱讀還算可以……我都在這裡待多久了，要是連這點程度都無法適應的話要怎麼辦啊。」

「也對，每天都生活在陌生的語言中，就算再不情願，最終還是會熟悉並且學會。只不過……」語畢，伊萊瞇起了雙眼。

由於對方那乍看之下就像是在發笑的眼神有些不尋常，鄭泰義不禁跟著瞇起眼睛，陷入了沉默。

「在家中都是講英語，不覺得你的德語講得過於流暢嗎？」

在聽見對方那微妙的語氣後，鄭泰義頓時愣了一下。隨後，他皺起眉頭不悅地瞪向伊萊。「你幹嘛突然拿這件事來找碴？我又不是每天都待在家裡，我偶爾也會去附近散步啊。況且也不知道之後還得躲在這裡多久，我總得學好德語吧。」

「好，那你最近就不要出門了。」

「……什麼？」

原先進行得很流暢的對話頓時就碰壁了。這就像是A、B、C、D念到一半，突然冒出I一樣。

「那是什麼意思？」

「我會離家一段時間。因此在這段期間，你得負責好好顧家。」

「啊？你要去哪？」

明明整段對話中最需要繼續追問的是「你最近就不要出門了」，可是鄭泰義的注意力卻被對方那句「要離家一段時間」奪走了。然而，他也沒收到伊萊的回答。

此時的伊萊就像在期待著某件有趣的事情般，臉龐雖然面無表情，眼裡卻閃爍著微妙的光芒。伊萊的視線停留在半空中。咚、咚，細長的手指就這樣規律地敲打著。

這個傢伙怎麼話講到一半又不說了……

鄭泰義原本還打算要彈指引起對方注意，可是想了想便又作罷。畢竟伊萊也不是那種陷入了沉思中就無法注意周圍的人。縱使他的腦中湧上了數百個念頭，對方一樣有辦法騰出多餘的心思來觀察周遭的環境。

換句話說，此刻的伊萊單純只是不想回答他的問題罷了。而這個世界上沒有任何人可以強迫伊萊做他不想做的事。

算了，反正他也不是那種什麼事都會跟我報備的人。

在輕輕嘆了口氣後，鄭泰義撓起了頭。

雖然他不知道伊萊究竟要去哪裡、要做什麼事，但他依舊希望好運可以降臨到對方身上。縱使大部分的厄運在伊萊那雙凶狠的雙手之前，大多都會自己逃跑就是了。

鄭泰義移開視線，再次看向了窗外。雨勢似乎有些減緩，可是整個世界卻好像仍舊被浸泡在雨水中似的。

在雨水之中，那名來去匆匆的黑衣男子所遺留下的痕跡也依舊留在薔薇上。

1

CHAPTER

離開柏林之前

聽說見識越廣，了解得就越多。

因此將珍寶送給不懂的人也沒有任何意義，就像對牛彈琴一樣。

就算那張被隨便丟在書桌上的畫紙，以及上頭那宛若塗鴉般的圖案是目前需要以最高機密保護、製造中的最新型隱形戰機設計圖，對不懂的人來說也只是一張廢紙罷了。

「可是對時不時就會來到這間房間裡的人來說，他們應該分辨得出來這是一般的塗鴉，還是設計圖……」

應該有很多地方都恨不得想得到這張設計圖。要是我偷偷把這張畫紙偷走並拿去賣掉，再想辦法隱匿行蹤，應該就能賺到一筆夠我下半輩子吃穿的費用了。

鄭泰義一邊這麼想，一邊露出啼笑皆非的表情晃了晃手中的紙張。

無論他怎麼看，這張紙看上去都是非常機密的文件。雖然畫紙上的手寫字寫得歪七扭八，圖案也像暗號般潦草，但這張紙再怎麼說都不像可以隨意丟在書房書桌上的東西。

「能夠進到這個地方的人，就算被他們看見了我公司的假帳，我也不會擔心。」

將書架上其中一格的書本全都拿出來後，細心整理著的凱爾先是轉過頭瞥了鄭泰義手中的紙張一眼，接著泰然地笑著說道。

凱爾一邊熟練地修補老舊到彷彿下一秒就會破洞的皮革裝幀書，一邊愉悅地哼著歌。對手中的書愛不釋手，甚至喜歡到手足無措似的。

「雖然很感謝你這麼相信我，但把資料隨便丟在這裡實在還是有點……要是到時候有小偷闖進來該怎麼辦。」

「若對方看得出來那張紙所代表的價值，那應該也不會淪落成小偷吧。」

凱爾仔細拍掉沾黏在皮革角落的灰塵，眼帶笑意地看了鄭泰義一眼，「不過你的眼光還真好，竟然馬上就認出了這張圖。它還處在基礎的設計階段，要一眼就看出它的重要性其實有點難度。」

「這裡都寫了RCS（雷達散射截面），我怎麼可能還看不懂呢。」

「說得也是。」

哈哈大笑著說出這句話的凱爾看上去就像少根筋的人。而每次只要一拿起珍貴的書籍，凱爾便會進入這種狀態。

看著對方的模樣，鄭泰義多少能夠理解詹姆斯為什麼有些時候會以十分厭惡的表情，怒視著這間書房裡的書了。要是哪天這間書房不小心著火燒掉的話，詹姆斯八成會開心到手舞足蹈。

在把手中的畫紙再次放到書桌上後，鄭泰義嘆了口氣咕噥道：「況且我時常會在家中幫你處理工作上的事，我想光是憑藉著書本上的理論，我好像就已經能駕駛鷹式直升機了。」

從基本的短槍、長槍，再到炮彈、裝甲車及直升機，鄭泰義幾乎已經摸透了這些東西的內部設計圖。因為構造圖總是這樣隨意地散落在書房裡。

雖然早在軍校時，他就已經學過了大致上的概念，但鄭泰義還真沒料到自己有天會深入研究武器的構造圖。不對，在退役時，他甚至都沒想過自己會再次與軍需品扯上關係，甚至還做著這一行。

他原本以為自己會選擇一個平穩的職業，並且度過一個每天都有餘裕可以澆灌盆栽的日常……不過轉念一想，他現在的確偶爾也會閒到幫彼得一起在庭院裡澆花。

「話雖如此，但要是有人特地請人來偷走這些東西的話，那不就前功盡棄了？再怎麼說，你也要把東西鎖在抽屜裡……」

「但我不覺得有哪個小偷會瘋狂到來我家偷東西。」

「啊，也是……」

鄭泰義點了點頭。撇除掉位於正門旁的警衛室不說，光是這個家中就有一頭披著人皮的野獸在徘徊了。要是真的有哪個倒楣又可憐的小偷闖了進來，那麼下場肯定會非常淒慘。不過……

「可是他現在不在。」

點著頭的鄭泰義倏地停下了動作，咕噥道。

那頭住在這個家中的大型猛獸在兩個月前就消失得無影無蹤了。

當那場格外猛烈的暴雨結束之時，彼得茫然地看著庭院慘狀的幾天後，伊萊．里格勞便離開了這個地方。

由於對方離開時沒有帶上什麼像樣的行李，因此鄭泰義原本還以為伊萊會像平時一樣，在外面簡單待個一、兩天，頂多待個幾天就會回來了。可是在那之後，他卻不曾聽聞有關伊萊的任何消息。雖然不知道對方究竟在忙些什麼，但看樣子事情應該拖得比預期更久。

一想到這，鄭泰義不免好奇起對方究竟在做什麼事。

他頂多只能猜到對方在做一些遊走在合法與非法之間的工作，不過再更詳細的內容，他就毫無頭緒了。正因如此——

「可是像現在這樣什麼消息都沒有，也不知道他人到底在哪裡的情況下，多少會有些不安。」

「不安？你難道是怕那傢伙會出什麼意外嗎？」

「不，我是怕他會惹出什麼意外。」

已經認識對方這麼久了，鄭泰義怎麼可能還會覺得伊萊會出意外或受傷。

只不過每當他在新聞媒體上看見恐怖襲擊，抑或是屠殺的消息時，心底的不安總是會倏地湧上。

這應該不是那傢伙幹的？他該不會認為既然都已經被通緝了，那再多追加幾條罪名也沒差，所以就打算要胡搞瞎搞了吧？

在聽見鄭泰義露出擔心的表情嘟噥出的話語後，凱爾似乎也猜到了他在想些什麼，笑著說：「你不用這麼擔心，反正他還有什麼大禍沒闖過的？」

「……被你這麼一說，好像也有道理。」

鄭泰義回想著伊萊過去做過的種種暴行，再次點起了頭。的確就如凱爾所說，伊萊基本上已經把所有的壞事都做過一遍了。

其實站在鄭泰義的立場來看，沒有伊萊的生活反倒更加愜意。雖然當伊萊在家的時候，對方也不會虐待他，抑或是故意擺臉色，可是偶爾只要當伊萊心血來潮，便會突然闖進來要鄭泰義滿足一下他的性欲。而每每結束之時，鄭泰義那天的身體便會疲累不堪。

他甚至都想不起來自己有多久沒有過得這麼清閒了。

「不過伊萊從來不曾在外面待那麼久……他有說他什麼時候回來嗎？」

「再過一個月左右，他應該就會回來了。」

可能是把所有拿出來的書都保養完了，凱爾開始一一查看起手中的書並答道。而當凱爾滿足地將書本再次放回書架後，對方就像突然想起什麼似的轉過頭看向了鄭泰義。

「啊，對了。昌仁今天晚上會來哦。」

「嗯？叔叔嗎？」

「對啊，他前天剛好到了美因河畔法蘭克福。他有說會先去UNHRDO柏林分部處理工作上的事，接著再繞過來。不過他明天早上就要飛回香港了，我想應該就只有今天晚上會待在這裡。你們是不是很久沒有見到面了？」

「是啊。」

距離上次與叔叔見面已經是兩年半前的事了。只要再過幾個月，就要滿三年了。時間過得飛快，雖然鄭泰義沒有因此感到詫異，但因為真的很久沒有見到對方了，還是覺得非常開心。

隨後，鄭泰義幫凱爾一起把所有書本放回了書架上。而其中，不乏也有出版一百年以上的書籍。也不知道凱爾是怎麼保養的，那些書看上去就像只有出版十幾年的老書。

或許是因為過於熟悉，看在鄭泰義的眼裡，凱爾怎麼看都不像領導著全球數一數二大企業的領袖，反倒像是鄰里間的常見的普通大叔。而凱爾甚至打算要在提前退休後，成立一間古書圖書館。

縱使鄭泰義不知道那天什麼時候會到來，不過他還是很羨慕對方對於未來有個明確的目標。

鄭泰義打量著只要一看見書，臉上就會下意識冒出滿足笑容的凱爾，忍不住開始思考了起來。自己未來究竟想做些什麼？

之前在聽見凱爾打算成立一間古書圖書館的夢想後，他曾經一一詢問過周遭的人。

「麗塔！妳之後想要做什麼啊？」

「當然是繼續做著現在的這份工作。」

麗塔垂眼看著鄭泰義，果斷地說道。

而鄭泰義在聽完對方的回答後，默默地點起了頭。啊，說得也是。麗塔對於可以在這個家中做事，並且照顧著所有住在這間屋子裡的人感到十分自豪。最想做的工作剛好就是現在正在從事的事，這樣的人生又該有多幸福啊。

「彼得！你之後想做什麼？」

「嗯……？之後嗎……？等到年紀再大一點的話，在一座人煙稀少又安靜的森林裡當名森林管理員倒也不賴。」

彼得一邊將不知道從哪裡飛來，並且還在磚頭中發芽的野花種子小心翼翼地移到更加安全的地方，一邊瞇著雙眼咕噥道。

照看著森林的彼得。光用想的就知道這個工作一定很適合他。

只要對方不要遇到會突然闖進森林裡，劈頭就灑起汽油並點火的瘋子，應該能順利成為一名幸福的森林看守者。

「詹姆斯之後打算……算了，沒事。」

由於凱爾在聽聞法國開了古書博覽會後，馬上就取消原先排好的全部行程並飛往了法國。詹姆斯只能連忙去買一堆謝罪用的禮物，代替自己的老闆出席原先的聚會。

而鄭泰義一開口，詹姆斯便像哀怨的鬼魂般緩慢地轉過頭，瞪向了他。

「要是可以馬上辭職不幹，我想我應該能成為這個世界上最幸福的人。」

聽完對方沉著一張臉說出口的話語後，鄭泰義嚇得連忙逃離詹姆斯的面前。

最終，在問過一輪之後，鄭泰義便來找伊萊了。不過當他看見此刻正在泳池裡游著泳的伊萊後，卻忍不住陷入了苦惱。

伊萊．里格勞的夢想。不知為何，他完全想像不到那個畫面。與此同時，他也不禁質疑自己真的可以問這種問題嗎？

鄭泰義坐在泳池旁的椅子上，直勾勾地凝視著對方。而不知道究竟游了幾趟的伊萊看上去非但沒有半點疲憊的神情，甚至還一口氣從泳池中爬上了岸。

這個傢伙到底什麼時候才要改掉裸泳的習慣？

鄭泰義看著一邊用手撥了撥被水浸溼的短髮，一邊朝自己走來的伊萊暗自抱怨。

「你怎麼不進去游？泳池裡很涼爽。」

「嗯……我之後再游。」

鄭泰義曖昧地回絕了。他不禁心想，這個世界上究竟有哪個人會欣然地進到不久前才有人裸泳過的泳池裡游泳。

伊萊先是拿起掛在長椅扶手上的毛巾隨意擦拭身上的水氣，接著坐在鄭泰義身旁的空位上，充滿存在感的動靜透過椅子傳了過來。

「所以你是想問我什麼，才苦惱這麼久？」

可能是已經把身上的水氣都擦乾了，伊萊倏地開口問道。

「啊，這個嗎……」

鄭泰義內心雖然嚇了一大跳，但還是故作泰然地移開了視線。有時候，他真的會忍不住懷疑起對方到底是人還是鬼。

「沒有，我只是有點好奇你之後想做些什麼而已。我剛好在調查大家的夢想。」

「夢想？」

下一秒，鄭泰義聽見了對方噗嗤一笑的笑聲。

唉，早知道我就不要問他了。

「好吧，那其他人是怎麼回答的？」

「你覺得呢？」

「嗯……我哥應該是想蓋間圖書館，每天跟書生活在一起。而麗塔八成會想像現在這樣繼續過下去，彼得則是園丁或農場管理……但我想他可能也會對森林管理產生興趣。至於詹姆斯光是要忙眼下的工作就已經分身乏術了，應該沒有多餘的心思去思考未來的事——你還有問誰？」

這個傢伙根本就是鬼吧……

或許是從鄭泰義的表情中讀出了他內心的想法，伊萊再次笑了起來。隨後，伊萊先是思索了一下，接著一邊用毛巾擦拭起自己的頭髮，一邊說：「我嗎……若是能活到那個時候的話，那我應該會等到那個時候再來思考。」

伊萊語音剛落，鄭泰義便將視線移到伊萊的身上。可能是察覺到了鄭泰義的視線，那雙猶如玻璃般的眼眸也看向了他。鄭泰義可以感覺到伊萊正在無聲地問著「幹嘛？」於是他便用聳肩來當作回答。

若是能活到那個時候的話。

鄭泰義很意外眼前的這個男人竟然有認知到自己的人際關係有多危險複雜。除此之外，也很意外對方竟然清楚地知道在那種糟糕的人際關係下，要順利地活到老究竟有多麼困難。

然而在聽完那句話語後，鄭泰義卻不禁微微地撇起嘴，自言自語般地嘟噥：「聽到你這麼說，我實在是開心不起來。」

他可以感覺到坐在一旁的伊萊挑起了眉頭，用著既驚訝又意外的視線盯著自己。但鄭泰義還是故意裝作什麼事都沒發生似的。

「怎麼說？」

伊萊就像覺得很有趣般地反問道。

看來離這個傢伙變成正常人還有一段很遙遠的距離。而且他看上去為什麼這麼樂在其中？

若是可以的話，鄭泰義巴不得直接抓起對方的衣領，又或者是捏著臉頰大罵「你有沒有想過你周遭的人聽到這句話後，是什麼心情啊？你怎麼可以隨隨便便就說出這種話？」可是考慮到後患，他最終就只是靜靜地為他提供正常人的解釋。

「其實有很多人會誤以為自己的性命全然是自己的，但其實我們的性命實際上還牽扯到了周遭親近的人……」

話講到一半，鄭泰義又安靜了下來。因為他意識到了一個很嚇人的事實。

就算他不知道自己能不能算得上是伊萊周遭親近的人，可是只要一想到自己得負責分擔伊萊生命的重量，他就突然覺得自己的肩膀變得異常沉重。甚至這股重量還重到快要把他整個人壓扁了。

「……總之，你那句太過看輕自己性命的話聽在周遭的人的耳裡，實在是有點刺耳。」鄭泰義生硬地咕噥道。

或許伊萊也意識到鄭泰義不想再繼續解釋下去，對方僅僅只是微微地挑起了眉頭。隨後，伊萊露出了微妙的笑容。

「雖然我不在意什麼時候會死，但我並不認為有人能以人為手段殺死我。」

聽完這句話後，鄭泰義只覺得距離伊萊成為正常人的計畫變得更加渺茫了。然而對方說得也有道理，因此他就只能默默地閉上嘴。

也不知道是哪個舉動戳到了伊萊的笑點，頓時輕笑了起來。在將手中的毛巾隨意地丟在腳邊後，伊萊問道：「那你呢？你有什麼想做的事嗎？」

「嗯……我目前就只希望可以盡我所能地活到最後。」

鄭泰義不滿地說完這段話之後，他才意識到自己的回答有多幼稚。不過當他聽見身旁傳來比剛剛還要更加大聲的笑聲後，想要自我反省的念頭猛地又一掃而空。

打從一開始，他就不該在伊萊的面前提起與未來希望有關的話題。

「……」

一想到這，鄭泰義一邊反省著自己過去的行為，一邊撓起了頭。而暫時陷入回憶之中的他倏地聽見了凱爾的嘟噥聲。

「好像少了一本，不過是哪本書啊……啊，應該是古斯塔夫貝內許的書。泰一，那本書在你那裡嗎？」

「嗯？什麼？——啊，貝內許的書嗎？對，那本書在我的房間裡。那我現在去拿來給你。」

「嗯？不用了。我只是因為沒有看見那本書，才隨口問一下而已。你看完之後再拿給我就好。」

「沒關係，我昨天晚上就已經看完那本書了。既然現在剛好想起這件事，那還是趕快把那本書拿來還你。請稍等我一下。」鄭泰義簡單朝對方擺了擺手後，便離開了書房。

在走下樓的途中，鄭泰義聽著木樓梯發出的嘎吱聲，忍不住嘆了口氣。

想必伊萊現在又在某個殺戮戰場上揮霍著自己的性命了。不過的確就如對方所說，這個世界上八成沒有其他人可以用人為手段殺死他。

＊＊＊

「雖然不知道他現在到底在哪裡，但他應該有辦法吧。」鄭泰義不滿地咂著嘴咕噥道。

黑色的手套配上黑色的帽子，以及整體雖然是以黑色系為主，但在肩章、口袋與鈕釦以顯眼的色系點綴，看來簡約而時尚的制服，衣領上還有著隱隱閃爍的銀色徽章。

即使不是第一次冒出這個念頭了，不過鄭泰義還是覺得此刻以懶散的姿勢坐在沙發上，並且把帽子與手套全都拿下來丟在一旁的叔叔意外地非常適合這套制服。

明明之前還在機構裡時，天天都能看見對方穿著這身制服，可是當時的鄭泰義卻不曾浮現過這種想法——或許是因為在進到機構之前，每次只要看到叔叔穿著這身制服出現在自己面前，就一定不會發生什麼好事的印象實在是過於根深蒂固——，而如今在看破世事後……

「叔叔，你看上去就像會很受特殊嗜好的人歡迎的帥氣小白臉。」

在聽見鄭泰義隨口說出的話語後，叔叔準備要脫下手套的動作猛地停了下來。

「那是稱讚嗎？」

「當然，也不知道是不是因為太久沒有看到了，叔叔身上的這身制服看起來格外耀眼！就連那看上去彷彿會勒住脖子的鈕釦也很適合你。」

聽完鄭泰義漫不經心說出口的感想後，叔叔笑著解開了三、四顆鈕釦。

雖然這身制服很帥氣，也很適合叔叔，但那沒有絲毫皺摺的完美服裝看上去還是不免令看的人感到有些鬱悶。鄭泰義在看見對方解開鈕釦的動作後，就像是解開勒住自己脖子的鈕釦似的，吐了一口氣問道。

「既然要大老遠地跑來，叔叔怎麼不換身比較輕便的服裝呢？」

「要是不穿上這套制服，主張我的身分，誰會給我頭等艙的機票、五星級飯店的客房鑰匙、提前準備好的交通工具，以及各種出差的費用啊？」

這次換鄭泰義笑了起來。

明明已經好幾年沒有見到面了，但叔叔看上去還是跟之前一模一樣。而這些即使時間流逝也不會改變的樣貌，有時候反倒能安慰人心。

「況且我剛剛去完柏林分部就直接趕了過來。正式拜訪其他分部時，我總不能穿著私底下的休閒服過去吧？」

「看來UNHRDO的工作還是這麼繁忙啊。」

「啊，我們不久後就要跟歐洲分部進行集訓了。這次的交換方式剛好有些變化，我才會特地飛過來跟他們討論相關事宜。」

鄭泰義先是微微地挑眉，接著點了點頭說：「跟歐洲分部的集訓嗎……那應該會很累吧。不過兩個分部的關係還是一樣糟嗎？」

「沒辦法啊，打從一開始就是死對頭的關係怎麼可能說變就變。可是往好處想，至少那個最難搞的狂人消失了，再怎麼樣也不至於像之前一樣辛苦。」

叔叔，這句話不適合在跟那個狂人生活在一起的人面前講出來吧？

原先想說出這句話的鄭泰義最終又閉上了嘴。因為跟那名狂人有著血緣關係的凱爾正好從飯廳的方向親自端著茶具走了過來。

「幹嘛？你們剛剛是聊了什麼，怎麼我一來你們就安靜了下來？」

凱爾笑著將茶具放到桌上後，便坐在了叔叔對面的位置上。

實際上，就算在凱爾面前說出「你弟瘋了！」凱爾八成也會面不改色地用著積極的口吻回覆「他的個性的確是比較特別一點」。不過即使如此，鄭泰義也沒有喪失人性到在沒有任何理由的前提下，就直接在別人面前辱罵對方的家人。

「我剛好在問候你家人的近況。不過怎麼沒有看到里格啊？」

「啊，他因為工作上的事，所以去外地出差了。我想他大概要等到下個月的月底才會回來。」

「這樣啊？那泰義這陣子的身心應該十分健全吧。」叔叔露出溫暖的眼神看向鄭泰義，一邊拿起凱爾遞來的茶杯。

三個杯子裡都是奶茶，沒有別的選擇，但麗塔相當擅長泡奶茶，因此三人也沒有想要抱怨的想法。

「看來那個工作得花上很長一段時間……啊，對了。」原先還在咕噥著的叔叔倏地看向擺在桌上的月曆，並且仔細打量起月曆上的日期，「距離塔爾坦的決定日也不遠了。」

叔叔就像突然想起了一件被他完全拋在腦後的事情般，先是默默地點了點頭，接著又瞥了面前的凱爾一眼。

「看來償還國際借貸的日期也近在眼前了。不過你們是不是上次就已經還完了？」

「嗯。這次是最後一次，塔爾坦也總算能從債務中脫身了。」

「債權人還是一樣嗎？」

「沒錯。」

因為跟不上另外兩人的對話脈絡，鄭泰義只能安靜地待在一旁。與此同時，叔叔與凱爾也陷入了短暫的沉默之中。頓時間，客廳裡只剩下此起彼落的喝茶聲。

鄭泰義撓了撓頭，思考著要在什麼時候加入對話。而下一秒，坐在鄭泰義身旁的凱爾放下了手中的茶杯。

「但結論基本上已經出來了。據我所知，沒有比里夏德更有力的候補。」

「啊哈，如果是他，那的確是需要戒備的對象。」

「那個人是誰啊？」

在意識到現在是個不錯的時機點後，鄭泰義微微地將身子往前傾。

隨後，叔叔答道：「里夏德·塔爾坦。」

「……」

鄭泰義故意多等了一會，然而叔叔並沒有補充其他的資訊。

明顯不是要問對方全名的鄭泰義見狀不由得皺起了眉頭。里夏德·塔爾坦，他是要怎麼知道這個人是誰啊？在他看來，對方應該不是什麼當紅的明星……不對，依照凱爾的人脈，就算有個朋友是超級巨星似乎也不足為奇。

「他是藝人嗎？……啊。」

沒有多想就直接問出這個問題的鄭泰義在開口的同時，猛地想起了一件事。

里夏德．塔爾坦……塔爾坦。

Tarten & Riegrow。這是T&R裡，除了里格勞外的另外一個姓氏。

鄭泰義在一口氣喝光了奶茶後，放下手中的空茶杯，狐疑地歪起了頭。仔細一想，既然公司的名稱放上了這兩家族的姓氏，那不就代表他們的來往應該要很密切嗎？可是在他幫忙凱爾處理公司雜事的途中，以及平時對T&R的了解，他卻從來不曾聽見有人提起過這個姓氏。

「塔爾坦，我好像沒怎麼聽過這個名字。他們不是公司的合夥人嗎？」

「什麼？啊，一開始的確是這樣沒錯，可是他們在中途就退出了。雖然對方依舊是T&R的大股東，不過他們後來又成立了自家公司。由於當時T&R正要擴張，所以就與他們達成協議，繼續沿用了這個名字。」凱爾似乎很意外鄭泰義竟然不知道這件事，親切地解釋給他聽。

「啊。」鄭泰義先是嘟囔了一會兒，「塔爾坦……但我怎麼對這個姓氏完全沒有印象。他們是在做哪一行的？」

「情報。」

「嗯？」

「他們家是私人情報公司。他們的手中掌握的情報從微不足道的小事，到一旦洩漏就不只會死一兩個人的最高機密。」

鄭泰義再次發出了驚嘆聲，接著漫不經心地點了點頭。即使聽完了凱爾的解釋，但他還是沒有什麼概念。

「要是名聲太過響亮，他們做起事來也會變得很不方便，因此他們主要只跟行政機關合作。而像他們手中握有這麼多資訊的情報機構其實也算少見……啊，對了，蓋博曾經在那裡工作過。那是他在進到國防部前，短短工作過的一小段經歷。」

「啊啊，原來如此。」在聽見熟悉的名字後，鄭泰義下意識發出了嘟噥聲。

之前當哥哥的行蹤成謎時，最先找到線索的人便是蓋博。由此可知，能夠培養出如此優秀人才的公司肯定也是個能力出眾的地方。

「所以他們徹底跟 T&R 劃分開來了嗎？」

「從工作層面來看的話，的確是這樣沒錯。不過就算劃分開來了，由於我們兩家間長久的交流始終沒有斷開過，所以仍舊維持著緊密的關係。畢竟再怎麼說，我們兩個家族也已經結盟至少一百五十年了。」

在聽見對方若無其事地說出「一百五十年」這個數字後，鄭泰義不由得在心底發出了讚嘆。要在這麼漫長的歲月裡一直維持著友好的關係，實在不是件容易的事。也不是單靠其中一方不斷地付出，就能維持的關係。

「這也太厲害了。不過塔爾坦他們是欠債了嗎？」

如果他沒有理解錯誤，這不單單只是一般的債務，而是國際借貸。即使是跟民間機關進行貸款，大部分情況下也需要獲得政府的保證。考慮到這一點，那性質與金額肯定都不容小覷。

從鄭泰義看見的──這就跟那隱形戰機的構造圖一樣，不是他故意想看的──T&R帳簿內容來看，T&R是間非常健全的公司。而其中的債務比重也比其他公司還要安全。可是曾經的重要合夥人塔爾坦卻淪落到要跟其他國家借錢的地步，這未免有些奇怪。

凱爾在聽完鄭泰義順口問出的問題後，頓時露出了有些為難的表情。而一旁的叔叔則是默默地凝視著凱爾。

「啊……因為那件事不能輕易地對外人提及。之後有機會的話，我再解釋給你聽。」

「啊，好的。」鄭泰義爽快地點起了頭。

看來他不小心追問太多細節了。無論是哪間企業，肯定都有一、兩件不想被外人得知的祕密。再者，他實際上也不是真的這麼好奇別人公司裡的事。

「對了，在義下個月會來德國。」

遽然地，叔叔就像突然想起這件事情般地開口道。

從叔叔硬是轉開話題的舉動來看，想必那應該是真的不能輕易地對外人提及的事。鄭泰義一邊這麼想著，一邊瞪大雙眼地說：「哥哥嗎？他要來德國？為什麼？」

鄭泰義的親哥哥鄭在義是隸屬於UNHRDO美洲本部底下的研究員。

擁有天才稱號的鄭在義在兩、三年前因為有人覬覦他那顆無法被其他人超越的腦袋，因此便被綁架並且監禁。而自從鄭在義順利從對方手中脫困後，為了預防類似的事件再次發生，他便主動加入了UNHRDO。

據叔叔所說，身為美洲本部特別研究員的鄭在義或許是因為工作過於繁忙，又或者是很滿意自己現在的工作，他不怎麼出門，幾乎無時無刻都待在研究室裡。

距離上次跟哥哥分開之後，鄭泰義與對方的聯絡次數可說是屈指可數。而這次，對方總算要來德國了。

雖然無論是鄭泰義，抑或是他的哥哥，兩人都不是非常看重親情關係的類型。不過久違地能夠再次見到對方，他難免還是覺得既高興又興奮。

叔叔看著驚訝到將身體往前傾的鄭泰義，忍不住笑了起來。

「因為下個月要在美因河畔法蘭克福舉辦國際航空博覽會。」

「……哥哥該不會成為飛行員了？」

在聽見鄭泰義用著缺乏的想像力提出的問題後，叔叔大笑著擺了擺手，「他這次研究出了劃時代的方法，可以藉由RAM（雷達吸波塗料）技術來大幅降低RCS（雷達散射截面）。而他打算要在那個博覽會上發表這個論文。」

「……比起航空博覽會，這更適合在軍需博覽會之類的地方發表吧。不過在義哥還在研究武器嗎？」鄭泰義撓了撓頭咕噥道。

想必這次又會有無數軍火工業的業者纏上哥哥了。一想到這，鄭泰義就不自覺地嘆了口氣。

「要是又再次上演綁架戲碼該怎麼辦啊。」

叔叔在聽見鄭泰義咂著嘴說出口的話語後，就像要讓他安心下來似的搖著頭說：「我可以保證，這次的保安會做到滴水不漏。除了床上及浴室之外，隨時隨地都有保鑣與護送車輛跟在他的身邊。要是有人可以在這種情況下傷害到他的話，那我也不得不敬佩那個人……不過在此之前，就算沒有保鑣跟在在義的身邊，我想應該也沒有人傷害得了他。」

「就算那些保鑣全都被別人收買，集體用手中的槍枝掃射哥哥，我想他應該也能平安地存活下來。」

「對吧？」

叔叔答完後，坐在一旁的凱爾也像認同般地點起了頭。

無論如何，對鄭泰義來說這都是件好事。他總算能與哥哥見上一面了。

離散家族們重聚時就是這種心情嗎？

鄭泰義用著平淡到要是被其他離散家族得知的話，一定會朝他發火的心情一邊想道，一邊計算起搭ICE列車到美因河畔法蘭克福得花多久的時間。

好像得花上五個小時。

「泰一，太好了。你這次總算可以見到想念許久的人呢。」凱爾邊說邊拍了拍鄭泰義的肩膀，對方開心到就像是自己的事一樣。

「謝謝。」鄭泰義難為情地笑著答道。

與此同時，坐在一旁直勾勾盯著兩人和樂融融的模樣看的叔叔就像想起了什麼般，突然開口。

「啊，對了。你好像也不用這麼替他高興。」

「嗯？」

聽見叔叔的話語後，拿起茶杯喝了一口奶茶的凱爾狐疑地挑起了眉頭。

「這是我今天下午從柏林分部出發之前聽到的熱騰騰消息，聽說克莉絲汀要回來了。」

叔叔用著不以為意的語氣說道。而下一秒，叔叔伸手從桌上的竹籃中拿出一顆蘋果，連擦都沒擦過就直接咬了一口，接著響起「喀沙」的清脆聲響。

啃咬蘋果的聲音實在是太過爽快，就在鄭泰義準備也要將手伸進竹籃裡時，喀噠一聲，一道既刺耳又不自然的聲響響了起來。

在將視線移往發出聲響的方向後，鄭泰義這時才發現凱爾下意識地將手中的茶杯重重地放到了桌子上。對方連自己的手被杯中的奶茶濺到也不知情似的，只是木然地望著叔叔。

凱爾那瞪大雙眼的古怪表情，看上去就像聽見了什麼不該聽見的話語似的。

「克莉絲汀要……」

鄭泰義見狀忍不住用著有些新奇的心情打量著凱爾瞬間鐵青的表情。他想不起來究竟什麼時候看過凱爾如此慌張的模樣。

「太好了，你這次總算可以見到想念許久的人呢。」叔叔笑著重複了凱爾剛剛曾經說過的話。而叔叔的笑容看在狀況外的鄭泰義眼裡，甚至顯得非常邪惡。

隨後，鄭泰義將原先稍微收回的手再次伸向竹籃裡。從中拿起一顆蘋果後，用衣服擦了擦表皮，一邊觀察起叔叔的臉色。

「那個人是誰啊？」

叔叔似乎很滿意凱爾的反應，心滿意足地笑著說：「克莉絲汀——克莉絲汀娜。」

這是個陌生的名字。無論鄭泰義怎麼回想，都對這個名字沒有印象。不過既然凱爾會做出這種反應的話……

他們該不會是什麼很私人的關係吧——例如對方是凱爾在十年前分手的前任或是私生女之類的——

因為不知道可不可以再繼續追問下去，鄭泰義只能默默地搓揉著手中的蘋果。通常遇到這種情況時，都會有人負責轉換話題，要不然就是開口打破僵局，可是這陣沉默卻維持得比鄭泰義想像中的還要長。

別無他法的鄭泰義只好看著凱爾的臉色問道：「難道你曾經對那個人做過什麼虧心事

嗎？」

雖然鄭泰義問出的問題直接到不像是有在看對方的臉色，不過凱爾就像沒有聽見他的提問般，只是臉色蒼白地凝視著自己的手。

「比起對那個人做過什麼虧心事——對，你就把他想成是近似於里格勞般的存在就可以了。老實說，也不是因為凱爾做錯了什麼事，才會有里格這樣的弟弟。如果硬要說的話，只是偶然之下的宿命吧。」叔叔嘻皮笑臉地說。

與此同時，對方那瞇起的雙眼還散發著愉悅的光芒。鄭泰義見狀不禁慶幸起好險自己不是叔叔的同輩朋友。要是自己不是晚輩，而是跟叔叔年齡相仿的話，他真的不知道該怎麼應付叔叔的壞心眼。

「……所以那個人是凱爾沒有正式公開的流氓妹妹嗎？」

「更準確地說，應該是兒時玩伴才對。雖然他們兩人相差了好幾歲就是了。」

「啊哈，看來他們是有些不合的朋友啊。」

無論我怎麼看，那兩個人都不像朋友。如果硬要形容的話，那應該就是像我跟金少尉間的關係吧。縱使彼此都很討厭對方，但因為環境所致，所以不得不常常見面的孽緣。

鄭泰義邊想邊用大拇指摸了摸被衣服擦到發亮的蘋果。

「你少在那邊亂說……才不是我的兒時玩伴……」

或許是對叔叔的說法感到不滿，凱爾即使依舊慘白著臉，不過還是露出凶惡的眼神糾正了對方的話，「準確地說，她是伊萊的兒時玩伴才對。」

咚。

凱爾語音剛落，鄭泰義手中的蘋果便掉在了地板上。雖然剛才聽到對方是凱爾兒時玩伴的時候，鄭泰義多少就覺得這個詞跟凱爾非常不搭。然而當他聽見對方是伊萊的兒時玩伴時，比起搭不搭的問題，他忍不住就開始懷疑起自己是不是誤會了「兒時玩伴」這四個字的意思。

「伊萊……竟然有兒時玩伴嗎？」

「由於小的時候，每當大人們有什麼需要聚在一起商討的事情時，好幾個孩子就會玩在一起……啊，對了，克莉絲……那、那個傢伙還曾經跟伊萊一起工作過。以前T&R還有機動隊的時候，他便在那裡工作……」

眼前的畫面真的十分罕見。

即使凱爾的臉上依舊沒有絲毫的血色，手指也不安地交扣又鬆開，但嗓音聽上去還是既低沉又平靜。雖然當他提到對方名字的時候稍微結巴了一下。

然而鄭泰義在打量著凱爾的同時，腦中卻逐漸空白了起來。

光是聽到對方是伊萊兒時玩伴的這句話就已經夠嚇人了，殊不知凱爾後面那句話的內容更加恐怖。T&R的機動隊不就是那個以「瘋子巢穴」聞名的團體嗎？這段對話真的是雙重的衝擊。

此刻，鄭泰義總算能理解凱爾為什麼光是聽見對方的名字，就立刻臉色大變的理由了。畢竟他僅僅只是聽到這段對話，頭就開始痛了。

等等，不過……

「克莉絲汀娜嗎……可是之前當伊萊在利雅德發起恐怖襲擊時，那個恐怖分子名單上好像沒有出現這個名字？」

「因為那個時候克莉絲汀正在黎巴嫩與真主黨火拚。」

「……」

看來這個女生是真的很厲害啊。

雖然他不會因為對方的名字跟葛麗泰．嘉寶在《瑞典女王》劇中的名字相同，就幻想對方能像她一樣，但他多少還是會希望擁有這名字的女性能夠活得更優雅一點。

「我先把話說在前頭，縱使個性很糟，但克莉絲汀可是比葛麗泰嘉寶飾演瑞典女王時還要漂亮。」

好幾年前，一起跟鄭泰義與鄭在義看了好幾部經典電影的叔叔似乎是猜到了鄭泰義腦中的想法似的，插話補充道。

「……她竟然還有這種出乎意料的一面，也滿好的。」

「除了克莉絲汀之外，我還不曾看過外表與內在相差這麼多的人。」

聽到這裡，鄭泰義不禁覺得有些驚悚，搓了搓冒起雞皮疙瘩的手臂。之後，他才又慢慢拿起手中的蘋果。

在咬了蘋果一口之後，鄭泰義再次打量起凱爾的表情。此時的凱爾依舊慘白著一張臉，垂眼凝視著自己的手指。

看到對方的這副模樣，鄭泰義不免好奇了起來。

從剛剛的對話之中，他多少能感覺到那個女生一定不簡單。可是凱爾已經有個像伊萊．里格勞這樣的弟弟了，怎麼還會嚇成這樣？

鄭泰義一邊啃咬著手中的蘋果，一邊觀察起凱爾的表情，並且低聲向叔叔問道：「那個人該不會比伊萊還要難搞……？」

「啊哈哈哈，要是遇到了兩個跟里格一樣難搞的人，那人生八成也完蛋了。」叔叔笑著搖了搖頭。

而光是認識一個，就已經令他對自己的人生感到絕望的鄭泰義只能憂鬱地回說：「也是。」

「雖然現在完全看不出來，但克莉絲汀小的時候其實很常生病。她基本上都待在家裡，又或者是書房裡。就連凱爾也常常受到他的幫助。除了在語言領域展現出天賦之外，在解讀密碼這方面可說是拔得頭籌。我想就連在義，可能也無法在這方面打敗克莉絲汀。他可以說是另一個領域的天才。」

縱使還不是很清楚，不過從她竟然可以超越哥哥這點來看，應該真的是個很不簡單的人吧。

點了點頭後，鄭泰義再次瞥了凱爾一眼。如果凱爾時不時就從對方那裡獲得幫助的話，那這個反應未免也太奇怪了……

叔叔就像要解開鄭泰義的疑惑似的，再次補充道：「克莉絲汀也很喜歡古書。而她喜歡的書又基本上跟凱爾重疊。」

一聽見叔叔的話，凱爾的肩膀小小地抖動了一下。而鄭泰義也頓時解開了大部分的謎題。

凱爾彷若要印證鄭泰義的猜想般，開始嘟噥了起來：「她這次又要來幹嘛……她又要從我這裡拿走哪本書了……！不對，我現在不能繼續待在這裡。詹姆斯，詹姆斯！我得趕快聯絡他，叫他幫我在銀行的金庫裡空出一個位置……可是那些書怎麼可能全都塞進金庫裡啊。」

鄭泰義見狀雖然冒出了「要是被詹姆斯得知的話，他可能會很開心地將那些古書全都送給對方」的想法，但他最終還是選擇乖乖閉上了嘴。

「就算她跟你要那些書，你不要給不就沒事了嗎？」鄭泰義有些啼笑皆非地問道。

而這次也是叔叔代替凱爾替鄭泰義解決了疑問，「因為對方不但是里格勞的朋友，同時還是里格勞以前的同事啊。」

「……」

上。

聽完叔叔的解釋後，鄭泰義這時才總算徹底地了解到凱爾究竟站在了多麼兩難的立場上。

看來凱爾之前不小心選錯了尋求幫助的對象啊，還真是可憐。

沒過一會兒就吃完手中蘋果的叔叔在將蘋果的蒂頭放進空茶杯裡後——鄭泰義已經可以想像到麗塔見狀凶狠地瞪大雙眼的模樣——，愉悅地伸了個懶腰。

「啊啊，那我趁吃晚餐前先去洗個澡好了。悠閒地吃完晚飯後，我也差不多該休息了。畢竟我明天一大早還得趕回香港。凱爾，我去睡上次用過的那間客房就可以吧？」

在看見叔叔露出清爽的微笑，拍了拍出神的朋友並詢問著的模樣後，鄭泰義只是一語不發地啃咬起手中的蘋果。隨後，看在自己已經在別人的家中當了好幾年的寄生蟲，而房子的主人卻從來不曾對他擺過臉色的分上，鄭泰義便決定要稍微指責一下叔叔。

「叔叔，你看上去未免也太高興了。」

叔叔在微微挑起了眉頭後，聳肩說：「幹嘛這麼說呢。我只不過是為了要阻止朋友遭遇到不幸的事，才把第一手情報提前講給他聽罷了呀。」

「但無論我怎麼看，我都覺得叔叔剛剛說出那段話的語氣裡充滿著過於高興的氛圍。」

「就是說啊！」凱爾邊說邊露出凶狠的目光瞪向了叔叔。看來凱爾暫時把仇視的對象轉向了叔叔。

「喂……你們竟然都不懂我為了要防患未然，究竟耗費了多大的心思。」叔叔咂了咂嘴。隨後，還故作難過地皺起了眉頭。

就像凱爾把該埋怨的對象轉向叔叔似的，叔叔埋怨的眼神也停在了鄭泰義的身上。

鄭泰義見狀雖然稍微後悔了一下，不過隨即又裝作若無其事地與叔叔對視。叔叔看上去仿若在思索著什麼般，在凝視了鄭泰義好一會兒後，接著又像什麼事都沒發生過似的笑了起來。

「真遺憾讓你們誤會了我那滿是誠意的態度。凱爾，你就好好地守護好那些珍貴的書籍吧。要是那些書落入克莉絲汀的手裡，不是就再也拿不回來了嗎……好，那我也差不多該去洗澡了。洗完後，應該也可以去吃麗塔準備好的晚餐了。」

叔叔說完後，便乾脆地起身，朝著臥室——客房——的方向走去。

而因為叔叔的那道視線，膽戰心驚地等待著對方後續話語的鄭泰義在看見叔叔若無其事地離開後，忍不住朝著對方的背影默默鬆了口氣。

看來最近過得太平靜，讓我的膽量也變小了。

鄭泰義一邊這麼想著，一邊拍了拍自己的胸口。

「啊，對了。泰義啊。」

與此同時，以輕快的步伐朝著臥室走去的叔叔就像突然想起了什麼般，停下腳步，轉過頭看著鄭泰義。

而鄭泰義見狀也停下了拍打胸口的動作，狐疑地挑起眉頭望向叔叔。只見叔叔的嘴角微微地揚起，笑意使得他瞇起了雙眼。

鄭泰義一看見對方的笑容，內心立刻就沉了下來。他可以清楚地感覺到，對方此刻正散發著一股不尋常的氛圍。

「你的德語變得還真流利啊。」

「……？畢竟我現在就生活在德國啊，無論喜歡與否，我總得熟悉這個語言吧。」

「也對，多學會一個語言，生活自然也能變得更加便利。我看里格最近的韓語實力也大幅提升了，你們之後可以互相教對方自己的語言啊。」

「啊？」

鄭泰義不自覺地發出了奇怪的驚嘆聲。

伊萊學韓語？這還是他第一次聽說。不要說是學習韓語了，他甚至都不曾見過伊萊在看任何與韓國相關的資料或影片。況且伊萊根本就不可能為了要讓鄭泰義可以更方便地表達自己的想法，而湧上想要用韓語來對話的體貼——又或者是完全沒有任何效率的——想法。

「怎麼可能。」

在看見鄭泰義毫不猶豫就否定掉這個可能性後，叔叔搖起了頭。而叔叔眼中那越來越濃厚的笑意不知為何竟然有些詭異。

「之前當我因為工作上的事聯絡里格時，他在掛斷電話之前就像突然想到般地問我說『混蛋（Mang-Hal-Nom）』是什麼意思。而他當時的發音可是相當標準。」

「嗯？混……？」

鄭泰義木然地望向叔叔。

由於一時之間沒有反應過來，他的腦袋一片空白。隨後，腦中猛地傳來一陣不快的沉重疼痛。與此同時，不祥的預感也猶如颱風般地朝他襲來。

伊萊沒有任何理由會對韓語感到好奇。不對，在此之前，除了鄭泰義之外，他根本就沒有其他管道可以接觸到韓語。

而在鄭泰義的印象之中，他從來不曾用韓語、德語，或者是英語在伊萊的面前罵過任何的粗話。畢竟他的膽量還沒有大到敢做出這種事。

再者，在最近的這段期間，除了自言自語，抑或其他相似的情況之外，他就不曾講過韓語了。甚至偶爾在做夢的時候，夢裡講述的語言也是英語。而有些時候，他還會下意識地用英語在自言自語。

換句話說，要發生鄭泰義在喪失理智的情況下不小心嘟囔出韓語粗話，而伊萊也剛好在一旁聽著的情況可說是少之又少。

鄭泰義腦中立刻浮現的情形就只有——

「……那麼……叔叔是怎麼解釋的？」鄭泰義臉色慘白地低聲問道。

不知道是不是突然貧血，他頓時感到一陣頭暈。他總覺得此刻的自己就好像罹患了什麼不治之症似的。

叔叔一定有看見鄭泰義那張毫無血色的臉，卻沒有要安慰姪子的意思，只是笑著說：

「我當然是委婉地解釋著，這是還不足以被稱讚，需要再多加把勁的意思。」

叔叔後面還補充「我總不能直接告訴他這是粗話吧？」然而現在的鄭泰義早已聽不進這些話了。

他只覺得眼前猛地一黑，好像真的罹患了什麼不治之症。而他也是第一次如此迫切地希望自己乾脆罹患了絕症。

隨後，叔叔愉快地背過身，再次朝著臥室的方向走去。靠在沙發上，用盡所有的力氣支撐著自己身體的鄭泰義在聽見對方輕快的腳步聲後，雖然湧上了滿滿的殺意，但由於全身已經喪失了所有血色與力氣，讓他實在是沒有力氣起身。

在看見一旁的凱爾鐵青著臉，失魂落魄的模樣後，鄭泰義不禁思考現在的自己看上去是不是也與對方一樣淒慘。

* * *

隨機轉到的電臺此刻正在播報著新聞內容。

從淋浴間裡走出來的鄭泰義一邊用毛巾擦著頭髮，一邊聽著黎巴嫩與以色列間的糾紛消息，忍不住小小「嘖」了一聲。

雖然這個區域時常爆發大大小小的紛爭，但最近的頻率卻有越來越高的趨勢。這也導致人們漸漸懶得去關注那些過於瑣碎的小糾紛。

然而即使是在那片區域裡，照樣會有容易引發糾紛的地方，以及相較之下比較穩定的地方。無論是在哪個國家，令人傷腦筋的區域，往往只會做出更加令人傷腦筋的事而已。

……唉，這讓我想到曾經有個人莫名其妙就朝著和平的國家發起恐怖襲擊。只是不知道那個人現在究竟在哪裡，又在做著什麼事。

「他該不會跑到那裡去闖禍了……」鄭泰義瞪著收音機咕噥道。

不過在思索了一會兒後，眼看那個可能性並不高，他便一屁股坐在了沙發上。而還沒有擦乾的頭髮仍舊滴落著水珠。

從他現在可以大致聽懂這種類型的新聞來看，想必他的德語是真的進步了很多。

那現在是不是也該跟特地為了我而用英語溝通的凱爾、麗塔，以及其他人說這件事了？可以叫他們不用再為了我而講英語……不過麗塔看上去就是個對文法很講究的人，我想還是再繼續裝傻一段時間好了。

一想到這，鄭泰義默默地點了點頭。

隨著十點整的報時聲響起，原先播報著的新聞也結束了。緊接著開始的是音樂節目。

拿下毛巾，闔上雙眼的鄭泰義懶得去擦滴落在脖子上的水珠，他就這樣靜靜地聽著從收音機裡流淌出來的音樂聲。或許今天是合唱特輯，所以接連播出的幾首曲子才都是合唱曲。

而那些十分和諧的歌聲聽上去甚至比樂器聲還要悅耳。

就在鄭泰義舒適地吐出一口氣，並且睜開雙眼時，他聽見了一道微弱的電話鈴聲。

「……？」

鄭泰義撇過了頭。那道若有似無的電話鈴聲是從隔著一道牆的伊萊房間裡傳過來的。

伊萊的房間擺著一臺電話。由於大部分的人都會直接透過手機號碼來聯絡伊萊，因此那臺電話基本上沒有響過。而這也讓鄭泰義不禁懷疑起那臺電話是不是個裝飾品。

雖然這種情況非常少見，不過那臺電話的主人此刻並不在這間屋子裡。電話的主人早在兩個月前就離開了，並且鄭泰義也不知道對方什麼時候才會回來。

隨後，電話鈴聲停止了。然而還沒等鄭泰義轉過頭，電話鈴聲馬上又響了起來。縱使那道聲響細微到可以直接忽視，可是鄭泰義在猶豫了一會兒後，還是決定起身。

一來，他很好奇是誰這麼執意要找不在這間屋子裡的人；再者，他突然湧上了很想這麼做的想法。

在打開那扇主人不在的房門時，他不禁猶豫了幾秒。不過隨後，一看見門縫中閃爍的來電顯示燈後，他還是踏進了房間裡。僅僅只是接個電話似乎也沒有必要特地開燈，於是鄭泰義在昏暗的房間中瞥了一眼螢幕顯示的陌生號碼後，便拿起了電話話筒。

「喂？」

「我就知道你會接起電話。」

「……」

鄭泰義直直地盯著顯示在液晶螢幕上的臉。

這間房間的主人此刻出現在了畫面裡。或許對方現在正在某間房間，鄭泰義可以清楚地看見對方靠著床鋪的身影背後還有一張巨大的油畫掛在牆壁上。

「喔喔……好久不見了。」

「你看起來過得還不錯，氣色很好。」

「託你的福。」

託你不在這裡的福。鄭泰義故意省略了幾個字，就這樣答道。而伊萊似乎也猜到了鄭泰義省略不講的內容是什麼，笑了起來。

「不過你幹嘛打這隻號碼啊？房間裡又沒有人可以幫你接電話。」

「因為我覺得你一定會接起這通電話。畢竟你的房間肯定能聽見我的電話鈴聲。」

「那你幹嘛不直接打給我？」

「你的手機又不能視訊。這樣我就不能一邊看著你，一邊講電話了。」

「……」

鄭泰義再次直勾勾地打量起畫面裡的那張臉龐。在聽見對方剛剛的那番話後，他忍不住懷疑起對方到底是不是自己認識的那個人。可是無論鄭泰義怎麼看，螢幕裡那張看著他發笑的臉都是這麼的熟悉。

「幹嘛？你有什麼一定要用視訊確認的資料或東西嗎？」

「啊啊，我只是想看你有沒有好好地待在家而已。我怕你又會趁我不在的這段期間，趁機跑到其他地方……不過你剛剛是在洗澡嗎？衣服怎麼溼了？」

「是還能跑去哪。」

鄭泰義低聲抱怨著，一邊摸了摸自己的後頸與肩膀處。或許是因為剛剛沒有擦乾頭髮，水珠滴了不少下來。

「所以你到底為什麼要打來啊？」

「坐下。」伊萊邊說邊擺了擺頭，示意鄭泰義坐在一旁的椅子上。

在狐疑地凝視了伊萊好一會兒後，鄭泰義最終還是乖乖地坐在了椅子上。然而他實在是搞不懂對方睽違兩個月地打了過來，為什麼要做這種之前不會做的事。

「剛剛看見新聞上說黎巴嫩那邊爆發了不小的衝突，我原本還在擔心你會不會剛好就在那裡。不過現在這麼一看，你好像不在那裡。」

鄭泰義看著伊萊身後那些看上去要價不菲的裝飾品，默默嘟囔。而伊萊也沒有回答，就只是愉悅地笑著。

「……那你現在在哪？」

「我在柏林南邊的某個地方……嗯，不過你那裡很冷嗎？」

在聽見伊萊那句過於突兀的話語後，鄭泰義不自覺地皺起了眉頭。眼前的傢伙離開柏林也才短短兩個月而已，總不可能已經忘了這裡正值哪個季節吧？

「現在這個季節怎麼可能會冷。」

「是嗎？我看你的乳頭都站起來了，才想說是不是在短短幾個月內，氣候就產生了巨大的變化。」

「……」

鄭泰義難堪地瞪著螢幕。可能是因為剛洗完澡就吹冷氣的緣故，才導致他的身體不自覺地緊繃。雖然這句隨口說出來的話或許沒什麼特別意思，但從伊萊的口中說出，不知為何就變得非常不尋常。

「可能是這裡的冷氣太強了。你那邊難道是亞熱帶嗎？」鄭泰義的手滑過胸前，不滿地咕噥著。

「亞熱帶……你是怕我自己一個人跑來度假嗎？不過你既然要揉的話，幹嘛不脫掉衣服再揉給我看，還能順便保養眼睛。反正我也不是第一次看到你的乳頭挺立的樣子，事到如今，何必這麼害羞。」

「久違地打電話回來，你一定要講這種——唉……算了，你要看就看。」鄭泰義火大地脫掉身上的T恤，不滿地抱怨道：「男人的乳頭是有什麼好保養眼睛的。」

然而伊萊說的也沒錯。反正又不是第一次在對方面前有這種生理反應，何必這麼大驚小怪。

「所以呢，你特地打電話回來到底要幹嘛？」

消失了兩個月，連一通電話都不曾打回來報過平安的男人。結果突然打來卻是說些關於乳頭挺立的事。

「這個嗎，但我真的只是想要打來看你過得好不好而已。」

「你少騙人了。」

在這短短的幾天裡，鄭泰義就聽見了不少稀奇古怪的話。先是不久前，從叔叔那裡得知伊萊竟然有兒時玩伴的事。而現在，又是伊萊竟然會打電話來問候他的近況。

「你這麼果斷地懷疑我，未免也太無情了……把你的手臂移開。都被擋住了，我是要怎麼保養眼睛。」

「……唉，我最近真的聽到了好多奇怪的話。我看需要保養身體的人是我才對吧。」

「奇怪的話？幹嘛，有人對你胡說八道了什麼？」

「倒也不是，只是不久前才聽說你有兒時玩伴而已。」

「啊哈……是誰告訴你這件事的？」

雖然很短暫、非常難以察覺，但鄭泰義還是聽出了伊萊悄悄放緩了講話的速度。

啊……原來是這個。那傢伙之所以會突然打回來，想必就是因為這件事吧。

縱使鄭泰義不知道理由，不過直覺告訴他伊萊想要聊的就是這個話題。在沉默了一會兒後，鄭泰義發現伊萊八成也已經猜到他意識到了這件事。

鄭泰義看著伊萊瞇起的雙眼，「所以你好奇的到底是什麼？」

「沒有啊，我只是想打來看你過得好不好而已……可是被你這麼一提，我倒也好奇了起來。是誰告訴你我有兒時玩伴的？是我哥嗎？……我剛剛就說了，把你的手臂移開。」最後，伊萊還不忘又補上了一句，「既然上半身都脫了，你乾脆也把下半身脫掉啊。」

而鄭泰義在聽見對方的話語後，雖然恨不得立刻撕碎對方那張嘴，最後還是慢吞吞地移開了手臂。

「叔叔不久前有來過。他在跟凱爾聊天的時候，剛好提到了克莉絲汀娜這個人，還補充說對方是你的兒時玩伴及同事。」

「啊……他前陣子有來德國？久違地見到了家人，你們應該度過了一段愉快的時光吧。所以呢，他過得還好嗎？」

「過得還不錯啊。據他所說，過陣子他們就要跟歐洲分部進行集訓了。由於原先的那個狂人不在，所以輕鬆了許多。」

因為對方不在面前，所以鄭泰義可以毫無顧忌地講出心裡話。而伊萊看上去似乎也已經對這種程度的挖苦免疫了。

「哈哈，這的確是件值得慶祝的事。那其他人呢？他們都過得還好嗎？」

鄭泰義見狀再次陷入了沉默之中。他就這樣直勾勾地凝視著伊萊。而伊萊則是瞇起雙眼，露出微妙的微笑。

「……你到底好奇什麼？不要問些你平時根本就不會問的事，直接講你的目的。」

「啊，我好奇的到底是什麼呢。」

伊萊模稜兩可地說完後，將頭歪向了其中一側。喀喀，鄭泰義可以聽見對方關節移動時的聲響透過聽筒傳了過來。

「比起這些，泰一，這兩個月獨自一人待在家如何呢？不會無聊嗎？你難道都不會覺得身體變僵硬了嗎？我今天的身體格外沉重啊。」

當對方講到「我今天的身體」時，鄭泰義看見了一個不該看見的畫面。

斜靠在床上的伊萊穿著一件四角褲來代替睡衣。伊萊先是將手放在四角褲上來回撫摸了一會兒，接著倏地將默默抬起頭的棒狀物從四角褲裡掏了出來。

「……」

眼看畫面下方轉眼間就被對方的棒狀物塞滿，鄭泰義頓時喪失了說話的能力。就算已經有好一陣子沒有看見這根棒狀物了，可是他怎麼樣也沒有料到自己竟然得透過這種方式再次看見那根距離他（這只是他的推測）幾千幾百里之外的東西。

「所以……你是想怎樣……該不會要電愛吧？」鄭泰義臉色僵硬地開了個玩笑。雖然這玩笑難笑到他完全笑不出來。

伊萊手中搓揉著的那根凶器已經精神飽滿到越來越靠近鏡頭了。然而伊萊的臉上卻看不出絲毫的興奮，抑或是緊張的神情。

伊萊露出就像真的在開玩笑般的輕鬆表情笑著說：「幹嘛，你不想試試看嗎？可是我覺得這會很有趣？」

「要是真的做到這種地步，實在是有點……這會讓我覺得自己的人生真的要完蛋了，所以我不想這麼做。」

要不要趁現在趕快掛斷電話，逃回房間啊？不對，就算現在分隔兩地不會怎麼樣，可是之後遲早還是得見到面。

「嗯……」

在看見鄭泰義偷偷遠離鏡頭的模樣後，伊萊發出了一聲嘟噥聲。

奇怪，鏡頭怎麼好像怪怪的。為什麼他的那裡看上去特別大啊？

而努力撇開視線的鄭泰義猛地聽見了對方的笑聲。

「泰一，你忘了嗎？你是我的。我記得我之前就已經跟你說過了。難道是因為過了太久，所以你忘記了嗎？既然如此，那我只好再說一次。你是——」

「啊，你想怎樣，你就直接說！」

一聽見那句曾經在自己耳邊重複數百次洗腦般的話語，鄭泰義的背脊立刻發涼，下意識地出聲阻止對方再次講出那句話。

而伊萊也很爽快地給出了答案，「把褲子也脫了。」

難得這兩個月可以過得比較清閒一點，結果這個傢伙又……

「欸，伊萊。雖然我不知道你什麼時候才要回來，可是你回來之後不是還會——」

「一個月。」

「嗯？」

「再過一個月，我就會回去了。不過泰一，為了不想照著我的話做的你著想，我特地給你一個建議好了。你是想要在一個晚上消化我累積了整整三個月的欲望，還是要先在視訊裡解決前兩個月的欲望，最後等我回去再幫解決掉最後一個月的欲望？」

聽完對方的分析後，鄭泰義不禁安靜了下來。他的確不曾考慮過這件事。

而伊萊在凝視了木然地盯著畫面看的鄭泰義好一陣子後，再次擺了擺頭，「脫掉。」

該死，又被他逮到了。要是我在這個情況下裝死，又或者是直接掛斷電話的話，一個月後，叔叔跟哥哥就得幫我收屍了。

鄭泰義將手放在褲頭處，惡狠狠地瞪著畫面裡的伊萊。在經歷了數十秒的無聲對峙後，鄭泰義自暴自棄地脫下了褲子。

早知道我就不要跑來接電話、早知道我就乖乖地待在房間裡聽收音機睡覺。

然而現在才後悔已經太遲了。

由於心底的怒火突然湧上，鄭泰義直接將脫下來的褲子丟在螢幕上。不過褲子隨即就又掉了下來，螢幕中還能看見伊萊那張不懷好意的笑臉。

「接下來呢？我該不會連內褲都要脫掉吧？」

「當然。」

就算鄭泰義毫不掩飾地露出不悅的神情，直接朝著螢幕大吼大叫，伊萊八成也會無動於衷。鄭泰義最終只能一邊凶狠地瞪著那張白皙的臉，一邊將脫下的內褲丟向螢幕。縱使他巴不得內褲可以剛好卡在螢幕上，替他擋住眼前的畫面，然而上天並不打算聽從他的請求。

即使在對方面前全裸已經不是什麼需要大驚小怪的事了，可是看到對方在螢幕的另一端把玩著肉棒，而自己則是全裸地站在螢幕前，難免還是讓他湧上了微妙的心情。

不對，比起微妙，這種感覺更像是不適。

「過來坐下。不要瞪大雙眼地站在那裡。」

對方那泰然自若的模樣看在鄭泰義眼裡相當的礙眼。不過轉念一想，對方本來就是這樣的人。

鄭泰義懷著那既不適又火大的心情，粗魯地坐了下來。與此同時，他還順便把雙腿敞開，掛在椅子的把手上。

「看到這個畫面，你滿意了嗎？」

「啊啊，超滿意的啊。這簡直就是絕景。」

霸佔畫面下方的棒狀物頓時又變得更加粗壯了。

鄭泰義見狀下意識地冒出了想要打退堂鼓的念頭，可是眼看自己已經做出惡狠狠地瞪著對方的動作，就這樣突然移開視線好像也很尷尬。

我怎麼每次跟這個傢伙聊天，最後總是會落得自掘墳墓的下場……

「一個大男人雙腿之間的景色是能好看到哪裡去啊！」鄭泰義故意以嘲諷的語氣嘀咕道。與此同時，伊萊手中搓揉著的棒狀物也變得越來越有精神了。

伊萊直視著鄭泰義，倏地笑了起來。那雙冰冷的眼眸也染上了一絲笑意。縱使看了好幾年，但他還是覺得相當陌生。然而他也搞不懂為什麼那雙眼睛一旦有了笑意，就會讓他感到這麼陌生。

「這可是名副其實的絕景啊。尤其是你那恨不得馬上掛斷電話逃跑，又或是想要當場上吊，卻又不願意表露出來，故作泰然的表情。」

「……！」

就是這種瞬間。

每當這種時候，鄭泰義總會再次認知到眼前這個男人的個性究竟有多糟。

「……你爽了嗎？」

這樣壞心眼地虧人，你爽了嗎？鄭泰義故意省略前言，賭氣地問道。

而伊萊明明聽懂了鄭泰義的言外之意，卻像什麼都沒有發現似的說：「我原本其實也不打算這麼做，不過看到你之後，突然就動心了。睽違兩個月地見到你本人，而不是依靠腦中的想像，讓我的下身興奮到心臟也跟著刺痛了。」

與那道低沉又泰然的嗓音不同，對方手中握著的物體似乎已經快要到達高潮了。

那直勾勾盯著鄭泰義看的視線、遠比平時還要再低沉的嗓音、微微參雜著快感的氣息，以及搓揉著性器時的動作，這所有的一切都在刺激著鄭泰義的心臟。

就如同伊萊說的那樣，鄭泰義也感覺到自己的心臟刺痛了起來。

瞬間，他的後頸開始發燙。

該死，因為跟這個傢伙混在一起，連我的腦子也變得怪怪的了。

「泰一，腿再張開一點……泰一。」

從自己竟然順著對方的話，乖乖張開雙腿的反應來看，鄭泰義很確定自己的腦袋一定是壞掉了。

只希望我不要在這種情況下也跟著一起勃起。

鄭泰義這麼想道，一邊將頭靠在了椅子上。雖然他很想闔上雙眼，但對方那炙熱的眼神讓他實在無法這麼做。

「泰一。」

鄭泰義聽見了對方再次呼喊出自己名字的嗓音。就在這個剎那，一道黏稠的白色液體噴射到了畫面上。

附著在畫面上的液體隨即便以緩慢的速度往下流動，而那道痕跡的後頭，則是一雙依舊直直盯著這個方向看的冰冷眼眸。

「……」

「……因為你人不是真的在我的身邊，感覺果然還不夠好。」

聽到這句話的瞬間，不小心被鄭泰義拋在腦後的怒火再次湧了上來。

這傢伙明明幾秒鐘前才對著我正在看的螢幕射了一堆，結果現在竟然跟我說感覺還不夠好？

然而還沒等鄭泰義將心底的怒火宣洩而出，伊萊便用沾著精液的指尖在螢幕上比劃了起來。鄭泰義見狀馬上就湧上了那根手指真的在自己身上描繪著的錯覺，忍不住抖動了一下。

伊萊露出了淺淺的微笑，「對，我還得幫你解決你的性欲。因為現在分隔兩地，竟然連這種最基本的事都做不到了。還真是抱歉啊。」

「……你不用這麼客氣。關於那一點，完全不需要你來操心。」

比起那些，我反倒更害怕你以要幫我解決欲望的名義而撲過來的行為。

由於那不值得一提的自尊心，鄭泰義最後還是把後面那句話吞回了肚子裡。在不悅地咂了咂嘴後，他瞪向了對方，「好，那你現在總該說出你原本的目的了吧？你為什麼要打回來？」

隨著腦袋漸漸地冷卻下來，鄭泰義也想起了對方一直愛說不說的那個話題。然而伊萊就只是一語不發地盯著鄭泰義看而已。就這樣僵持了好一會兒，伊萊才像是自言自語般地咕噥了起來。

「看來你完全不相信我打來是為了要看你過得好不好的這個說法啊。」

「好了，不要再扯開話題了，你就直說吧。幹嘛，你是好奇叔叔的消息嗎？還是好奇UNHRDO那群傢伙的消息？」

一個平時根本就不在乎其他人過得好不好的傢伙，現在拿這個來當理由未免也太可笑了。

而伊萊在聽完鄭泰義的問句後，先是用手指在床頭櫃上規律地敲打了幾下，接著便像是作罷般地聳了聳肩，「你不是說鄭昌仁教官去了柏林嗎？這應該是你們睽違很久的見面吧。還真是可惜啊，我也想見他一面。」

「你的表情看上去根本就沒有惋惜的感覺，少在那邊騙人了。你要是真的感到可惜，那就下個月去見他吧。他好像還會再來德國一趟。」

「嗯……？」

「聽說下個月會在美因河畔法蘭克福舉辦國際航空博覽會，叔叔有說他會去那裡一趟。啊，對了，因為在義哥也會參加，我想我們家應該可以久違地再次聚在一起吧。」

我現在可以穿上衣服了吧？再怎麼說，至少也讓我穿一下內褲。不過那傢伙既然都已經解決完性欲了，幹嘛不把凶器收回四角褲裡啊。

就在鄭泰義這麼想著，一邊偷偷地將衣服撿起時，他倏地察覺到了異狀。伊萊此刻正維持著撫摸下巴的動作，直勾勾地凝視著他，並陷入沉默之中。

「……幹嘛？」

「他說完了那件事之後才走的嗎……？所以呢，你要去美因河畔法蘭克福？」

鄭泰義可以清楚地聽見伊萊最後還發出了苦澀的咂嘴聲。他不禁停下撿起衣服的動作，默默地盯著對方看。寂靜就這樣持續了好幾秒的時間。

「……我是這麼想。畢竟叔叔有說，他到時候可能沒空跑來柏林。既然叔叔都沒空的話，那我想在義哥八成也沒時間過來吧。」

「那還真是遺憾啊。」

「怎麼說？」

「你重新跟他們約下次見面的日子。」

鄭泰義再次陷入了沉默。而這次的沉默明顯比剛剛還要再更長一點。

在隨意地把手中的衣服丟在地板上後，他朝著螢幕的方向坐直，「你的意思是，叫我下個月不要去見他們？」

「對。」

「就算我只是要去見我的家人？」

「你下次再去見他們。」

「……」

「……」

鄭泰義先是無言以對地凝視了伊萊好一陣子，隨後他的眼神中逐漸浮現出不滿的神色。而不滿的神色隨即又轉變成了惡狠狠的目光。

「不要。」

「你不要到處亂跑，乖乖待在家裡。」

「喂，憑什麼你可以想去哪就去哪，而我就得被困在家裡啊……！」

「不要去。」

「我不要！」

其實他原先並沒有這麼牴觸這件事，甚至也沒有一定要趁這次機會與叔叔跟哥哥見到面的理由，可是在聽到對方如此冷漠地命令他不准這麼做之後，他原本遺忘的怒火便又再次被喚醒了。

而伊萊在看見鄭泰義斷然拒絕的反應後，眼神也冷了下來。

「鄭泰義，不要去。」

伊萊準確的發音以及低沉的嗓音宛若刀刃般刺進鄭泰義的耳中。聽到那道嗓音，鄭泰義膽小謹慎的心情又漸漸冒了出來。然而在意識到這個事實後，心裡又忍不住湧起了自嘲般的嘆息。

我的人生怎麼會淪落到連想去的地方都不能去、連想見的人都見不到的下場啊。

「至少告訴我不能去的理由吧？」鄭泰義不悅地問道。

不過畫面另一端的人卻沒有開口。因此鄭泰義只好再問一次，「我不能去的理由是什麼？」

「因為我不想讓你去。」

呃啊……這個傢伙真的是……

鄭泰義的眼神也冷了下來。

「鄭泰義，你不要敬酒不吃吃罰酒。」

那道變得更加低沉的嗓音連原先的笑意都消失了。語氣也明顯強硬了許多。

鄭泰義歪起頭凝視著畫面裡的男人。此時，畫面另一端的伊萊也正在凝視著鄭泰義，並且還是以一張沒有絲毫笑意的臉龐盯著他看。

隨後，在某個瞬間，鄭泰義突然感覺到相當不滿。因此在衝動之下、在一個他自己也沒有意識到的情況底下，他將身體往前傾。他把臉貼在了螢幕上，直視著伊萊的雙眼，笑著說：「我會在你下個月回來之前，離開這裡的。」

「鄭泰──」

鄭泰義語音剛落，伊萊便用著比先前還要凶狠許多的嗓音吼出鄭泰義的名字。然而鄭泰義還沒等對方把話說完，便立刻掛斷了電話。

隨著對方的聲音消失，螢幕上的畫面也變得一片漆黑。鄭泰義緊握著電話，死命地盯著螢幕看，彷彿下一秒螢幕就會再次亮起，出現那張駭人的臉龐。

隨後，他就像被這個想法嚇到般，連忙拔掉了電話線。即使如此，他仍舊死死地盯著那臺電話看了好幾秒。

「……我……」

微弱地嘆了一口氣，鄭泰義緩緩放下緊抓著電話的手，並且像呻吟般地咕噥道：「我是吃了什麼熊心豹子膽，才敢做出這種事啊……」

木然嘟囔著的他在出神地凝視了電話好一會兒後，猛地抱住自己的頭。

「我是徹底瘋了吧？我之後該怎麼承擔後果。」

不停咒罵著自己的鄭泰義在聽見外頭的走廊上傳來有人從遠處走過來的聲響後，連忙打起了精神。此刻的他才意識到自己竟然全身赤裸地待在沒有開燈、主人也不在的房間內。

在快速撿起衣服的同時，他還不忘繼續咕噥著：「我是瘋了吧，真的徹底瘋了吧……」

* * *

那些無論怎麼思索也得不出結論的苦惱，往往只會引來後悔與自責罷了。

我為什麼要講出那種話？我怎麼會做出那種事？

而後悔到最後，對自己感到心寒的情緒便會不斷地重擊著內心。

仔細一想，其實他也沒有做錯什麼。可是膽小謹慎的內心還是促使著他繼續緊抓著那段後悔的往事不放。就在他一邊後悔，一邊埋怨著自己的人生時，一整個晚上就這樣過去了。

當徹夜未眠的鄭泰義拖著沉重的身體離開家裡後，他難堪地望著頭上的天空。

這個天氣未免也太反覆無常了吧？

在最近這兩個月內，已經不怎麼會下雨了，而每天也都晴朗到像是夏天就快要到來一樣。就算剛剛準備出門時，天空中的確飄著幾朵烏雲，可是鄭泰義還是能清晰地看見烏雲背後那湛藍的藍天。

然而現在。

除了閃電打雷之外，還下起了一場暴雨。伴隨著強風襲來，鄭泰義總覺得整個世界彷彿要被雨水淹沒似的。

「這雨下得就像天空中破了個大洞一樣……」

鄭泰義看著外頭的景色，忍不住咂起了嘴。

從這裡到家中並不遠，用跑的話大概五分多鐘就能到了。不過外頭的雨勢大到僅僅只需要五分鐘，就可以將人淋成落湯雞。

雖然被雨淋溼也沒差，但此刻的鄭泰義並沒有什麼著急到需要淋著大雨也要趕回家的要事。因此他就在這裡等了一個多小時。

要不要直接跑回去算了？就把淋雨當作洗澡。

正當鄭泰義伸手握住門把時，原先陰暗的天空立刻出現了一道閃電。周遭的景物全都亮了起來。下意識停下腳步的鄭泰義在愣了一會兒後，便聽見了像是天空要崩塌般，震耳欲聾的雷聲。

「……既然都等這麼久了，再多等一下也沒差吧……」

鄭泰義悄悄將手從門把上移開，並再次走了進去。

這是一間看不見半個人影的寂靜教堂。

在這間既不大也不小的教堂裡，牆壁前每隔一段距離就會擺上一座雕像。而雕像的後頭還有用彩繪玻璃打造而成的窗戶。

本該是個既神聖又虔誠的空間，卻因為吵雜的雷鳴閃電而顯得十分昏暗，再加上沒有其他人在，令人感到詭異。

隨意在最靠近門邊的位置上坐了下來後，鄭泰義看向了遠處的十架苦像。

他沒有任何的宗教信仰。其他家人也沒有特定的信仰，這多少導致他對這方面不太感興趣。

不過在軍校時期時，因為直屬教官是名虔誠的基督徒，因此禮拜天要是不小心被對方看見，便會被那名教官抓去教堂。話雖如此，但鄭泰義在經歷過那幾次的宗教活動後，內心依舊沒有受到任何啟發或影響。

正因如此，他並沒有對哪個特定的宗教抱有好感抑或反感。他向來都是以與我無關的心態在看待這些宗教。

然而，當人在神經衰弱的情況下，或許就是會下意識地抓住眼前的任何希望。

……雖然表面上是這樣說……

鄭泰義撓了撓頭。口中苦澀的氣味始終揮散不去。

他好像還能聽見凱爾那道拚命忍住笑意，沉穩的嗓音在自己的耳邊環繞著。

「你要去哪裡？」

今天早上，比平常還要晚吃完早餐的凱爾坐上位於詹姆斯的車子後座，趕著出發去公司。但他一看見鄭泰義拖著沉重的步伐朝大門走去的身影，便狐疑地開口問道。

心情憂鬱的鄭泰義不假思索地說出了腦中的想法：「我想要去教堂懺悔上輩子的業障……」

隨著自責的想法不斷加深，鄭泰義甚至已經開始回溯自己上輩子做過的事了。而凱爾見狀隨即便露出了一個微妙的表情。沒過幾秒，鄭泰義也讀出對方那無法用言語來形容的表情究竟代表著什麼樣的情緒。

那是一個混雜著笑意與忍耐的表情。

早在剛剛吃早餐的時候，鄭泰義就已經把昨晚的事講給凱爾聽了。

當凱爾看見鄭泰義那張氣色很糟的臉龐時，便詢問了他是不是做了什麼惡夢。鄭泰義便下意識地把昨晚伊萊打電話來的事講了出來。

一聽見這個回答，凱爾立刻停下用叉子戳刺香芹的動作，眨了眨眼問：「那個傢伙怎麼會打來？」

鄭泰義出神地嘟噥道：「他說只是想了解大家過得好不好而已。」

凱爾雖然露出了非常奇怪的表情，不過在看見鄭泰義那彷彿掉入深淵還爬不出來的表情後，便好心地沒有繼續追問下去。

想必當凱爾聽到鄭泰義突然念叨起「上輩子的業障」這種發言後，一定馬上就猜到了其中的理由。

凱爾平時就會露出惋惜的眼神，替鄭泰義感嘆著他怎麼會倒楣到偏偏被自己的弟弟盯上。因此凱爾這次也十分體貼，沒有當著鄭泰義的面直接笑出來。甚至還以心疼的語氣，輕聲地開口問說：「如果你是為了要懺悔上輩子的業障而去教堂讓雜亂的心再次恢復平靜的話，那自然是件好事。可是泰一啊，我可以抓出你那句話裡頭的語病嗎……？」

「可以等之後再告訴我嗎……」

在聽見鄭泰義憂鬱的答覆後，凱爾馬上點了點頭並識相地閉上了嘴。

而鄭泰義在拒絕凱爾要順路載他去教堂的提議後，便以沉悶的心情走到了離家只有幾分鐘距離的教堂。

至於現在。

或許是因為這間教堂原本就沒有什麼人又安靜、又或者是因為前一晚沒有睡飽，太過疲倦而打起瞌睡、也有可能是因為懺悔著連自己都不知道的罪行，不小心就發起呆的緣故，當鄭泰義再次回神時，時間已然過去了兩個小時。

看到時鐘嚇了好一大跳的鄭泰義正準備要起身回家的時候，外頭便下起了傾盆大雨。

「……」

鄭泰義咂著嘴再次撓起了頭。總覺得今天好像每件事都在跟他唱反調。無論是天氣，抑或是自己的心情都是如此。

坐在教堂裡，鄭泰義抬頭凝視了一旁的雕像好一陣子後，忍不住嘆了口氣。仔細一想，他剛剛不小心睡著，所以還沒來得及好好對自己上輩子的業障進行懺悔。

要不要試試看人家說的「和好聖事」？可是我又不是天主教徒，再者他們會對幾乎沒來過教堂的人進行和好聖事嗎？

想了想，覺得機會渺茫的鄭泰義便又搖起了頭。不過下一秒，他也不禁想像了一下當自己進行和好聖事的畫面。

那個，我上輩子好像犯下了什麼滔天大罪。不小心被一名恐怖分子盯上，所以害我也變成了通緝犯。甚至我還被那名恐怖分子強迫做了一些無法用言語來形容的難為情事情。像昨晚，我就被他……

一想到自己滔滔不絕地講出這些話，鄭泰義的身體就忍不住抖了一下，頭也大力地搖了起來。

我真的很會做一些多餘的事。

鄭泰義自嘲地嘆了口氣後，重重地垂下了頭。

在這間沒有其他人在的寂靜教堂裡，雨聲突然變得更清晰了。在轉過頭看向了門口的方向後，鄭泰義才發現有人走進了教堂裡。

從敞開著的門縫之中，可以看出外頭依舊在下著暴雨。看來距離雨勢停止八成還要好一段時間。

在這種下著滂沱大雨的日子，究竟是哪個虔誠教徒穿過雨幕來到教堂啊。鄭泰義沒有多想地直視著那名打開教堂大門的人。

那身穿全身連帽雨衣的人剛踏進教堂，便發現鄭泰義的存在，停下了腳步。看來對方應該沒有料到教堂裡竟然會有人吧。

那人在低聲嘟噥了些什麼後，掀開了雨衣的帽子，一邊往教堂的內部走了過來。而對方身上的雨水也隨著動作滴滴答答落在地板上。

下一秒，鄭泰義不禁僵在了原地。

青年的白金髮在昏暗的教堂裡散發著淡淡的光芒，對方咂著嘴甩掉頭髮上水滴的模樣就像剛剛才從身後微微閃爍的彩繪玻璃中走出來似的。

青年美得像一幅畫作。乍看之下，也宛若一座雕像。青年光是站在那裡，就令他身旁的空間彷彿隸屬於別的次元一般。

這些讚美就像專為青年所創造出來的形容詞。

出神凝視著青年看的鄭泰義一直等到對方瞥了自己一眼後，才總算恢復了精神。不過即使知道這樣盯著別人看很失禮，但他還是難以移開自己的視線。

「自己一個人來的？」

青年似乎已經習慣了這種視線，倏地朝鄭泰義問道。

青年的嗓音就像剛燒製好的白皙陶器般一樣美得令人著迷。這也令鄭泰義不禁發出了「嘿？」這種猶如笨蛋般的聲音。在意識到自己的醜態後，他才又結結巴巴地說出了：

「呃，對、對，我是自己一個人來的。」

鄭泰義，你冷靜一點！就算看見了這種出乎意料的美貌，也不該慌張成這樣啊！

在用力地捶打自己的胸口兩、三下後，他才總算冷靜了一點。

而青年先是用狐疑的眼神打量著突然捶打起自己胸口的鄭泰義，接著便環顧起四周。隨後，對方才又將視線再次移回鄭泰義的身上。

「所以呢。」

「……？」

「你是偶然出現在這裡，還是故意在這裡等我？」

「……我連你是誰都不知道……」

鄭泰義看著眼前的青年，暗自想道原來對方說話的方式就跟外表一樣不凡。

「是嗎，那就算了。」青年若無其事地答道。

該怎麼形容呢，鄭泰義總覺得青年是個令人摸不著頭緒的人。

在疑惑地歪起頭，轉了轉眼球後，鄭泰義不禁感嘆起最近怎麼出現這麼多讓他難以跟上的對話。不過轉念一想，依照男子的外貌來看，就算對方是某位影星抑或知名模特兒似乎也很正常。那麼他所到之處，都有瘋狂的粉絲提前埋伏並等待著他的到來好像也不全然是一件奇怪的事。

對，說不定他是什麼很出名的人。

默默得出結論的鄭泰義點起了頭。一想到這裡，他不禁為自己總結出來的結論感到滿意。

「你看上去不像是虔誠到會在這種大雨之中，還來教堂祈禱的人。」仔細打量著教堂內部一陣子的青年突然開口說道。

雖然這句話或許聽來頗為無禮，但完全不虔誠的鄭泰義，也只是淡然地點了點頭。

「早上來的時候，不小心打了個瞌睡，一覺醒來就下起了大雨。所以我才會在這裡等雨停。」

「你一大早為什麼要跑來這種地方？」

「這不是剛剛才從滂沱大雨中走進教堂裡的人該問的問題吧……」自言自語著的鄭泰義偷偷瞥了對方一眼。而隨意打量著周遭環境的青年在意識到他的視線後，便轉過頭與他對視著。

應該沒關係吧。就算沒辦法進行和好聖事，至少可以把惱人的心事講給其他人聽。畢竟誰知道呢，說不定對方是天上的哪個神看我可憐而派下來的使者啊。

「我在思考，我過去究竟是犯下了什麼罪，現在的人生才會變得這麼多災多難……而那名害我的人生變成這副鬼樣的人甚至還過得好好的……」

「那一定是因為你的犯罪手法太愚蠢了。聰明的罪犯多得很，他們的人生不但沒有多災多難，反倒還過得十分舒適。」

眼看對方在沒有半點猶豫的情況下，就直接講出這段話，鄭泰義頓時不知道該做出什麼反應。

該怎麼形容呢，眼前的男人看上去雖然是個宛若從畫作或雕像裡走出來的天使，可是卻又……

「……那你又是為什麼要在下著大雨的天氣，跑來這裡啊？」撓了撓頭後，鄭泰義反問道。

青年抬頭望著色彩繽紛的彩繪玻璃。而彩繪玻璃上，描繪著聖母抱著幼年耶穌的模樣。那是幅充滿愛意的畫面。青年的視線停留在彩繪玻璃上，咕噥著回道：「因為有人在追我。」

「嗯？」

「走到一半，因為有人一直跟在我的身後煩我，為了要甩掉那個人，順便躲雨，我才會隨便躲進一個地方。」

在聽完青年的解釋後，鄭泰義點了點頭。就算青年的解釋很籠統，但鄭泰義多少也能猜到那是什麼情況。想必這一定跟他不久前所得出的那個結論有關。

正所謂過猶不及，當一個人的外貌太過突出時，必然也會產生一些不必要的麻煩。

「看來你的人生也是多災多難啊。」

嘆了口氣嘟噥出這句話後，青年瞥了鄭泰義一眼。隨後，對方再次將視線移回彩繪玻璃上。看來青年應該是對那副作品感到相當滿意。

就在這個時候。

教堂的門猛地被打開了。

雨聲伴隨著潮溼的空氣一下子就湧進了教堂裡。

沒想到又有人在這種糟糕的天氣下，來到這間教堂。

轉過頭看向大門處的鄭泰義在看見站在門前的身影後，立刻就湧上了不好的預感。

此時，有一名身材壯碩的男子正氣喘吁吁地站在那裡。用力喘著氣的男子在發現距離鄭泰義不到幾步之外，依舊盯著彩繪玻璃看的青年後，立刻大吼道：「你、你這臭小子原來在這裡！」

這就像是騷亂爆發前的前兆。

鄭泰義偷偷瞥了青年一眼。對方不可能沒有聽見男子大吼的話語，可是他卻不為所動地繼續凝視著彩繪玻璃。乍看之下，青年就像看著這個作品看到出神似的。

男子見狀大步地朝青年走了過來。那道既沉重又暴躁的腳步聲也越來越靠近兩人。

仔細一看，鄭泰義才發現男子的其中一隻眼睛布滿著血絲。不對，這不單單只是布滿血絲的程度，男子眼中的微血管就像全都破裂似的，眼白上全是鮮紅色。這也讓鄭泰義不禁懷疑起男子的那隻眼睛究竟還看不看得見。

外貌端正的男子似乎已經氣到失去理智了，握拳的手彷彿下一秒就會直接衝上去揍人似的。

該不會這個人就是那個一直跟著青年的人？

眼前的氛圍怎麼看都很不正常，鄭泰義也不知道自己究竟該不該迴避。可是若他真的離開，又怕這兩人會鬧出人命。再怎麼說，他實在無法眼睜睜地看著那名美麗的青年被打死……

就在鄭泰義準備邁開步伐朝著兩人走近時，青年靜靜地開了口。

「今天好不容易拿到了我一直想得到的東西，所以心情很好……也是因為這樣，我才想說要當作沒這回事……我記得剛剛已經勸過你最好是直接離開會比較好，但你還是執意要跟過來是嗎？嗯？」

雖然青年說自己的心情很好，但眼神看來卻充滿著倦怠與憂鬱。而且，他自言自語著的模樣簡直看起來就像個恍神的人，口中所講述的內容也讓人聽得一頭霧水。

短短幾秒鐘的時間，鄭泰義的腦中便閃過了這麼多的想法。

「莫名其妙突然就朝人揮拳的傢伙是在瞎扯些什麼？我只不過是看你長得清秀，才跟你搭一下話而已，臭小子，你今天死定了。」

男子在聽見青年的話語後，一邊嗤之以鼻地反駁著，一邊捲起了被雨淋溼的袖子。下一秒，對方結實的手臂便出現在兩人的面前。

那名宛若雕像般美麗的青年似乎只要被男子粗壯的手臂輕輕掠過，就會立刻碎掉似的。

不行，不能再等下去了。

眼看情勢一觸即發，鄭泰義早已沒有心思去分辨到底誰對誰錯。他只想阻止男子，以免對方傷及青年那張猶如藝術品般的臉蛋。

男子轉眼間已經縮短了幾步距離。由於太過心急，鄭泰義根本來不及思考太多，立刻擋在男子與青年的中間。

在這同時，男子也抵達了青年的面前。而青年此刻才總算將視線移到男子身上，露出十分厭煩的表情。

就在這個瞬間，鄭泰義看見某樣銳利的物品閃過了銀色的光芒。

衝動之下，鄭泰義以飛快的速度，下意識地握住了乍看之下最危險的手。要是鄭泰義再稍稍晚了一步，那不知何時被套在對方手上的手指虎可能就已經打碎另外一人身上的某根骨頭了。

「……！」

「喔……？」

鄭泰義還沒來得及思考，便反射性地擠在兩人之間，握住那隻看起來最危險的手。一直等到下一秒，他才意識到好像有哪裡怪怪的。

此刻被他握在手中的手，根本就不是不久前那看上去過於粗壯、結實，以及長滿著手毛的手臂。

「喔？……喔？」

然而那纖細手臂的盡頭，的確套上了既厚重又散發著光芒的鐵製手指虎。鄭泰義可以看見青年那張猶如雕像般的臉，此時正微微瞪大了雙眼，直勾勾地盯著他看。

鄭泰義再次嘟囔了一聲：「喔……」之後，悄悄看向了身後。男子此刻正用著那依舊通紅著的眼睛，垂眼看著他。

對方似乎還沒意識到自己剛剛差點就被青年的手指虎攻擊，疑惑地看向了鄭泰義。接著，男子才注意到被鄭泰義握在手中的青年的手，以及青年手上那尺寸剛剛好的手指虎。

鄭泰義最後再一次發出了：「喔……」的嘟噥聲後，啞然地轉過頭，望向了青年。

與此同時，青年甩掉了鄭泰義的手。青年就像把鄭泰義的手當作蟲子似的，在用力地甩開後，還不忘拍了拍剛剛被緊握住的手腕，接著露出冰冷的眼眸瞪向鄭泰義。

「嘖。」

鄭泰義還能聽見對方發出的咂嘴聲。不過還沒等鄭泰義開口解釋，這時才反應過來青年手中的手指虎代表著什麼含義的男子馬上漲紅了臉，氣憤地罵道：「你這不知天高地厚的小子……你又是誰啊，快滾！」

男子伸手胡亂揍了擋在自己面前的鄭泰義。啪，伴隨著一道響亮的聲響，鄭泰義感覺到太陽穴處瞬間火辣辣地刺痛，眼冒金星。

「啊啊……」

下意識發出痛苦呻吟聲的鄭泰義委屈地轉過頭，看向了男子。

這臭小子，他也不想想剛剛是我救了他一命，竟然還這樣對我……！

男子連看都懶得看鄭泰義一眼，徑直衝往青年的方向。在看見青年淡然地重新握緊拳頭的模樣後，鄭泰義馬上就湧上了微妙的不協調感，以及鮮明的危機感。因此他毫不猶豫地再次擋在了兩人的中間。

只不過鄭泰義這次並不是偶然，而是抱持著明確的意圖。在將男子擋在自己的身後後，鄭泰義與青年四目相交。

真正危險的並不是他身後那名看上去凶神惡煞的男子。

準備要往前走的青年在看見再次擋在自己面前的鄭泰義後，若有似無地皺起了眉頭。而青年的眼神也瞬間冷了下來。

「如果你不想落得跟那個人一樣的下場，就給我乖乖地待在角落。東方黃猴子，我下次可不會再放過你了。」

鄭泰義已經很久沒有聽見這種充滿著歧視性的言論。然而還沒等他意識到這些話是從那張美麗的雙唇中冒出來的之前，他的下巴就遭受到了一記重擊，眼前也頓時一片發白。

短短幾秒鐘，連鄭泰義自己也沒有意識到的同時，他似乎短暫地昏了過去。等他再次打起精神時，眼前的局勢早已結束了。

他的記憶只停留在擋在青年面前的部分。而下一秒，當他好不容易清醒過來的時候，他已經躺在了地板上。鄭泰義一邊眨著眼，一邊從地上坐了起來。他茫然地看著出現在眼前的一切。

男子倒在教堂的地上，翻著白眼暈了過去。除此之外，對方的口中還漸漸湧上了白色的泡沫。

當鄭泰義發現男子口中的泡沫混雜著些許的鮮血後，他才連忙站了起來。

而一旁的青年在將手指虎拿下來之後，便收在了口袋裡。隨後，青年拿出一張一塵不染的白色手帕，開始擦拭起自己的手。在結束一切的動作後，青年就像什麼事都沒發生過似的，漫不經心地抬起眼，再次看向彩繪玻璃。

鄭泰義先是露出錯愕的表情盯著青年看，接著才開始查看男子的傷勢。他小心翼翼地掀開男子的衣角，「到底是打在哪裡啊……」

「胸口旁，他沒死。我只是打斷他一根肋骨而已。」青年沒有轉過頭，淡然地說著。

而再次露出錯愕表情的鄭泰義在瞥了青年一眼後，連忙檢查起男子肚子上方的位置。由於胸口上的痕跡非常明顯，馬上就能確認對方究竟是哪裡受了傷。

「救護車，我得叫救護車才行……該死，我沒帶手機來！喂，你的手機借我。」鄭泰義咂著嘴，朝青年伸出了手。

而青年就只是一動也不動地看著鄭泰義的手，冷冷地問：「幹嘛叫救護車。」

「你那是什麼問題啊？這個人都快死了！」

「所以呢。」

「……」

「啊，不對。這種程度還不至於死人。」

雖然青年換了個比較委婉的說法，可是前面那句「所以呢」還是讓鄭泰義感受到了他真正的想法。

無論那個人是死是活，所以呢。

鄭泰義怔怔地望向青年。甚至都忘了剛剛被揍了一拳的下巴究竟有多痛。

「……」

這個地方的風水是不是不太好？怎麼伊萊才剛走沒多久，馬上又來了一個不正常的傢伙。

猶豫著要不要淋雨衝回家去叫救護車的鄭泰義最終還是決定先觀察一下男子的狀態。瘀青的痕跡已經從原先的藍紫色變成了黑色。鄭泰義先是謹慎地用指尖滑過瘀青的四周，在瞥了暈過去的男子一眼後，他接著便以輕柔的力道按壓起瘀青周遭的肌膚。

與此同時，男子的口中好像冒出了幾聲奇怪的呻吟，可是鄭泰義聽得不太清楚。於是，他便決定要無視對方的呻吟聲。

的確就如青年剛剛所說，男子的其中一根肋骨似乎是斷了。在經過一段時間的仔細檢查後，鄭泰義沒有發現其他奇怪的地方。

青年傾斜著身子，站在距離鄭泰義幾步之外的位置上，垂下眼盯著鄭泰義看，倏地發問道：「你是醫生嗎？」

然而下一秒，青年又搖起了頭，「不對，醫生的手法不可能這麼生疏。」

為了要在這種岌岌可危的生活中存活下來，不得已只好成為一名「全天候」的多工型人類。

在心底默默念叨著這段話的鄭泰義隨後便將撫摸著男子肚子與胸口的手移開。

確認完男子的情況並沒有想像中的危急後，鄭泰義先是垂下眼直直地盯著男子看，接著猛地捲起袖子，將手伸到對方面前。而下一秒，他便以異常認真的表情，瞄準著男子額頭正中間的位置，用中指攻擊了對方的額頭。

啪，一聲響亮的聲響隨即在男子的額頭上響起。頓時，失去意識的男子好像咕噥了些什麼。過不了多久，他泛紅的額頭應該會出現青紫色的瘀青。

「我拚了命地幫你，結果你竟然還敢打我？」

鄭泰義搓揉著剛剛被男子亂揍的側臉，忍不住抱怨。不過與此同時，他也意識到了一件事。

站在他身旁，垂眼凝視著他看的青年不久前才以比那男人還要嚴重上好幾倍的上勾拳重擊了他。

「……」

「……」

鄭泰義緩慢地轉過頭，抬眼看向了青年。而青年此刻也直直地看著他。兩人就這樣四目相交。

「……你也想彈我的額頭嗎？」

隨後，青年率先打破了沉默。

而鄭泰義只是以苦惱的表情望向了青年。先不論彈指到底能不能對眼前這名充滿著謎團的青年起到作用。首先，他實在是不敢在對方那好看的額頭上留下難看的瘀青。

也不知道青年是怎麼解讀鄭泰義那緊皺著眉，死命盯著他額頭看的表情，青年的眼眸微微地瞇了起來。而那張緊閉著的雙唇也隱約放鬆了一些。

啊，原來他在笑。

雖然青年臉上的一切都令人聯想不到「笑」這個詞，但鄭泰義就是突然湧上了這種念頭。青年用著彷彿不曾笑過，也不知道到底該怎麼笑的彆扭表情，就這樣笑了起來。

「若你可以在不碰到我的情況下彈到我的話，那我就允許你彈我一下。」

在聽見青年那彷彿退讓了許多般的語氣後，鄭泰義再次露出笨拙的呆滯表情看向對方。

「那句話光是前提就成立不了吧……從結論來說，你就是不想讓我彈你的額頭嘛？」鄭泰義一邊低聲抱怨，一邊從位置上起身。

然而，就算眼前的男子沒有立即的生命危險，鄭泰義仍舊認為自己必須得幫對方叫一輛救護車來。而垂眼看著倒在腳邊的男子一會兒後，鄭泰義抬頭看向了窗外，思考著是不是該直接衝回家並聯絡附近的醫院。

縱使外頭依舊下著傾盆大雨，不過現在的情況已經不足以令他在意那種小事了。

「雨未免也下得太大了。再這樣下去，整個世界都要被泡在雨水裡了。」

自言自語著的鄭泰義為了要讓自己方便跑進大雨之中，便把捲起了褲管。他的身旁傳來一道平靜的嗓音。

「這種感覺就像來到了大海的深處。」

捲著褲管的鄭泰義停下了手中的動作，看向身旁。青年維持著將視線停留在窗戶上的動作，低聲說道。

「我喜歡這種天氣，因為這樣就聽不見其他聲音了。」

「其他聲音……？」

「嗯……就像被雨水阻隔了似的，聽不見聲音。也因為如此，我才不至於這麼窒息。」

鄭泰義露出詫異的表情打量著青年。不過對方看上去並不像在跟他對話。青年宛若在自言自語般，視線固定在窗外，默默地說著。

在微妙地皺起眉，打量了青年好一陣子後，鄭泰義撓了撓自己的頭。他總覺得青年這個人似乎分外的複雜。

「雖然不知道你在講什麼，但你若是不想聽，那就隨便聽一聽就好……那些又不是什麼好話，你何必把每一句話都往心裡去。」鄭泰義邊說邊繫起了自己的鞋帶，「那種習慣只會讓我們踏上讓人生變得更加複雜的捷徑。」

在完成了準備要在雨中進行短跑的準備後，他便朝著大門的方向走去。

就在這個時候。

「要我幫你嗎？」

一道冷冷的嗓音使鄭泰義停下了腳步。

幫我？難道他能讓老天爺不要再下雨了嗎？

腦中閃過這個荒謬念頭的鄭泰義轉頭看向了對方。他就這樣與面無表情的青年對視著。

「你想讓那個害你的人生變得多災多難的人消失嗎？」

青年面無表情，乍看之下又像在鬧脾氣的孩子般，悶悶不樂地問道。鄭泰義頓時不知道該怎麼回答這個問題。

「那個……我當然是希望他能消……不，我不想要他消失。」鄭泰義撓了撓頭，支支吾吾地說著。

回答的途中，鄭泰義也思考著這個問題。

他真的希望那個害他的人生變得多災多難的人消失嗎？

而害他的人生變得多災多難的人，他可以斷言，排名第一的絕對是伊萊．里格勞。要是那個人真的從他的人生中消失……要是伊萊真的消失的話？

那似乎沒有想像中的爽快。就算心情會變得不再那麼沉重，但他似乎不會因此湧上輕鬆、爽快的想法。不對，他反而還會湧上……

「……不，他還是不要消失會比較好一點。反正這也是我自己選擇的嘛。」鄭泰義搖了搖頭。而下一秒，他突然意識到了一件事。

那名青年竟然說要幫他消失掉那個害他人生變得多災多難的人。

鄭泰義一邊思索著那句越是深思，背脊就越是發涼的話語，一邊望向了對方。

「是嗎？」

而青年在聽見鄭泰義的回答後，就只是聳了聳肩而已。或許是因為自己的好意被拒絕，青年微微地撇了撇嘴。

「你叫什麼？」

正準備要背過身的鄭泰義再次被青年的嗓音叫住。

「……泰義。鄭泰義。」

為了要讓對方聽清，鄭泰義故意放慢了速度。然而青年卻沒有任何的反應。原先擔心對方是不是沒有聽懂的鄭泰義還打算要再重複一遍，可是一想到對方也沒有再次發問，他最終只好作罷。

不過青年似乎並不是沒有聽懂。

「……你的名字聽上去還真倒楣。」

鄭泰義聽見了青年低語著的冰冷嗓音。在聽完那個內容後，他不禁苦澀地咂了咂嘴。就算他曾經聽過有人說他的名字很奇怪、太難發音，但他還是第一次聽到有人說他的名字很倒楣。

鄭泰義皺著眉，轉過頭看向了青年。他沒想到今天竟然會遇到這麼奇特的人。然而當他看見對方的瞬間，緊皺著的眉頭立刻就又鬆開了。

青年正在笑。不對，青年彎曲的眼眸令人很難分辨他究竟是在笑，還是在皺眉。可是即使如此，青年仍舊十分美麗。

「果然美人做什麼表情都是一樣美。」低聲嘟噥著的鄭泰義打開大門，走出了教堂。而這次，不再有嗓音叫住他。

外頭的大雨依舊不停地落下。

在雨中奔跑時，鄭泰義好幾次用手把被雨水淋溼的頭髮往後梳。與此同時，他猛地想起了青年剛剛的話語。

在這個除了雨聲之外就什麼聲音都聽不見的地方，的確如對方所說，就像處於大海的深處。

———

* * *

在走進玄關之前，鄭泰義就察覺到了好像有哪裡不太對勁。

兩、三個小時前，跟鄭泰義在同一時間一起離開家，出發去公司的凱爾的車此刻竟然停在車庫裡。

而抬頭望著不停落下的雨水，一邊抽著菸的詹姆斯在看到鄭泰義後，輕輕揮了個手當作打招呼。由於對方的表情看起來異常開朗，鄭泰義在狐疑地點了個頭後，便走進了家中。

「……？」

家中的氛圍非常奇怪。

以沉重表情不停來回踱步著的麗塔在看見鄭泰義全身被雨水淋溼的模樣後，竟然連一句碎念的話語都沒說，就只是隨口說了句：「請趕快去沖一下澡。」

鄭泰義先是詫異地歪起了頭，接著在聯絡完這附近的醫院後，便簡單地沖了個澡並換了套衣服。

不過當他一邊擦著頭髮，一邊從浴室裡走出來時，家中的氛圍還是一樣怪異。鄭泰義在打量了麗塔那反常的表情好一會兒後，抬起了頭。他聽見二樓的書房裡傳出了其他人的動靜。

「看來凱爾已經回來了？但我怎麼記得他才剛出門不到三個小時……難道他是忘記帶什麼東西了？」鄭泰義朝著麗塔說道，「不過這個時間點剛好可以吃完午餐再回去公司。」

然而麗塔見狀依舊是敷衍地點了點頭而已。

不知為何，眼前的一切看上去十分反常。

鄭泰義在用毛巾擦了擦頭髮後，便踏上樓梯，前往位於二樓的書房，「凱爾，你怎麼會在這個時間回來啊？」

凱爾並沒有回應鄭泰義笑著問出的問題。從書房敞開著的房門來看，凱爾應該是在裡面沒有錯。鄭泰義疑惑地抵達二樓後，連忙瞥了書房裡一眼。他深怕對方只是打開了門，但人卻在其他地方。

可是凱爾的確在書房裡。

對方一動也不動地站在書房的正中央。

「怎麼了嗎？」

在看見宛若石像般愣在原地的凱爾後，鄭泰義撓了撓臉頰。他擔心自己是不是不小心打擾到陷入沉思的凱爾。

不過依照凱爾原本的習慣，就算陷入了沉思，只要有人向他搭話，他照樣能立刻回應對方。可是此刻的凱爾卻一句話都沒說，甚至連手指也不曾動過。

凱爾就像僵在了原地似的。

「……凱爾？」

鄭泰義走到凱爾的身後，喊了對方的名字。照理來說，這種距離凱爾不可能還聽不見他的話才對。而當鄭泰義的手碰上凱爾的肩膀時，凱爾卻仍舊維持著一動也不動的姿勢。

就在這個時候，鄭泰義注意到凱爾的視線，並順著對方的視線看了過去。

凱爾瞪大雙眼，怒視著書櫃。從上面數來的第三排，位於椅子正旁邊的位置上，那也是凱爾擺放最常拿出來看，時不時就會摸個一兩下的愛書專屬寶位。雖然這間書房裡充斥著許多珍貴的書籍，但擺在那個位置上的書無一不是凱爾花了許多心力才獲得，視為比自己性命還要重要的寶物。

而那個位置現在卻空了一塊。原先擺放著十幾本書籍的位置上，此時卻空空如也。

喔，那個位置本來有這麼空嗎？鄭泰義有些迷惘地想道。

除了凱爾有時候會想要認真整理這些收藏品之外，對方基本上不會讓書架空成這樣。

「哎呀……這裡怎麼會……」鄭泰義歪起頭，朝書架的方向伸出了手。

就在這個時候，宛若石像般愣在原地，連眼睛都沒眨的凱爾突然抖了一下。從指尖開始，他的身體微微抽搐，接著蔓延到手臂、雙腳，以及整個軀幹都逐漸顫抖起來。與此同時，凱爾的臉色也變得越來越蒼白。

「……莉……」

「什麼？……凱爾？你還好嗎？」

凱爾的牙齒隨著抖動不停地碰撞在一起。當鄭泰義看見對方那宛如幽靈般蒼白的臉色後，忍不住朝對方走去。然而凱爾的視線依舊停留在書櫃上，而那僵硬的舌頭好不容易才動了起來。

「莉絲……克莉……克莉絲……這、這個……！」

下一秒，凱爾瞪大雙眼徑直地往後倒，並且暈了過去。

「凱爾！」

整間書房裡頓時只剩下鄭泰義驚慌失措的嗓音。

據說那名不速之客是在鄭泰義與凱爾出門後的一個多小時抵達的。

雖然不是很樂意，但麗塔實在無法將對方晾在外面，因此她只能先把那人帶往會客室，並且馬上聯絡凱爾。而凱爾在接到電話後，立刻放下手邊的所有工作，衝回了家。

殊不知，凱爾最終還是晚了一步。

當凱爾以彷彿要撞壞大門的氣勢衝回家時，那名客人早在連麗塔都沒有注意到的時候離開了。與此同時，那人還一併帶走了幾本跟凱爾性命一樣重要的書。

「那個……比起客人，更像是小偷吧。」

鄭泰義坐在彼得幾天前剛修好的倉庫遮陽篷底下，與彼得並肩坐著，一邊吃起了餅乾，一邊聽對方講述大致上所發生的事。

仔細一想，叔叔不久前來的時候好像也說過類似的故事。

「那個人是叫……克莉絲汀娜嗎？」鄭泰義吃著酥脆的餅乾嘟噥問道。

而他也想起了凱爾那一聽見對方名字，就立刻鐵青著臉的表情。

要是知道會這樣的話，凱爾怎麼不先把書藏起來啊。

想著想著，鄭泰義又默默地搖起了頭。身為一個正常人，又有誰能料到竟然會有人在主人不在家的時候，直接拿走書就離開。

總之，托那個人的福，被氣到昏過去的凱爾此刻還躺在臥室裡痛苦地呻吟著。當麗塔把冰敷袋放在凱爾的額頭上時，凱爾看上去就像生了重病的人。

鄭泰義咂了咂嘴。

縱使他記得不是很清楚，但那些空著的位置上，八成都是凱爾前陣子好不容易才買到，還激動得說出「我這輩子再也沒有其他心願了」的珍貴書籍。

即使平時甚至捨不得翻閱那些書，不過每當凱爾看到書本擺在書櫃裡的模樣時，總是會幸福到傻笑起來。

「那些書應該是出自於路海倫‧史坦納、愛德蒙‧提爾森，以及……唉，難怪凱爾會氣到暈過去。」鄭泰義一邊回想，一邊折著手指。他就這樣看著自己的手指，默默地嘟噥著。

下一秒，水滴突然落在他的手指上。抬起頭後，他才發現遮陽篷正在漏水。而幾秒之後，又有一滴雨水滴落了下來。

「喔……彼得，漏水了。」

「嗯？這樣啊。哎呀，因為我原本用的防水劑都沒了，這次改用美製防水劑才會這樣！唉，果然防水劑就是得用國貨才行。」

彼得咂著嘴站了起來。而鄭泰義見狀也笑著一起站了起來。

「你現在就要修嗎？雖然現在的雨勢跟剛剛比起來的確小了一點，可是雨勢還是很大。你趁天氣好一點的時候再修吧。」

「沒關係，既然都發現了，那我還是趕快處理。而且下雨天反倒更好，因為這樣就能確認到底還會不會漏水了。」

鄭泰義看著彼得走進倉庫裡拿出工作梯與工具的背影，默默笑了起來。隨後，他開始整理一旁的餅乾袋和啤酒罐。

在將手中的垃圾丟進倉庫旁的垃圾桶後，他再次走回家中，並抬頭觀察起與上午比起來明顯變小許多的雨勢。

不知道那個男人有沒有順利被載去急診室。不過就算救護車沒去載他，那裡也不是空教堂，總會有人發現倒在地板上的他……

今天還真是一波三折的一天啊。

搖著頭走進家中的鄭泰義倏地停下了步伐。

仔細一想，自從離開教堂後，他就不曾想起上輩子的業障。好不容易從大雨中跑回家，他先是忙著聯絡附近的醫院，隨後又因為凱爾暈了過去，而一直沒空去想那件事。

看來當人的眼前出現更棘手的問題時，果然就無暇擔心其他的事了。

不過轉念一想，凱爾現在都已經臥病不起了，那傢伙的事又算什麼啊……不對，雖然那傢伙的問題嚴重到無法就這樣隨便拋在腦後，可是至少對方現在並不在鄭泰義的面前。

而原先打算要直接回房間的鄭泰義在猶豫了一會兒後，便朝著凱爾臥室的方向走去。如果不詢問一下對方現在的狀態，他懸著的一顆心恐怕無法放下。

在看見住在同個家中的人臥病不起的模樣後，他的心情自然就沉重了起來。假如凱爾現在還沉浸在悲痛之中，無法與周遭的人溝通的話，那他就下次再去。

凱爾的臥室位於從書房走下來的左側走廊底端。而躡手躡腳走到凱爾臥室房門前的鄭泰義正準備要敲門時，才發現那扇門沒有被完全闔上，還留有一道小小的縫隙。透過那個縫隙，鄭泰義聽見了從裡頭傳出的聲音。

「……？凱爾，你醒了嗎？」鄭泰義小心翼翼地打開了房門。隨著房門被打開，他看見有個人坐在了偌大的床鋪上。

凱爾正坐在床邊。

在看見對方明顯恢復了許多的模樣後，原先想要再次搭話的鄭泰義馬上又閉上了嘴。凱爾此刻正握著話筒，與某個人通話著。

「……不是啊，你到底為什麼要趁別人不在家的時候闖進別人的家裡？嗯？你又不是不知道我有多看重接待客人這件事──沒有，我不是那個意思。」

從凱爾拚命壓低音量，朝話筒另一端的人抱怨的模樣來看，那人應該就是惹出這起事件的那名不速之客吧。

鄭泰義屏住了氣息。

然而凱爾似乎還是注意到了鄭泰義的動靜，在稍稍瞥了他一眼後，凱爾就像不介意似的繼續將精神集中在那通電話上。

「你知道那些書是什麼書嗎?!……既然你知道的話，怎麼能一句話都沒說就直接……！喂，克莉絲汀娜……啊，等等！不要掛電話！好，我不會再用這個名字叫你了！是我不小心失言了！嗯……所以說，克莉絲啊，可不可以把那些書……」

在看見凱爾臉色鐵青地緊抓著話筒的模樣後，靠在門邊的鄭泰義得出了凱爾應該是被對方抓到了弱點的結論。如果不是這樣，身為珍貴愛書被偷的主人，又何必這麼委屈求全──

「啊！不要燒！絕對不能燒！要是妳燒掉那些書，我真的會死！」

……鄭泰義現在總算能理解凱爾的態度為什麼會這麼卑微了。

仔細一想，那個人好像是伊萊的兒時玩伴。對方之前甚至還曾經跟伊萊一起共事過。

「哇……真不愧是伊萊。連朋友都跟自己的個性一模一樣……」鄭泰義忍不住搖起了頭，「要找到這樣的人實在也不容易。」

正當鄭泰義在腦中想著「物以類聚，人以群分」諸如此類的想法時，凱爾的臉色也漸漸沉了下來。

「要我去你那裡找你拿書？可是就算我去了，你肯定也不會乖乖把書還給我！我前幾天才從古書博覽會回來而已，要是現在又跑去你那裡，詹姆斯一定會馬上辭職不幹……喂，喂！……要不然這樣，既然我不能親自過去的話……」

鄭泰義一邊聽著凱爾那彷彿下一秒就會激動到喘不過氣的嗓音，一邊點了點頭。最近剛好碰上公司上半年結算的時間點，整間公司裡的人都忙到不可開交。要是凱爾這個時候還不在的話，詹姆斯絕對會立刻丟下這一切逃跑。

正當鄭泰義點著頭的同時，房門被打開了。轉過頭後，鄭泰義看見麗塔拿著不知道是藥還是蔬菜汁的東西走了過來。

在看見麗塔用嘴型說著：「等少爺講完電話，你再拿給他喝。」後，鄭泰義接過麗塔手中的托盤，並朝對方露出了笑容。

無論如何，至少凱爾現在已經可以從床上坐起來與別人講電話了。縱使凱爾的內心可能還停留在遭受嚴重打擊的狀態之中，不過身旁的人總算可以不用再擔心他的狀況了。

當麗塔憂心忡忡地離開房間後，鄭泰義便端著托盤走向了凱爾。

或許是打完了電話，凱爾放下手中的話筒，直勾勾地瞪著電話機。而凱爾那凶狠與沉重的表情，看上去就像在看什麼不共戴天的仇人似的。

「你講完電話了嗎？」

「……」

鄭泰義邊說邊將杯子遞給凱爾。然而凱爾或許是陷入了沉思之中，並沒有馬上做出反應。一直等到凱爾接過遞到自己面前的杯子，並一口氣喝完後，他才緩緩地說出：「嗯，謝謝你。」

「……那個人說了什麼啊？她有打算要還你書了嗎？」接過空杯子後，鄭泰義悄悄地問道。

而原先鐵青著臉，默默瞪著電話機的凱爾卻倏地抬起了頭。凱爾怒視著的對象從原本的電話機變成了鄭泰義。鄭泰義見狀下意識地後退了一步。

「……怎麼了。」

「泰一，你知道消失的是哪幾本書嗎。」

「嗯？啊，那個……大致上應該知道。可是確切的就不太確定了。」

「就算你不知道確切的是哪幾本，但你一看到應該就認得出來了？」

「對，我一看到應該就認得出來了。」

由於那些書都是稀有書籍中最稀有的著作，因此即使鄭泰義不敢斷言，他也有一定的信心可以認出那些書。

就在鄭泰義一邊回想著那些書本，一邊撓了撓自己的下巴時，下一秒，凱爾猛地伸出雙手抓住了他的手。

「泰一，那你去幫我拿回那些書吧。」

「嗯？什麼？書？我嗎？不是，可是我……」

雖然鄭泰義下意識地想要抽出手，但凱爾卻死命抓著他的手，一副不願意放開的模樣，並且還直勾勾地盯著他看。

「如果可以，我也想自己衝過去拿回那些書。可是就算我去了，他可能也不會乖乖把書交出來。一個禮拜，不對，我八成得被他欺負整整一個月，他才有可能湧上把書還給我的念頭。要是真的搞成那樣，詹姆斯這次絕對會辭職。」

「也對，要是你離開一個月的話，詹姆斯一定會馬上打包離開，並且就此銷聲匿跡。」

「就是說啊！所以泰一啊，你就去幫我拿回來吧。」

鄭泰義縮著肩膀，默默地望向凱爾。

無論他怎麼看，他都不覺得凱爾是在開玩笑。一想到這，他的肩膀也漸漸放鬆了下來。而原先蜷縮著的身體也恢復成原本的模樣。

在認知到這個事實後，原本緊抓著鄭泰義的凱爾也鬆開了自己的手。

「你要我去幫你拿自然是沒有什麼問題……可是他都不願意乖乖把書還給你了，我去的話，會願意給我嗎？」

「我想八成也是很困難。所以要是你看情況不太對勁的話，在找到書之後，就直接帶著那些書逃跑。在你抵達那裡之前，我會先告知那傢伙，我這次不是親自去拿回那些書。」

凱爾的表情看上去很沉重。雖然只過了短短半天的時間，但凱爾的神色卻變得異常鐵青。也不知道是不是因為心理作用，鄭泰義總覺得凱爾好像瘦了許多。

「嗯……」

鄭泰義歪起了頭。

其實他並不介意要代替凱爾去拿回那些書。實際上，縱使那個人不願意乖乖交出那些書、縱使得吃點苦，只要是凱爾提出的要求，他都願意承受。

他只害怕自己會無法完成凱爾的要求罷了，以及……

「不過那會花上很長的時間嗎？」

「在我看來，他好像不會輕易地交出那些書……」

鄭泰義再次「嗯……」了幾秒後，垂下了頭。

如果得花上很長一段時間，那他就有點猶豫了。畢竟昨晚才剛跟伊萊在電話裡吵了一架。雖然通話時，他在一氣之下說出了要在伊萊回來之前離開這裡的氣話，可是他並不打算要真的實踐那件事。

要是在眼下的這個節骨眼離開，那他昨天說的氣話不就會成真了？

「…………」

我真的可以這樣隨便賭上自己的命嗎。

不過轉念一想，他又不禁覺得既然自己已經理直氣壯地說出那段話，那就應該有骨氣地離開才對。要是真的乖乖待在家中，等對方回來的話，那副模樣實在也很可笑。

鄭泰義在安逸的現實與高傲的自尊心間猶豫了起來。

倘若是平時的話，他絕對會傾向於安逸的現實。

「泰一……不行嗎？」

可是在此之前，他實在是欠凱爾太多了。實際上，即使不是抱持著要報恩的念頭，在看到身旁的人陷入困境時，下意識想要幫助對方才是人之常情吧？

「怎麼可能不行呢。雖然有點擔心自己能不能順利幫上這個忙，但我還是會竭盡所能地去做的。」鄭泰義爽快地笑著點了點頭。而凱爾的表情也瞬間亮了起來。

「好，謝謝你！那就再麻煩你了！」

「幹嘛這麼客氣。若是能幫上忙，我自然更開心。」

對，既然說出了那段氣話，就這樣主張自己的想法，違背一下那個拚命叫自己不准出門的傢伙的意思似乎也還不賴。

雖然鄭泰義已經可以看見對方暴跳如雷的模樣，但再怎麼說，那人也不可能真的殺了……

……不，鄭泰義實在無法斷言。

鄭泰義看著開心地寫下地址、聯絡方式的凱爾，默默打破了沉默。

「不過……」

「嗯，怎麼了？」

「那個，伊萊……他之前曾經說過，要是我再次逃跑的話，他就會殺了我並吃掉……」

在便條紙上寫下各種資訊的凱爾倏地停下手中的動作，並抬頭看向了鄭泰義。

而鄭泰義則是為無法理直氣壯直接離開這個地方的自己感到惋惜，支支吾吾地解釋道：「要是被他誤會我又一句話都沒說，就直接離開這裡的話，我真的會被生吞活剝到只剩下骨頭……」

「啊啊，好，我知道了，你不需要擔心這些。我會再找時間跟他解釋這件事的。不過……我想那傢伙應該不會認為你會為了躲他而逃得遠遠吧。」

馬上就意識到鄭泰義在說些什麼的凱爾爽快地保證會幫忙顧全鄭泰義的性命。

雖然一想到昨晚的事，鄭泰義心中就殘留著一絲不安，但既然凱爾都這麼說了，他懸著的一顆心也多少能感到安慰。

無論如何，再怎麼糟，他至少還能撿回一條命。

「在義大人啊，在義大人，拜託你分點運氣給我吧！」

或許是看默默念叨著的鄭泰義很可憐，凱爾就像安慰般地拍了拍他的肩膀說：「如果你是擔心這些的話，大可放心。要是那傢伙又打來，我一定會好好向他叮囑這件事的。」

「那就拜託凱爾了。要不然的話，我這次真的會死……」

縱使話說到一半，一股淡淡的哀傷就湧了上來，但鄭泰義最終還是決定要先將那股哀傷拋到腦後。即使他不曾想過會以這種方式來實踐他衝動的氣話，不過短時間內，他似乎真的得離開這個地方了。

雖然腦中猛地閃過「身為一名通緝犯，我真的可以這樣到處跑來跑去嗎？」的念頭，然而轉念一想，凱爾應該會幫他解決這個問題吧。

他已經想不起來自己有多久沒有離開這個家，夜宿在外面了。

即使待在這裡的時候，他也沒有多大的惋惜與不便，但一想到可以久違地離開這個區域，去到其他的地方，鄭泰義難免還是覺得有些激動。

不過在離開之前，要是伊萊能再打一次電話回來就好了。

縱使凱爾有說過會好好幫他跟伊萊解釋一切，可是昨晚在不歡而散的情況下直接掛斷了電話，要是又有好一陣子無法聯絡上對方的話，他多少還是會覺得有點不對勁。

然而伊萊昨晚的電話是睽違了整整兩個月的聯繫。無論怎麼看，他都不認為對方會在他離開這裡之前再次打來。

鄭泰義撓了撓頭。

與此同時，以飛快的速度寫滿整張便條紙的凱爾在再次確認完自己寫下的內容後，便將那張便條紙撕下，遞給了鄭泰義。

「雖然這樣可能會有些趕，但我希望你能在準備好後就馬上出發。」

在被凱爾那「要是可以，你今天就馬上出發去拿回我的書吧！」的氣勢壓制住後，鄭泰義一邊想著看來自己無法在離開前接到伊萊的電話了，一邊看向手中的便條紙。

上頭寫的似乎是那名不速之客的地址。由於鄭泰義不可能認得對方的居住區域，以及附近巷弄的名字，因此他在確認完德勒斯登這個地名後，便摺起了便條紙。

2

CHAPTER

塔爾坦

那個地方連個門牌都沒有。

不對，或許圍牆的某處會有門牌也說不定。可是圍牆實在是長到令鄭泰義無法只為了去找尋那個有可能存在的門牌而繞完整整一圈。

「雖然我看過許多大名鼎鼎的豪宅，而凱爾家也說不上有多小巧……」鄭泰義看著那幾乎看不見盡頭的圍牆，忍不住嘟噥了起來。

就像他剛剛說的那樣，托他那名天才哥哥的福，他從小時不時就會受邀去許多達官顯要的家中拜訪。自然也看過無數赫赫有名的豪宅。

可是此刻出現在他眼前的宅第卻跟之前看過的那些豪宅不在同個水平上。

「到底是誰會住在這種宮殿裡啊……哇，我連他們家的房子都看不見。」

鄭泰義就像劉姥姥進大觀園般，站在圍牆前眨了眨眼，默默感嘆了起來。透過由沉重的欄杆所打造而成的巨大正門，他可以隱約從欄杆的縫隙中看見遠處的建築物。可是鄭泰義實在無法確定那是不是這座豪宅的本館。

鄭泰義凝視起手中的便條紙。其實早在來回確認過好幾次的途中，他就凱爾背下了所寫的地址。

然而他始終無法確定眼前的豪宅是否與便條紙上的地址一致。要是能找到門牌，那他自然能從門牌上的名字找到頭緒，不過此刻的他卻連門牌的影子都看不見。

正門旁有個小小的警衛室。而身穿制服，坐在警衛室裡的兩名警衛正以狐疑的眼神打量著鄭泰義看。

仔細一想，他們會做出這種反應也很正常。要是突然看見一名陌生的東方人在大門前晃來晃去——然而那名東方人只是在找門牌在哪裡而已——，還仔細打量起房屋周遭的環境，論誰都會覺得對方的行徑很詭異。

「我還是直接去問比較快吧。」

在將手中的便條紙塞入口袋裡後，鄭泰義邁開了步伐。而隨著他的走近，警衛室裡的其中一名警衛也起身走出了警衛室。

由於兩人隔著欄杆對視，鄭泰義不免湧上了一股微妙的心情。可是轉念一想，自己是位於欄杆外的人，他又何必冒出這種想法。硬要說的話，該湧上這種微妙心情的是那名被困在裡頭的人才對吧。

「請問你有什麼事嗎？」警衛用著恭敬卻生硬的語氣問道。

而以充滿著警戒與好奇心的眼神盯著鄭泰義看的人不僅僅是眼前的警衛，位於警衛室裡的另外一名警衛也用著同樣的視線盯著鄭泰義看。

「啊——我要找克莉絲汀娜．塔爾坦。」

「克莉絲汀娜．塔爾坦？」

警衛的表情變得有些奇怪。

當警衛重複著鄭泰義所說出的那個名字時，表情裡充滿著疑惑。警衛先是狐疑地歪起了頭，接著看向警衛室的方向。而站在警衛室裡的人見狀也輕輕搖了搖頭。

在看見兩人那彷彿不認識這個人，也沒聽過這個名字的反應後，鄭泰義頓時變得不知所措。

就算沒有確認過門牌，但他很確定就是這座豪宅。因為凱爾在他出發之前還有特地提醒過他，克莉絲汀娜的家很大，基本上只要一到附近，就能馬上看見。而這附近最顯眼的房子莫過於是這座豪宅。不對，更準確地說，是這座豪宅的範圍大到非常顯眼。

「這裡沒有這個人。」

警衛在跟警衛室裡的另外一名警衛講過幾句話後，便再次走回來果斷地說道。

而鄭泰義見狀則是默默地與對方對視著。無論他怎麼看，對方都不像在說謊。再者，警衛又何必說謊。

鄭泰義撓了撓頭，「這裡不是塔爾坦家嗎？」

「是，這裡是塔爾坦家。」

「……那克莉絲汀娜．塔爾坦……」

「但這裡沒有這個人。」

打從一開始就碰上了難關。然而鄭泰義卻搞不清楚究竟是哪裡出了錯。

為了以防萬一，他還特地詢問對方這附近有沒有其他塔爾坦家的房子，但警衛就只是以啼笑皆非的表情搖了搖頭。

「那這要怎麼辦啊……」鄭泰義嘆了口氣咕噥道。看來他得再次打給凱爾問問看才行了。

塔爾坦。

他最近時常聽見這個姓氏。

當他得知克莉絲汀娜的姓氏是塔爾坦時，他才總算理解凱爾為什麼無法隨意地向對方下達逐客令。假如對方的家族與自家的家族有著百年交情的話，那會出現這種反應也很正常。而鄭泰義現在也終於能理解對方為什麼會是伊萊的兒時玩伴了。

在聽完凱爾的說明後，雖然他早就做好對方肯定不好對付的心理準備，可是他還真的沒料到自己會在還沒見到對方之前就碰上難關。

那我還是先聯絡凱爾，再次確認過後再……

就在鄭泰義準備要從大門前背過身時，有輛看似也是要來拜訪這座豪宅的深藍色轎車朝這個方向駛來，並停在門前。而警衛在看見那輛轎車後，先是前往駕駛座確認對方的身分，接著便打開了大門。

在警衛打開大門的同時，或許坐在車內的人認為有個陌生的東方人站在一旁很奇怪，於是便搖下了車窗。車內坐著三名看似年紀相仿的年輕人。

坐在副駕駛座的青年用著玩笑般的語氣朝鄭泰義問道：「請問你要找誰啊？」

從那三人看上去有些相似的長相來看，他們應該是兄弟或親戚。而家人們竟然會一起來到這個地方，鄭泰義不禁猜想他們或許與塔爾坦這個家族有著血緣關係。

或許他們會知道那個連警衛都不知道的遠房親戚的名字也說不定。

「我要找克莉絲汀娜．塔爾坦。」鄭泰義滿懷期待答完後，還不忘送上一個最和藹可親的笑容。

不過遺憾的是，反問著「克莉絲汀娜？」的青年的表情看上去與不久前警衛的表情並沒有什麼差別。鄭泰義只能在心底苦澀地咂嘴。看來他真的得打回去問凱爾了。

就在鄭泰義準備要後退一步時，坐在副駕駛座，靜靜念叨著「克莉絲汀娜」這個名字的青年猛地皺起了眉頭。

……啊哈，中獎。

鄭泰義停下了準備要後退的步伐。

除了那名青年之外，坐在車內的其他人也做出了類似的反應。雖然多少有些時間差，不過三人在想起那個名字的主人後，都改變了原先的表情。

可是……他們的表情怎麼都有點……

鄭泰義偷偷打量起了車內的氛圍。三人的表情除了意外與驚訝之外，還逐漸湧上了明顯的警戒與敵意。隨後，他們甚至惡狠狠地瞪起了鄭泰義。

縱使鄭泰義意識到自己好像踩到了對方的地雷，可是他卻搞不清楚那個地雷究竟是什麼，他唯一能做的就只有狐疑地歪著頭。再這樣下去，他只怕自己會被那三個人圍毆。

「你是誰？」

青年的語氣頓時變得凶狠。

「啊……我只是一個跑腿的人。」

「你為什麼要來這裡！」

「因為有個認識的人請我來這裡，幫他拿回被借走的東西。」鄭泰義裝作若無其事地答道。與此同時，他也緩慢地打量起那三個人。

三人的視線中充滿著滿滿的敵意。看來這幾名年輕人與克莉絲汀娜的關係並不是很好。不過仔細一想，會與伊萊當朋友與同事的人，又怎麼可能會好好地跟其他人相處呢。果真「物以類聚，人以群分」這句話並不是毫無道理。

而從這一點也可以看出，這幾名年輕人絕對不是伊萊與克莉絲汀娜那種類型的人。轉念一想，這對那幾名年輕人來說反倒是件好事。

「所以，克莉絲汀娜現在在家嗎？」

在經過一陣短暫的沉默後，一道凶狠的吼叫聲從車內傳了出來：「這裡沒有那種人！」

剛剛都問了這麼多，怎麼現在又突然說這裡沒有那個人。

不過還沒等鄭泰義收回原先啼笑皆非的表情，那些年輕人先是朝窗外吐了口口水，接著瞪著鄭泰義問說：「那你是替誰跑腿的？那個人向你們借走了什麼東西？」

……你們對一個不住在這裡的人還真是好奇啊。

鄭泰義咂了咂嘴後，忍不住嘆了口氣。

就算他繼續跟這些人聊下去，似乎也不會有任何進展。他現在只想趕快送走眼前的這些青年，並找尋其他的辦法。

「沒有這個人就算了。」

朝車子的方向後退了一步後，鄭泰義便朝三人揮了揮手，示意他們趕快走。大門早已敞開，而站在大門裡的警衛此刻正以好奇的表情打量著他們之間那不尋常的氛圍。

等一下……

警衛不知道克莉絲汀娜的存在。而眼前這幾名青年雖然知道她是誰，可是當鄭泰義一開始講出她的名字時，他們卻有好一陣子都沒有反應過來。然而凱爾卻說她家的地址在這裡。

既然如此……

鄭泰義歪起了頭，一一思考起眼下的線索。可是他卻得不出一個合理的結論。就在他緊皺著眉頭時，身後再次傳來凶狠的呼喊聲。

轉頭一看，他才發現那群青年還不打算進去那座豪宅。不僅如此，那群年輕人似乎也不打算等鄭泰義整理出結論似的。

該死，為什麼一開始就碰上了這種衰事啊。

「欸！你到底是幫誰跑腿的？你不說嗎？」

也不知道他們對克莉絲汀娜到底抱持著多大的仇恨，始終不願意就這樣放過提及克莉絲汀娜的鄭泰義。而其中一名青年甚至還打開了車門，直接從後座走了下來。

因為不想在對自己不利的情況下動手，鄭泰義只能乖乖地任由對方抓起自己的衣領。即使他早就聽聞要拿回書的過程很不容易，但他還真的沒料到這個難關竟然會在見到克莉絲汀娜之前就開始。

「你為什麼要找那個人？說話啊？」緊抓住鄭泰義衣領的年輕人惡狠狠地怒吼道。

眼看遠處的警衛在猶豫了一會兒後，依舊不打算走過來的模樣，想必他們已經決定要旁觀到最後一刻了。既然如此，那鄭泰義就只能自己想辦法解決眼下的情況。

要是我趁機揍他一拳再逃跑，之後是不是會惹出大麻煩啊。鄭泰義維持著被緊抓住衣領搖晃著的姿勢，默默苦惱著。

就在這個時候。

在那群年輕人的轎車後頭，又出現了另外一輛車。悄悄停在深藍色轎車後頭的全黑轎車沒有按過一聲喇叭，就這樣停了下來。隨後，那輛車的後車窗緩緩地搖下。

「怎麼了，你們為什麼要停在大門前。」

那是一道既溫柔又嚴峻的嗓音。

在聽見那道嗓音後，圍繞著鄭泰義的青年們瞬間就安靜了下來。而鄭泰義見狀則是轉過頭，看向那道莫名有些熟悉的嗓音的主人。

「……啊。」

鄭泰義下意識地低聲說道。

他見過這名坐在轎車後座，看向車窗外的男子。此人正是不久前，來找凱爾——又或者是伊萊——的人。那個臉上總是掛著淡淡的笑容，令人印象很好的男子。對，對方同時也是向伊萊委託了什麼事的人。

不過這名男子怎麼會出現在這裡？

還沒等鄭泰義思索出答案，男子便與他四目相交，並露出詫異的神情歪起了頭，「有客人來拜訪嗎？」

隨著男子靜靜地發問，緊抓著鄭泰義衣領的年輕人此時才急急忙忙地鬆開了手。隨後，那人就像在為自己的行為辯解似的，連忙吼道：「他才不是客人！這種人怎麼可能是……」

或許是對在男子面前展露出難堪的一面而感到尷尬似的，青年支支吾吾地解釋著。而鄭泰義就只是一語不發地拍了拍自己的衣領，接著再次看向男子的方向。兩人四目相交。

男子在緩慢地打量了鄭泰義好一會兒後，彬彬有禮地問道：「請問你要來找誰呢？」

比起直接回答對方的問題，鄭泰義就只是默默凝視起眼前的男子。

警衛沒有聽過她的名字，而旁邊的那群年輕人則是對那個名字產生了敵意。那麼眼前的這個男人……無論如何，對方都不可能氣到二話不說就直接揮拳吧？

「克莉絲汀娜．塔爾坦。」鄭泰義直視著男子，第三次講出了這個名字。

而男子則是一句話都沒說，默默地盯著鄭泰義看。男子緩慢地將鄭泰義從頭到腳打量了一遍。那是一道不至於太過露骨，也不會令人感到不悅的視線。

隨後，男子才又慢慢地開了口。

「克莉絲汀娜・塔爾坦。你應該不是親自從那個人的口中聽到這個名字的……若是可以的話，我方便詢問一下你是在哪個人的介紹下找到這裡的嗎？」

「……我今天第一次來到德勒斯登。」

男子陷入了沉默。對方似乎是在思考鄭泰義準備要說些什麼話似的，眼睛微微地瞇了起來。

「我不僅不知道我要找的是不是就是這個地方，也沒有見過克莉絲汀娜本人。我既不知道她在裡頭位處什麼樣的位置，也不知道她跟其他人之間有著什麼樣的關係。正因如此，我自然也不知道到底什麼話能說，而什麼話又不能說。」

那名男子可能也聽懂了這句涵蓋著「換句話說，我無法回答你的問題」含義的話語。在凝視了鄭泰義好一會兒後，男子便點了點頭，「好，我明白了。那就讓我帶你進去吧。歡迎來到塔爾坦。」

男子微微彎起的眼眸之中充滿著歡迎的神色。

看來這個男人跟剛剛那群人不同，並沒有與克莉絲汀娜為敵啊。也對，仔細一想，伊萊也不曾主動與UNHRDO裡的任何一個人結過仇。

在看到男子指了指自己身旁的動作後，鄭泰義一邊點著頭，一邊毫不猶豫地坐上了那輛車。

而站在不遠處，凝視著他們的其中一名年輕人皺起眉頭，大吼道：「里夏德！那人可是要去找那傢伙！」

聽見那道吼聲後，鄭泰義先是看向那名年輕人，接著再轉過頭看向了男子。

里夏德。

里夏德・塔爾坦。

這是叔叔之前跟凱爾在聊天時，短暫出現過的名字。根據兩人當時的對話內容來推測，這個人應該前途無量。

「此人是塔爾坦的客人。」

男子似乎並不怎麼在意鄭泰義的視線，淡然地朝年輕人答道。而從男子那不允許對方反駁的語氣來看，鄭泰義也認知到了這名男子所擁有的絕對不只是溫柔的一面。

鄭泰義就這樣坐在男子的身邊，在朝那群年輕人送上一個燦爛的笑容後，他們所乘坐的車子直接掠過氣得火冒三丈的青年們，並進到了那座豪宅裡。

看來我現在也落得被困在欄杆裡的處境了啊。

鄭泰義這麼想著，一邊看向車窗外的景象。

這座豪宅的占地非常廣大。隨著車子往深處開去，他才總算看見了遠處的宅第。建造成ㄈ字型的暗白色宅第從遠處看就已經大得令人瞠目結舌了。

而宅第的後頭則連綿著不算高大的丘陵。上頭那說不上非常茂密的青翠樹林散發著人為維護以及自然生長交織融合的光彩。想必那座光是看上去就很寬廣的樹林一定很適合散步與森林浴。

「那裡設有完善的騎馬路線。那座丘陵與其他山脈相連，閒暇之餘，我們也會找個時間去那裡狩獵。」

可能是注意到了鄭泰義的視線，一旁的男子開口解釋道。

「雖然這些房子看上去好像連在一起，不過實際上卻是三棟獨立的建築。本館的右手邊是東翼，而左手邊則是西翼。」

鄭泰義看著連自己的身分都還搞不清楚，就直接介紹起四周環境的男子，不禁再次認為對方給人的印象非常好。甚至男子所散發出來的氛圍也溫柔又親切。

……這麼一想，伊萊之前好像有說過眼前的這名男子是個大變態。

鄭泰義瞇起雙眼，再次仔細地觀察男子。即使這麼近距離觀看，這給人沉穩印象的英俊男子，無論怎麼看都不像個大變態。

雖然光看外表也看不出伊萊是個瘋子，可是當他一開口說話時，那股瘋狂的氣息便會展露無遺。然而眼前這名男子那低沉又溫柔的語氣，卻感覺不到絲毫怪異的徵兆。

「藏得越好的人越恐怖……」

這樣的話，就得警戒著世界上的每一個人，但那樣根本沒辦法生活。鄭泰義下意識地自言自語著。

或許是聽見了鄭泰義的咕噥聲，男子狐疑地轉過頭看向了他。而鄭泰義見狀連忙擺了擺手示意沒事。

穿過一條打理得很好的林蔭路後，他們便抵達了宅第門前。由於距離得太近，反而看不出來這座宅第究竟有多巨大，鄭泰義的心也稍稍冷靜了下來。

鄭泰義率先走下車，默默打量起宅第的外觀。而沒過多久，男子也走到了他的身旁。站在宅第大門前的接待者一看見他們的身影，連忙從遠處跑了過來。對方那不苟言笑又拘謹的表情，不禁令鄭泰義想起了麗塔。

無論如何，只要想辦法趕快拿回凱爾的書，就可以回去了。

鄭泰義先是看向站在身旁，垂下眼默默盯著自己看的男子。隨後，他便朝著這名幫助他順利進到豪宅裡的男子表達起感激之情。

「謝謝你。托你的福，我才能順利地進到這裡。不過我要去哪裡，才能見到克莉絲汀娜．塔爾坦呢？」

男子就像要找出隱藏在鄭泰義表情底下的謊言似的，靜靜打量著他的臉。一直等到鄭泰義尷尬地撓了撓脖子，男子才總算開了口。

「進到本館後，你跟管家表明你此行的目的，他就會幫你聯絡了。若你們兩人有私交的話，你要直接前往西翼也不成問題。」

鄭泰義陷入了短暫的苦惱之中。

由於自己不曾見過克莉絲汀娜，因此按照原先的規定來看，他應該是要去本館找管家才對。可是凱爾又有說他會先知會克莉絲汀娜。就算鄭泰義對克莉絲汀娜這個人不熟，但對方與凱爾應該有著一定的交情。既然如此，那他是不是也可以直接去西翼報出凱爾的名字？

況且，跑去本館找管家，再將此行的目的告知對方，並等對方聯絡克莉絲汀娜，這個過程未免也太過漫長又麻煩。既然凱爾已經知會過克莉絲汀娜了，那就算他直接跑去西翼似乎也不會太過無禮。

「……那我直接去西翼好了。你剛剛說，那一棟是西翼對嗎？」鄭泰義指向位於本館左手邊，透過小塔樓與本館連接起來的建築物問道。

而男子在沉默了一會兒後，便點了點頭。

隨後，原先站在本館大門前的接待者連忙過來接過男子手中的行李。男子先是向對方下達幾項簡短的指示，接著便轉過頭看向了鄭泰義。

而正準備以輕快的腳步走向西翼的鄭泰義在感受到對方的視線後，倏地停下了步伐。

也對，我至少得先跟對方打過招呼再離開……

不過還沒等鄭泰義開口，男子就率先問道：「話說，你叫什麼名字呢？」

「什麼？啊啊……對了，我也還不知道你的身分呢。你是克莉絲汀娜的親戚嗎？」

雖然鄭泰義已經得知了男子的名字，但對方尚未正式地介紹過自己。

隨後，鄭泰義笑著朝男子伸出了手。而男子見狀先是露出有些慌張的神色，接著便回握住他的手。

「啊，是的。我叫里夏德・塔爾坦，是那個人的堂哥。」

「這樣啊，堂哥。」嘟噥完的鄭泰義歪起了頭。

就算他不知道塔爾坦家實際上的情況，但眼前的男子竟然親口說出了自己是克莉絲汀娜的堂哥，那就代表著兩人的親屬關係並沒有想像中的遠。可是當他向剛剛那群青年發問的時候，那些人一開始卻又想不起來她是誰——

「！」

就在鄭泰義懷抱著疑問，準備要向對方說出自己的名字時。

他猛地發現視野的一角，有個東西正以駭人的速度朝這個方向衝來。

那是一匹馬。

那匹白馬揚起了地上的塵土，正從西翼後方樹林處的位置朝本館飛奔而來。不對，更準確地說，那匹馬正用著無論前方有什麼障礙物，都會毫不猶豫踩碎的氣勢朝著兩人的方向襲來。

「……！」

雖然此刻的距離足以讓鄭泰義躲開，可是他就只是啞然地盯著那匹馬。無論這座豪宅的面積再怎麼寬廣，豪宅主人也不可能把騎馬路線設在車子與路人行走的道路上吧？

站在鄭泰義前方的男子，里夏德先是瞥了那個方向一眼，接著以毫不意外的神情往後退了幾步。一直等到這個時候，鄭泰義才總算回過神來，也跟著一起後退了幾步。

然而那匹馬實際上並不是朝他們飛奔而來。而是他們剛好擋在那匹馬飛奔著的半路上罷了。

一直等到那匹白馬以不管眼前的人會不會閃開，似乎都不打算減速的速度衝來時，鄭泰義才發現原來馬上還坐著一個人。那人身穿跟白馬一樣潔白的騎馬服。

在看到那人之後，里夏德以說不上大聲，但對方絕對能聽見的嗓音喊道：「克里斯多夫，這位客人要找你。」

「什麼？」

鄭泰義用拇指指著自己，一邊疑惑地轉過頭看向里夏德。而里夏德的目光正落在騎馬的人身上。

徑直朝兩人衝來的那匹馬在快要撞上他們的前一刻，才猛地抬起自己的上半身，就這樣在他們的面前減速。

基本上，就算是受過長期訓練的騎手也無法這麼突然減速。可是那人卻十分流暢地在兩人面前完成了這個動作。

正當幾乎沒有騎過馬的鄭泰義感嘆起對方那精湛的馬術時，那名騎手停在了他們的面前。

難得一見的出色白馬就像剛剛從來不曾飛奔過似的，泰然地在兩人的面前原地踏了幾步。要不是牠正重重地喘息著，或許不知情的人根本就看不出來白馬剛剛才從遠處飛奔而來。

就在鄭泰義與警戒著陌生面孔的白馬對視之時，他的頭頂上倏地傳來一道無精打采的嗓音。

「找我……？」

伴隨著嗓音的出現，那名騎手揮動起手中的韁繩。而下一秒，白馬微微地扭開了身子。就在這個時候，鄭泰義才總算看清坐在馬匹上的人。

閃閃發光的白金頭髮，充滿著憂鬱與倦怠的雙眼，以及那修長又纖細的身材。

鄭泰義清晰地記得這名只要看過一次，就絕對無法忘懷的青年。他前幾天才在距離德勒斯登兩百公里之外的柏林見過這名青年。在那間被暴雨籠罩著的寂靜教堂之中。

青年似乎也對鄭泰義有印象，那雙充滿著倦怠的雙眼中倏地閃過一道微微的光芒。

「喔……你不是……」

青年將身體探出馬匹之外，仔細地打量起鄭泰義。對方就像在確認自己有沒有看錯似的。

「我記得你剛剛說過不曾看過他。但這麼一看，你們好像又認識彼此。」一旁的里夏德說道。

鄭泰義將視線從青年身上移開，看向里夏德尷尬地笑了起來，「對，我們不久前曾經短暫地……見過一面，可是克莉絲汀娜·塔爾坦，該不會是……」

由於出現在眼前的人物實在是太令人意外，這也讓鄭泰義忘記了禮貌，直接用手指指向了青年。

而鄭泰義語音剛落，青年的表情立刻就變了。原先淡然又提不起勁的表情，瞬間就冷得像個冰塊似的。青年就這樣面無表情，垂下眼看向了鄭泰義。

鄭泰義馬上就意識到自己好像做錯了什麼。即使他並不知道確切的理由，但他可以明顯感覺到自己應該是踩到了對方的地雷。

青年那猶如幽靈般的表情在凝視了鄭泰義好一會兒後，突然像自言自語般地嘟噥了起來：「啊，對……對……對……沒錯。難怪，他之前好像有說過，所以……」

聽著對方那段無論怎麼思索都聽不懂的自言自語，鄭泰義猛地想起了之前青年在教堂裡展現過的怪異模樣。

「你是因為書才來的吧？」

青年倏地發問。而鄭泰義見狀則是挑起了眉頭。

「……對啊，可是克莉絲汀——」

「書是我拿走的……他說會派其他人來拿，原來就是你啊。」

鄭泰義愣怔地看著眼前的青年。

所有的線索都在表明青年就是那名偷走書的人，克莉絲汀娜。可是對方與「克莉絲汀娜」這個名字的性別不符，再者，這裡的人又稱呼他為「克里斯多夫」。

「……？是你？」鄭泰義疑惑地反問。

由於突然出現了一名意想不到的人物，這也使他對眼下的情況感到懷疑。

這個男人真的是我要找的人嗎？可是凱爾之前說克莉絲汀娜是——

就在鄭泰義嘗試回憶時，原先停在本館正門階梯下的轎車駛離，隨之而來的是另一輛轎車。車上坐著的正是不久前在大門前遇到的那群年輕人。

在將車鑰匙遞給接待者後，那群年輕人看見了彷彿在對峙般，僵持在原地的鄭泰義、青年以及里夏德。他們先是露出有些詫異的表情，隨即便惡狠狠地走了過來。

「久違地回到這裡，看來你連騎馬路線在哪裡都忘了啊。」

「就算你不知道騎馬路線在哪，也不要在這裡擋路，要玩就去馬棚裡玩。」

那群年輕人的敵意不再向著鄭泰義。他們抬頭看著直挺挺坐在白馬上的青年，挖苦地說道。

而站在鄭泰義身旁，一語不發的里夏德見狀微微地皺起了眉頭，「夠了。」

「可是你看，自從那個傢伙回來之後，家裡的氣氛就被他搞得亂七八糟。一個早就跟我們無關的人，到底為什麼還要回來啊？」

其中一名年輕人站了出來。那人是原先駕駛著轎車的人。鄭泰義猜想，對方應該是三人之中的大哥。

看來這裡的氛圍很糟。完蛋了，完蛋。

鄭泰義一邊隔岸觀火，一邊暗自祈禱那些火苗不要蔓延至自己身上。從他們爭吵的模樣來看，這應該不是短短一、兩天就形成的恩怨。

隨後，三名年輕人中看上去最年輕的男子走了過來，並輕輕踢了白馬一下。與此同時，那人還不忘瞥了鄭泰義一眼。

「話說，他剛剛說了什麼？克莉絲汀娜？哈，也對，外表長得這麼清秀，就算改名叫克莉絲汀娜也可以啊。克莉絲汀娜——」

就在這個時候。

坐在白馬上，冷冷看著他們的青年在凝視了那名年輕人好一會兒後，猛地開口道：「我看忘記的是你們吧。久違地回到這裡，你們好像已經忘記我是誰了。」

青年看上去並沒有很生氣，語氣一樣非常淡然。

不過同一時間，一道劃破空氣的駭人嗓音倏地響起。啪——隨之而來的是一道乾澀的聲響。幾滴鮮紅的液體就這樣滴落在地板上。

這是轉眼間所發生的事。

沒有人發出慘叫聲，甚至就連被馬鞭打到破皮的年輕人也還沒意識過來發生了什麼事，就只是茫然地摸了摸自己的臉頰。

而在他反應過來之前，又連續響起兩次乾澀的打擊聲。這次，年輕人們總算發出了慘叫。他們連反擊的時間都沒有，臉頰頓時便變得皮開肉綻。在意識到鮮血順著脖子流到衣服上後，那群年輕人立刻瞪大雙眼。

「有些事就算是過了十年、二十年也不能忘。距離我離開這個家，甚至連十年都不到，你們卻已經忘得一乾二淨。就憑你們這種破腦袋是要怎麼幹大事？好，你們有種就再次講出那個名字啊。你們說說看，我是誰？」

青年用著平靜的語氣低聲說道。鄭泰義可以從對方那緩慢的語氣中聽出青年似乎對眼前的一切感到十分無趣。

天啊……

鄭泰義慢半拍地遮住了自己的嘴巴。原來那個名字是青年的地雷。

凱爾！這麼重要的事你怎麼不先說啊！你害我差點就要被馬鞭打到皮開肉綻了！

不過值得慶幸的是，青年看上去並不打算對鄭泰義說「對了，你剛才也是那樣叫的吧？」之類的話來報復，只是從白馬上跳了下來。而對方那隨意將手中的馬鞭綁在馬鞍上的動作看上去非常熟練。

就在這個時候，那群年輕人中好像有人想要反擊。之所以會用「好像」來形容，是因為對方一揮拳，青年輕輕鬆鬆就躲掉了那個攻擊。

「看來你們不僅僅是腦袋很破啊……唉，真沒用。」青年無奈地嘆了口氣。

隨後，青年就像喪失戰意般的將手插進口袋，接著毫不猶豫地用穿著馬術長靴的腳用力踢了那名年輕人的膝蓋。

一道駭人的嗓音隨之響起。鄭泰義看著年輕人的骨頭呈現出奇怪的形狀，默默地閉上了嘴。而那名青年始終維持著一樣的表情，靜靜地看著這一切。

對於眼前的這個人，凱爾曾經這麼形容過。

對方是伊萊的兒時玩伴。同時還是伊萊 T&R 機動隊時期的同事。

一想到這裡，鄭泰義瞬間就想通了。當時在教堂裡見到青年的時候，對方正好從凱爾的家中拿走書本，正準備要離開。

鄭泰義頓時覺得眼前一片漆黑。他的人生彷彿是場障礙賽跑。

可以在如此冷靜的狀態下將人打個半死，還真不愧是某個人的朋友啊。

出神地想著這些念頭的鄭泰義一直等到耳邊再次傳來慘叫聲，才總算回過神來。

雖然插手別人的家務事不好，但事態好像已經嚴重到他不得不出手阻止的程度了。不對，可是在本館的正門前爆發了一場這麼激烈的鬥爭，為什麼沒有人前來阻止？

就在鄭泰義以困惑的心情準備上前時，他又倏地停下了腳步。

里夏德走到了不停暴打著年輕人的青年身後，一把抓住對方的手臂。而被抓住的青年先是愣了一下，接著便停下了原本的動作。

明明青年剛剛暴打著年輕人時依舊是一副無精打采的神情，可是此刻眼中卻閃過冰冷的光芒。

「你還不放手？」

那道對著里夏德低吼著的嗓音聽上去宛若下一秒就會直接衝上去咬破對方脖子的猛獸似的。

里夏德見狀乖乖地鬆開了手。隨後，里夏德就像真的在與猛獸交涉似的，舉起自己那什麼武器都沒拿的手，默默後退了兩步。

青年一邊惡狠狠地瞪著里夏德，一邊神經質地搓揉起被里夏德抓過的手臂。就像要揉掉那塊肉似的搓揉了好一陣子，接著朝對方大罵道：「里夏德，在阻撓我之前，先管理好你手下那群傢伙。要是他們敢再次在我面前做蠢事，我絕對會親手殺了他們。」

「好，我會記在心上的。」里夏德靜靜答完後，便點了點頭。

而青年在凶狠地怒視了里夏德好一會兒後，直接背過了身。青年一邊大步朝西翼的方向走去，一邊維持著直視前方的姿勢對鄭泰義說：「那邊那個，你跟我來。」

鄭泰義先是瞥了倒在地板上，滿是鮮血的年輕人一眼，接著咂起嘴，默默邁開了步伐。

而在經過里夏德的面前時，他也不忘朝對方點了個頭。

＊　＊　＊

克里斯多夫・塔爾坦。

無論對方的名字是克莉絲汀娜，還是克里斯多夫都無所謂了。

在鄭泰義原先的猜想之中，他從沒想過這名跟伊萊關係緊密、神祕又危險人物會是這種類型。

就算他早知道對方一定很非比尋常，但從沒想過對方光是外表就如此的「不尋常」。不對，就算真的要拿「不尋常」來形容對方的外貌，那種從小住在深山裡，吸著狼的奶水長大，身材壯碩得幾乎跟房子一樣的男人或許還比較合理一點。

沒想到在那張臉與外型底下，竟然有著跟伊萊這麼相似的個性。無論鄭泰義怎麼看，這都像詐欺。

「……本館有辦公室、會客室以及大廳。東翼大多住著老人家們，要是有客人來訪的話，專門給客人睡的客房也在東翼。西翼則是住著輩分比我小的親戚，以及他們的客人。不過反正你也不會去本館跟東翼，你就記住西翼的構造就好。一樓有……你有在聽嗎？」

喋喋不休地解釋著這座豪宅構造的克里斯多夫轉過頭看向了一動也不動，靜靜站在一旁的鄭泰義問道。

「嗯。」鄭泰義咂著嘴，嘟噥道：「雖然我有在聽……可是，我一定要站在這裡嗎？你就不能讓我進去裡面？」

「你跟我有熟到可以進我臥室的程度嗎？」

「既然我都可以站在你敞開的門前，看著你換衣服了。那我們至少熟到這個程度了吧。」

克里斯多夫停下從衣櫃裡拿出新襯衫的動作，看向了鄭泰義。

「不准進來。」克里斯多夫在臥室門前擋住鄭泰義這麼說道，就這樣換起了衣服，並且向鄭泰義解釋起這座豪宅的構造。

隨後，克里斯多夫繼續穿上襯衫，並且以正面直視著鄭泰義。

「好吧。」克里斯多夫一一扣上襯衫的鈕釦，「不過我剛剛忘記告訴你最重要的事了。隨便你要不要看，但就是不准碰。」

「什麼？」

「不准碰我。在沒有我同意的情況下，也不要碰我的東西。」

「……這是潔癖的一種嗎？」

「不是，因為我並不介意骯髒或雜亂。只是討厭跟別人身體接觸罷了。」

「那你是怎麼在機動隊待下去的？在那裡不是時常會碰到其他人嗎？」

「打從一開始我就不會接下需要接觸人的工作……機動隊啊。那除此之外，還從凱爾那裡聽到什麼關於我的事？」

「這個嗎……大概就是你是伊萊朋友這種程度的消息？」鄭泰義微微地皺著眉答道。

而鄭泰義語音剛落，克里斯多夫馬上就緊皺起了眉頭，「我是哪裡有問題了，為什麼要跟那個瘋子當朋友啊。」

「……」

鄭泰義已經很久沒有湧上想要替伊萊辯護的心情了。

等下次見到伊萊，我一定要跟他說「我見到你朋友克里斯多夫了！」雖然不管怎麼想，他都不會在乎「朋友」那個詞，而是會先問我怎麼見到克里斯多夫的。

「不過我一拿到書就會馬上離開，有必要這麼仔細地聆聽這個家的構造嗎？」鄭泰義看著已經將襯衫鈕釦扣到最後一顆的克里斯多夫問道。

而克里斯多夫見狀則是露出奇怪的眼神直直地凝視著鄭泰義，接著連看都不看，就直接從衣櫃裡拿出了褲架。他從排成一列的褲子裡，同樣連看都不看地就挑了最前面的那件褲子。

「你是打算在拿回書之前，以不知道這個家的構造、不知道要在哪裡睡覺、要在哪裡吃飯、要在哪裡做什麼事的狀態下生活下去嗎？」克里斯多夫反問。

果然。難怪凱爾會說克里斯多夫這個人很難搞。

「那你什麼時候要把書給我？」

「等到我膩了的時候。」

「……所以，你剛剛說西翼的一樓有什麼？」鄭泰義死心地再次問道。

克里斯多夫微微地瞇起了雙眼。這時他才終於看向褲子，拍掉了褲腳上的小灰塵後，穿上了褲子。

「西翼一樓有飯廳、大廳跟會客室。地下室也有大廳，那裡有西洋棋、撞球桌這類的遊戲設施，但有很多蠢貨。我勸你最好不要去那裡。三溫暖也是同樣的道理。二樓有個人書房，三、四樓就像你現在看到的，都是臥室這類的私人空間。」

穿上褲子後，克里斯多夫接著打上領帶、繫上腰帶、穿上針織背心，最後再戴上了手錶。

在整裝好之後，克里斯多夫轉過了頭。在看見露出讚嘆目光盯著自己看的鄭泰義的視線後，他無聲地用雙眼發問：幹嘛？

「沒有，看你穿成這樣，就像是什麼有錢人家的少爺似的。」鄭泰義撓了撓後頸說道。說完之後，他才發現自己說了一句廢話，忍不住地咂了咂嘴。並非「就像是」，對方的確就是有錢人家的少爺。

這麼一看，現在又出現了一名含著鑽石湯匙出生，而對方的所作所為也足以讓人產生偏見的人物。

下一秒，克里斯多夫突然從頭到腳地打量起鄭泰義。在將行李放在克里斯多夫指示的房間後，就直接來到對方臥室前的鄭泰義身上自然還穿著從柏林出發時的那套衣服。

「……幹嘛，你想要我也去換套衣服？」

「不是……我只是暫時思考了一下里格那越來越歪的審美眼光而已。」

在聽見對方那句怎麼聽都不像稱讚的話語後，鄭泰義只能不悅地回了句：「就是說啊……」

「還有，七點吃晚餐。」

克里斯多夫一邊走向房門，一邊說道。在他身後，鄭泰義正面牆上的掛鐘也正好指向七點。

鄭泰義跟在掠過自己身旁，走向走廊的克里斯多夫身後，默默嘆了口氣。該怎麼說呢，他到現在都還找不到任何的眉目。而沒有掌握好情況就行動，往往會伴隨著茫然的不安感。

這是一種彷彿不屬於任何一個環境的感覺。

即使他也不是第一次被丟進陌生的環境之中，但這地方卻讓他感到格外不自在。

打從進到這座豪宅的那一刻起，他便能感覺到人與人之間的微妙交錯的氣氛。那是一股被劃分為親密與敵意的特殊氛圍。鄭泰義很意外一個家中竟然能同時存在著這兩種氣氛。

像現在也是如此。當他們走在走廊上時，偶爾難免會與其他人擦肩而過。而那些人的反應就只有兩種，我軍以及敵軍。

「他們是準備要打群架嗎？為什麼這裡的氣氛會這樣啊。」

在看見某位剛好路過的青年先是惡狠狠地瞪了克里斯多夫一眼，接著連跟在對方身後的自己也一起瞪的舉動後，鄭泰義忍不住嘟囔了起來。

而走在前面的克里斯多夫見狀微微地放慢了腳步，轉過頭問道：「凱爾沒跟你說嗎？」

「說什麼？」

「塔爾坦總是處在群架的狀態之中。」

「嗯？」鄭泰義露出奇怪的表情反問。

克里斯多夫再次看向前方，一邊邁開步伐，一邊淡然地說：「塔爾坦家在繼承人們還小的時候，就會先決定好負責繼承所有財產的候補人選。在經過一系列縝密的審查後，他們會從有血緣關係的孩子們中選出最優秀的三、四名人選。從那個時候開始，他們的競爭便展開了。而沒有被選中的孩子會為了自己的將來，去挑選最有可能成功的『潛力股』，並選邊站。與此同時，他們也會不停地為自己的潛力股加油，以求那個潛力股可以使他們一夜致富。」

對方的語氣平淡到就像是在聊今天晚餐的餐點似的。然而聽見這段話的鄭泰義先是愣了一下，接著馬上湧上不悅的情緒。他皺起眉頭沉思了一會兒後，忍不住嘆了口氣。

「就算競爭可以更輕易地喚醒一個人的能力……我不太清楚確切的情況，但身為一個局外人，這些內容聽在我耳裡好不人道。」

克里斯多夫瞥了鄭泰義一眼。在間隔了好幾秒後，克里斯多夫才又像自言自語般地說：「原先就已經喪失人性的人，就算從競爭中退出，也還是一樣沒有人性。」

「是嗎，但這不僅僅是本性的問題——算了，這也不是什麼值得討論的議題。不過你剛剛說的那個競爭，一定得參加嗎？」

「就只有被選為繼承候補的孩子們才要參加。至於其他人，他們只需要等著看誰會獲得繼承權就可以了，不需要直接加入競爭……啊，可是大家都會希望自己支持的候補可以贏過其他人，如果是指競爭心理的話，那我想他們應該也有。」

「那被選擇的孩子們呢？只要被選中，就一定得跟其他人競爭嗎？不能棄權嗎？」

克里斯多夫沒有答話。對方就像沒有聽到這個問題似的。然而在這條安靜的走廊上，兩人僅僅只隔著幾步的距離，對方根本不可能沒聽見。

一直等到克里斯多夫走下階梯，抵達樓梯平臺時，他才總算開了口。

「當然可以棄權啊。要是那個人不想成為繼承人，自然可以拒絕。像我就是這樣。」

鄭泰義看著徑直地往前方走去的克里斯多夫的背影，微微瞪大了雙眼。

「所以你也曾經是繼承候補嗎？」

難道那些選定候補人選的長輩們都不會看一個人的品性與交友關係嗎？——雖然這段話都已經湧到了鄭泰義的喉頭，但他實在沒辦法跟剛認識不久的人說出這些話。

而下一秒，他倏地「啊」了一聲。

他想起了叔叔跟凱爾好像曾經說過里夏德．塔爾坦是最有力的候補。

看來他們當時說的就是這件事。里夏德是所有可以繼承塔爾坦家的人選中，最有希望的人。

隨著他們走下階梯，抵達了一樓，又有一名青年從兩人的身旁經過。那名青年經過時也露出警戒的眼神瞪著克里斯多夫。鄭泰義似乎還能隱約聽見一句簡短的粗話。明明克里斯多夫一定也有聽見，他卻沒有任何反應繼續走著。看到這點，鄭泰義不禁覺得至少克里斯多夫比伊萊還更能沉得住氣。

鄭泰義重重地嘆了口氣。沉悶的心情始終揮散不去，他只能一邊撓著手臂，一邊問道：「既然你已經拒絕了，那應該也不再是競爭對象了吧？那麼那些傢伙為什麼還要這樣啊？都退出競爭了，他們還有必要再警戒，或是敵視你嗎？」

「所以我才說他們是蠢貨啊。自己胡思亂想些有的沒的事情……」克里斯多夫嘟噥著，不滿地咂了下嘴。

而鄭泰義見狀也跟著咂起了嘴。

要是塔爾坦家的氣氛一直這樣，鄭泰義在這裡停留的期間，很可能一不小心就會如履薄冰。

現在光是每個經過的人，都會惡狠狠地瞪著他與克里斯多夫。看這情況，往後應該只會更加嚴重，不會減輕。況且從比例來看，跟克里斯多夫的陣營相比，里夏德的陣營好像人數明顯多了更多。

也不知道這該說是多災多難，還是打從一開始就站錯隊了。

「啊……選邊站這種事跟我的個性很不搭……」鄭泰義搖了搖頭。「而且不管我怎麼想，眼下的情況都對我們非常不利。對方不但人多、更有人緣，甚至還是最有可能的繼承候補……」

正這樣邊嘀咕邊數起手指的鄭泰義，差點就撞上了不知何時已經停下腳步在等他的克里斯多夫。

「如果你想去里夏德那邊，就去啊。」

聽見對方淡然地說出這句話，鄭泰義「嗯？」了一聲，將視線從手指上移開。隨即意識到對方意思的他，忍不住皺起了眉頭。

「無論是待在這裡，還是去里夏德那裡，不都是選邊站嗎？這兩個選擇我都不喜歡。況且我看你好像忘了，我不是來這裡打架的。把書給我！書！」

克里斯多夫瞇起了雙眼。像在探查般地凝視了鄭泰義好一陣子，接著突然嘟噥道：「你之前在UNHRDO裡待過吧。」

鄭泰義閉上了嘴。過了幾秒後，他就像克里斯多夫剛剛那樣，靜靜地注視著對方。

「……凱爾連這種事都告訴你了？」

「沒有，他只是告訴我會派其他人來而已。」

鄭泰義一語不發地望向克里斯多夫。如果不是凱爾，那他們之間還有交集的人就只剩下一個了。

就如鄭泰義所想的，克里斯多夫便滿不在乎地說道：「里格為什麼會在明知肯定會很麻煩的情況下，還硬是要那麼辛苦呢。至少機動隊裡的傢伙們應該全都知情。」

「啊……」

由於不知道該怎麼回答，鄭泰義只能毫無意義地嘟噥著。

克里斯多夫歪起了頭。斜著角度凝視了鄭泰義好一會兒後，嘆了口氣，「我實在越來越搞不懂他為什麼要那麼費工夫……」

「你乾脆直接挑明罵我算了。」

明擺著在對方面前嘆起氣的克里斯多夫在看見鄭泰義抱怨著的模樣後，這次把頭歪向了另外一邊。只不過這次歪頭的幅度明顯更小。

「你更喜歡這樣嗎？如果比起拐著彎罵，你更喜歡我直接罵你的話，那我之後就不拐彎抹角了。」

「難道就沒有其他選項了嗎……」鄭泰義垂下了頭，「這個世界這麼刻薄，我是要怎麼活下去啊。」

正在嘀咕念叨的鄭泰義聽見一聲細微的嘆息，便抬起了頭。

克里斯多夫正用著彷彿在看什麼奇怪生物般的眼神盯著他看。除此之外，對方的嘴角也微微地顫動著。

……啊，又來了。

鄭泰義看著那嘴角。

在盯著那彷彿不知道該擺出什麼樣的表情，茫然困惑的嘴角好幾秒後，他有點尷尬地撓了撓脖子。

該怎麼說呢，心情有點……

既不是沮喪，也不是憂鬱，總知就是不知道該怎麼明確形容的感覺。

隨後，克里斯多夫就像什麼事都沒發生過似的背過了身，而鄭泰義也再次跟在對方的身後。

飯廳的位置相當明顯。

沿著一樓走廊直直走，經過大廳後，便能看見一扇敞開的大門。當遠處傳來了可口的香味，以及稍微聽見人們嘈雜的說話聲後，原先一直面無表情默默走著的克里斯多夫突然想起了什麼般，轉頭看向鄭泰義。

「啊，話說你的名字。」

「嗯？」

「你的名字很倒楣，我要換個方式叫你。」

「……」

鄭泰義怒火中燒地瞪著眼前的人。

這句極其無禮的話怎麼會聽起來這麼耳熟，他馬上就想起了之前見到克里斯多夫時，對方也曾說過「你的名字很倒楣」。

「不是，我的名字到底哪裡——」

我爸幫我取的名字明明就很好！還沒等鄭泰義大聲抗議，克里斯多夫就用手掌隨意地摀住了他的嘴巴。

「在我看來，你的名字跟這個地區很不搭。可能會招來橫禍，所以我要幫你換個名字。」

在看見對方面不改色地，一本正經地說出這段話，鄭泰義錯愕地望著對方。

縱使突然牽扯到了迷信的話題，但克里斯多夫依舊一臉理所當然地繼續說：「不是還有很多韓國名字嗎，嗯……我之前去波士尼亞的時候，剛好在那裡遇見一名韓國記者。等一下，那名記者的名字叫什麼……啊，對了，英秀。這個名字不錯。韓國最常見的姓氏是金吧？金英秀，就這麼決定了。」

「……你還有從伊萊那裡聽到什麼嗎？」

「嗯？里格嗎？」對方露出一副莫名其妙的表情。

雖然鄭泰義當時的確是刻意選了常見的名字，但他還真的沒料到這名字竟然如此常見，不然就是有什麼緣分。

鄭泰義撓了撓頭。即使他並不知道為什麼堅持要換個名字叫自己，不過也沒有理由要面紅耳赤地逼對方一定得叫自己本名。

算了，反正名字本來就是為了讓別人叫起來方便。

「既然你這麼堅持，那我在這裡就叫金英秀吧……」鄭泰義嘆了口氣嘀咕道。

一直面無表情盯著鄭泰義看的克里斯多夫在聽見他的回答後，便背過了身。

不知為何，克里斯多夫前往飯廳的步伐看來好像格外滿足。

＊＊＊

雖然鄭泰義已經得知塔爾坦家的年輕人們無時無刻都散發著派系鬥爭的氣氛。

仔細想想，這是數十年累積下所形成的氛圍，就算現在這種氣氛如此明顯的顯露出來，好像也說不上有多奇怪。況且，該知道的人都已經知道了。如果是熟到可以在這家裡一起用餐的外人，不太在意這種氣氛，似乎也是可以理解的事。

「但我不想成為被那種氛圍影響的笨蛋。」鄭泰義用叉子熟練地將烤馬鈴薯切成了四等分，一邊嘟噥著。

「嗯？你剛剛說了什麼？」

坐在鄭泰義旁邊，正跟對面的男子搭話的鄰座轉過頭來。鄭泰義則是吃著馬鈴薯，搖了搖手中的叉子示意沒事。

「是嗎，那就算了。」親切的鄰座一說完，又開始吃起自己盤中的食物。

飯廳的氛圍沒有鄭泰義原先設想的那麼險惡。

本來以為這裡是住在西翼的年輕人一起用餐的地方，他還做好了得看見可怕場面的覺悟。然而來這裡吃飯的人並不多。據說這是因為大家的用餐時間各不相同。

再者，他們可能也不想在吃飯時間動手動腳，雖然多少凶狠地互瞪，但並不會明擺著挑釁對方。

「這種程度的氣氛還算溫和啊。」鄭泰義先是用大拇指擦去唇邊的醬汁，接著伸出舌頭舔了舔。

隨後，他回想起了之前的往事。那已經是好幾年前的事了。

當時的他因為落入叔叔的陷阱——或可以說是在對方的威脅下，而不得不照做——，去到了UNHRDO的亞洲分部。在那裡，每三個月就會與其他分部進行一場集訓。

鄭泰義剛進去沒多久，就碰上了與歐洲分部的集訓。歐洲分部與亞洲分部可說是互為死敵般的存在。

當時就連想要好好吃頓飯都很困難。

雖然他們會與自己分部的人坐在一起，不過要是隔壁桌坐了其他分部的傢伙，用餐期間，叉子跟刀子就會滿天飛舞。沒過多久，又會演變成大打出手，甚至還有人會開始掀桌子。

……不過那個人是誰啊……那個動不動就抓住歐洲分部的人，用盤子往他們臉上砸的傢伙。

類似的人實在是太多了，鄭泰義一時之間想不太起來。就這樣思索了一陣子……

「啊，對了對了，是阿爾塔！」

所以負責部員生活瑣事的雜務官也對他嘮叨不休。到了最後，每次只要一到吃飯時間，雜務官就會抓著阿爾塔坐下來一起吃飯。

「這傢伙怎麼從剛剛開始就一直在自言自語啊……喂，你還好嗎？」

隔壁的鄰座從剛才就不斷偷瞄鄭泰義，最後忍不住擺出敲自己腦袋的動作疑惑地問道。對，在這種情況下，要是說這句話的人是歐洲分部那些傢伙，就會出事了。不，實際上也真的發生過這種事。

當時鄭泰義在對練中稍微扭到了手，吃飯的時候不小心弄掉了盤中的食物兩三次，坐在隔壁桌的歐洲分部的傢伙立刻就嘲諷地說：「手抖症很辛苦吧，要好好吃飯啊。」縱使鄭泰義漫不經心地回了句：「嗯，謝謝你的關心。」便又泰然地吃起了飯，可是一旁的卡洛馬上就將手中的盤子砸向了那個人。

鄭泰義依舊清晰地記得，當時要在不停飛來飛去的盤子、刀叉中吃完自己的飯菜是件多麼辛苦的事。

在想起那段有些懷念的往事後，鄭泰義帶著一絲嘆息微笑了起來。隨後，他朝一旁擔心著自己的鄰座笑著說：「嗯，我沒事。謝謝你的關心。」

「喔，那就好。剛來這裡，應該有很多不習慣的地方。要加油啊！」真心為鄭泰義擔心的善良男子在用力地點了點頭後，輕拍了鄭泰義的肩膀。

坐在鄭泰義身旁的男子是同樣支持著克里斯多夫——更準確地說，是不想支持里夏德罷了——的少數一員。

克里斯多夫坐在前方那個被默認為是克里斯多夫專屬的上座，而其他人也各有默契地固定坐在某些位置。可是仔細一看，還是能看出分成兩派坐著的樣子。

不屬於任何一派的鄭泰義在猶豫了一會後，便隨便找了個空位坐下。慶幸的是，坐在他身旁的剛好是一名這麼親切——而且還是同一派——的人。

「不過你怎麼會被克里斯多夫逮到，在這裡住下來的？你是從哪裡來的？」親切的鄰座只用了兩口就將手掌大的烤魚吃得一乾二淨，同時也不忘問出心中的疑問。

眼前這位自稱是約翰的爽朗男子據說也是克里斯多夫的堂哥。

在想起里夏德也曾經說過自己是克里斯多夫的堂哥後，鄭泰義便向約翰發問這裡的堂兄弟姊妹究竟有幾名。結果聽說有正式登記在戶籍的堂兄弟姊妹就有快二十名了。

果然，塔爾坦家的長輩們也知道壯大勢力最重要的就是得擴大人數。

如果加上外戚，以及沒有被登記在戶籍的人，那麼這個數字可能就是原先的好幾倍了。

約翰大笑著解釋完後，還補充道坐在他對面的男子在戶籍上跟這個家族沒有關係，但照樣是他的堂兄弟。

這裡的氛圍還真是讓人霧裡看花啊。

一想到這裡，鄭泰義不禁又瞥了遠處的克里斯多夫一眼。

大部分的人都會與隔壁又或者是附近的人一起聊天，可是克里斯多夫就只是靜靜地擺弄著自己的餐具。

聽說對貴婦來說，銀餐具也如同用餐時的飾品。這麼看來，克里斯多夫也是如此。感覺在他的附近彷彿有一臺攝影機正在拍攝似的。

鄭泰義倏地將手中的叉子放到了盤子上，用旁邊的餐巾擦了擦嘴角，嘟囔著：「雖然他偶爾會露出令人錯愕或困惑的一面，但那種程度頂多就是脾氣差而啊……難道他曾經做過什麼會被排擠的事嗎？」

「嗯？你說誰？」約翰咬著叉子，順著鄭泰義的視線看了過去。當約翰看見盡頭的克里斯多夫後，皺起了眉頭。

「克里斯多夫？他哪是被大家排擠。他是因為太瘋了，才沒人敢靠近他。要不是因為我很討厭那群圍繞在里夏德身旁的傢伙，覺得克里斯的周遭沒有什麼人比較安靜還好一點，我並不是打從心裡支持他的。」

「嗯，但他看上去沒那麼瘋啊。」鄭泰義歪了歪頭。然而他並沒有對這點堅持己見。想到伊萊這段期間在家裡也表現幾乎像個正常人，鄭泰義的判斷很有可能是錯的。

鄭泰義就這樣左耳進右耳出地聽著約翰認真講述著克里斯多夫的狂人故事，默默點起了頭。

他現在多少能理解這個地方的氣氛是怎麼回事了。縱使他並不怎麼滿意，也不是很喜歡，但他至少已經從原先的一頭霧水，漸漸摸索出了大致上的輪廓。

大部分的年輕人們——即使他們都是用威脅或憤怒的方式來表達——實際上都害怕著克里斯多夫。

這遠遠超出了好感或敵意的範疇，他們懼怕著他。雖然克里斯多夫那社交能力近乎為零的個性多少也讓這個情況變得更加嚴重就是了。

「既然本人不怎麼在意這件事，那就好了。」鄭泰義吃著沙拉，默默點起了頭。

無論是怎麼樣的狀態、怎麼樣的生活方式，無論周遭的人怎麼看，只要本人對現況滿意，那其他人自然也就沒有資格對這件事指手畫腳。

鄭泰義唯一能做的，就是希望對方不會對現實感到悲觀。

轉念一想，就連伊萊那種傢伙都能活得好好的了。

伊萊是個受盡眾人譴責，結下的仇怨多到連只是在餐廳裡正常地吃著飯，都會遭受到子彈洗禮的人。毫無疑問，這樣的人應該不常見。然而對方卻不會對現實感到悲觀，抑或陷入憂鬱，反倒還活得很好。反而是伊萊周遭的人可能會出現那種症狀，但他本人總是過得無憂無慮。

而且鄭泰義也不覺得數十年後的某一天，他會突然懺悔，甚至對過去的一切感到痛苦不已。

「……格勞一起工作，這件事基本上就解釋了一切。」

瞬間，鄭泰義聽見了一個熟悉的名字。於是他抬起了頭，疑惑地「嗯？」了一聲。

當鄭泰義沉浸在其他念頭裡時，約翰似乎還在講述著克里斯多夫的狂人事蹟。約翰先是聳了聳肩，接著像在尋求認同般地看向了鄭泰義。而當他看見鄭泰義那有些呆愣的表情後，便皺起了眉頭。

「你不認識他嗎？狂人里格？」

「嗯？啊……沒有，你說的不就是伊萊．里格勞嗎。」

「對啊……總之在這空間裡的人，硬要說的話，小時候都曾經跟那傢伙玩在一起過，或許彼此之間還能稱得上是朋友──雖然有些人可能會像瘋了似的否定──，可是卻沒有人願意跟那個人一起共事。」

約翰將叉子放在連香芹都吃得一乾二淨的空盤上，拿起了一旁的餐巾。雖然他的個性開朗，但似乎還是比較有自己想法的人。隨後，他就像無法理解似的搖起了頭。

「就算克里斯多夫是個瘋子，但其實也說不上有多壞。基本上只要不招惹他，就不會主動去傷害別人。而且，他的腦袋也很好。即使他光看表情總是像個腦袋有問題的人，但其實天生聰明再加上小時候還接受過英才教育呢。明明他大可不用去建立那種危險的關係──唉，算了，正是因為這樣，他才會被說是瘋子啊。」

自言自語得出結論的約翰用餐巾擦了擦嘴。

伊萊之前到底是做了什麼，竟然讓人對他有這麼根深蒂固的惡評。

莫名有些憂鬱的鄭泰義放下手中的叉子。即使盤中還剩下一些蔬菜，但他已經飽了。

既然都吃得差不多了，差不多該離開了吧。反正氣氛也說不上有多好。這麼想著的鄭泰義摸了摸自己的肚子，看向克里斯多夫的方向。對方盤中的餐點還剩下很多，但他看上去也已經差不多吃完了。

那應該可以走了。

正當鄭泰義準備要從位置上起身時。

就在那一瞬間，整個飯廳頓時安靜了下來。

里夏德正從敞開著的大門走進了飯廳。

有一些人在看見里夏德後，便把視線移到克里斯多夫身上。那是充滿著期待、擔心，以及好奇心的視線。

鄭泰義懊悔著自己剛剛怎麼沒有早點離開，一邊將下巴撐在手上。在向剛好經過身後的侍者要了罐啤酒後，鄭泰義拉開了易拉環，漫不經心地打量起兩人。

「啊，從中午之後就什麼東西都沒吃了。」

里夏德似乎是從外面回來後，直接來到飯廳的。他笑著說話的同時脫下西裝外套，遞給侍者。隨後，里夏德的視線便移到了克里斯多夫的身上。

而克里斯多夫也沒有裝作沒看見，同樣瞥了對方一眼。

兩人視線交會的瞬間，雙方臉上的笑意都消失了——雖然克里斯多夫的臉上本來就沒有任何笑意——

「……」

原先還在低聲交談的人們不知何時都安靜了下來。或許是覺得這沉默太過尷尬，隨即又重新開始聊天，只不過音量明顯比剛剛還要小了許多。

隨後，里夏德泰然地向周遭的人打招呼：「今天沒什麼事吧？」邊走到自己的位置上坐了下來。剛好就在克里斯多夫的正對面。

「關係差的人，偏偏就喜歡那樣坐在一起……」鄭泰義瞇起雙眼，邊喝著啤酒邊嘀咕著。

從人們進進出出的模樣看來，雖然稱不上有固定座位，但大概都有常坐的位置。明明附近還有好幾個空位，可是里夏德卻自然地坐在那個位置，想必那兩個人也把那裡當作各自的專屬位置了。

仔細想想，剛剛他們進到飯廳時，克里斯多夫坐的位置附近就只有那裡空著，顯得有點不自然。

約翰在一旁印證了鄭泰義的想法。

「對啊，他們每次總是坐在那個位置。」

「可能他們是怕故意離得很遠，會被其他人誤以為自己很在意對方吧。」

「也是。如果今天換作是你的話，應該也會這麼做吧？」

「不。」鄭泰義果斷地搖了搖頭，「如果是我的話，我絕對會坐在離討厭的人最遠的位置上。」

無論如何，沒有什麼事能比讓自己舒心地活著還要更重要的事。

舉例來說，假如今天有個像伊萊一樣的傢伙坐在那裡，他絕對會選一個離那個地方最遙遠的座位。就算座位已經被其他人佔走了，他也會擠開對方，硬是坐在那個座位上。

鄭泰義至今都還能依稀地想起自己曾經這麼努力地躲著伊萊的往事，殊不知最終卻還是發展成了眼下的這種情形。

難怪老人家們常說「世事難料」。鄭泰義咬起了啤酒罐的杯緣。

可是這麼一看……

鄭泰義凝視起了里夏德。

對方就像完全不在意坐在自己對面的克里斯多夫似的，與坐在身旁的男子聊天，偶爾露出微笑。看著對方那張會讓人留下好印象的臉龐，鄭泰義歪起了頭。

這麼說來，對方好像委託了伊萊什麼事。

想起了某天突然離家，整整兩個月杳無音信的伊萊，鄭泰義一度湧上想要去問那男人到底委託了什麼事。但隨即，他又打消了這個念頭。

打從一開始，一個外人去詢問對方祕密委託的工作內容，這個行為就已經夠荒謬了。再者，若真的要追問對方這件事，還得先坦白自己當天其實也在場的事實。

其實我當時躺在沙發後面，偷聽你們說話……

然而鄭泰義不打算為了打聽伊萊的工作，而向里夏德講出這些話。

「不過說到這個。」

鄭泰義將手撐在桌子上，歪歪斜斜地坐著，懶散地繼續喝著手中的啤酒一邊看著他們，突然開口。

一旁，或許是看到鄭泰義喝酒覺得很涼爽的樣子，也要了一罐啤酒的約翰轉過頭看向了他。

「讓周遭的空氣變得這麼險惡的那兩個人，他們的關係為什麼會這麼糟？」

「嗯？啊……因為那是里夏德啊。」

約翰將那兩人糟糕的關係說得像是理所當然的模樣，讓鄭泰義皺起了眉頭，「可是克里斯多夫不是已經退出了那個什麼競爭了嗎？」

「沒有，先不論那個競爭，里夏德打從一開始就很討厭克里斯多夫了。當然，克里斯多夫也是一樣。」

「嗯……？」

鄭泰義先是瞥了約翰一眼，發出了驚訝的聲音，轉頭看向了里夏德。

無論他怎麼看，他都不覺得對方是個會討厭一個人討厭到讓周遭的人察覺——又或者是故意表露出討厭一個人的行為——的人。

「但他看上去很善良。」

「對啊，他很善良。更準確地說，他是個誠懇又可靠的人。正因如此，才有這麼多人願意追隨他。」

那麼那樣的人怎麼會——原先想要問出這個問題的鄭泰義隨即又閉上了嘴。在他看來，這個問題好像暗藏著某種成見。

不管是誰，肯定都有那麼一、兩個討厭的對象。就算是再怎麼善良的人，也不可能包容得了這世界上的每一個人。光是不會在討厭的人面前過度表現出自己的厭惡情緒，就是一件很了不起的事了。

「這看上去就像什麼善與惡的對決似的。」

在聽見鄭泰義的咕噥聲後，約翰噴出口中的啤酒大笑了起來。

而鄭泰義見狀先是抖了一下，連忙躲到一旁。在覺得對方很噁心的同時，也不禁心疼起那些白白被浪費掉的啤酒。

既然要噴出來，那剛剛怎麼不喝水就好啊。

也不知道這句話究竟是有多好笑，約翰在大笑了好一陣子後，才擦了擦眼角的淚水說：

「雖然他們本來就個性不合，不過最主要的原因還是因為他們從小就常常碰面，還一起長大的緣故吧。在那段歲月裡，肯定也發生了很多事。」

「嗯……」

鄭泰義點了點頭，將手中的啤酒罐晃了一圈。他聽見了沒剩多少的啤酒在罐子內互相碰擊的聲響。

時間能加深人與人之間的關係。然而，從來沒有關係是始終順利的。若真的有沒有任何摩擦的關係，那也絕對不會是正常的關係。

不過要發展成一段全是摩擦的關係自然也不是件容易的事。尤其相處的時間越長，就越難只剩下摩擦。

「難怪總說討厭久了，也會產生一種另類的情感……」

就在鄭泰義咕噥著將剩下的啤酒一飲而盡時，突然覺得有點吵雜。原來早在他發呆的時候，前面的座位爆發了一場小衝突。

坐在克里斯多夫隔壁的隔壁的一名男子，正與坐在斜對面的另一名男子吵了起來。

「他們怎麼了。」

「應該是因為彼此的腳不停地撞到，有人一氣之下就直接踢了對方一腳。」

「……怎麼可能有人這麼幼……好吧，這也不是完全不可能。」鄭泰義咂了下嘴。

他原本還打算要再喝一罐啤酒，不過在充斥著辱罵聲的飯廳裡，頓時便喪失了興致。這場爭執好像不會這麼輕易結束，是不是去要個一、兩罐啤酒，就直接回房間算了。

想到這裡，鄭泰義悄悄地將椅子往後推，作勢起身。正當他打算裝作沒事的樣子朝門口走去時，坐在另一側破口大罵的男子卻突然激動地站了起來，打算繞一圈朝這邊走來。

雖然鄭泰義坐的位置離那人有段距離，戰火應該不至於蔓延至到這邊來，不過男子卻擋住了前往大門的路。

在無奈地撓了撓頭後，鄭泰義只能偷偷打量著四周的情況。

那兩名男子從位置上起身緊抓著對方的衣領。卻不見有人願意出面阻止。

沒辦法，看來我只能看著他們打架，等他們讓路了。

就在鄭泰義忍不住地嘆氣時，坐在另一側盯著兩人看的里夏德開了口。

「現在先不要打。這個地方人這麼多，你們若真的要打，那就再找個更合適的場地去打。」

即使那道嗓音就像是在勸說著朋友似的溫柔，然而在場的每一個人都能聽出那段話語中暗藏著不容拒絕的力量。

「君特。」

而緊抓著對方的衣領，暫時陷入猶豫之中的男子在聽見里夏德喊出自己的名字後，先是憤恨不平地咂了個嘴，接著便用力地推開了對方。

「哼，跟過街老鼠一樣的傢伙。」

不打算好好離開的他最後又冒出了一句咒罵。而另外一個人見狀再次從位置上起身，並抓住男子的肩膀。

「我為什麼是過街老鼠?!」

「你這傢伙——」

正當男子準備背過身，甩開緊抓住自己肩膀的那隻手時，他的手肘不偏不移地打到了一旁的椅子，以及坐在那張椅子上的人的後腦杓。

「啊……」

「……」

鄭泰義瞬間下意識地皺起眉頭，張大了嘴。而飯廳裡，有好幾個人都露出了跟他一樣的表情。

原先一觸即發的氛圍頓時便冷了下來。

拿起餐巾擦了擦嘴，正要推開椅子起身，卻突然被他人撞到後腦杓的克里斯多夫就這樣暫時僵在了原地。

而不小心用手肘打到克里斯多夫的男子在確認完對方的身分後，臉色立刻一沉。甚至都忘了要甩開那隻緊抓著自己肩膀的手。不過那隻手，也像瞬間失去力氣般地鬆了開來。

克里斯多夫緩緩地抬起了頭。那雙冰冷的眼眸望向了男子。

那男子若是可以馬上道歉——然而就算他道歉了，似乎也還是會迎來相同的結局——就好了，但他卻因為那道視線，忍不住顫抖了一下身軀。

不過當男子意識到自己丟人的反應後，立刻漲紅著臉，反而抬頭挺胸地朝克里斯多夫走了過去。

「怎樣，既然你都已經吃完了，幹嘛還賴在原地不走？反正這些餐盤都冷了，你何必像沒吃飽的老鼠一樣坐在這裡啊。快點滾。」男子縮起下巴，抬高頭，朝克里斯多夫咆哮。

而那雙俯視著克里斯多夫的細長眼眸中還閃爍著殘暴的氣息。

不過鄭泰義卻看見了隱藏在那股殘暴氣息底下，由恐懼而生的興奮神色。這讓他不禁咂了咂嘴。

「……餐盤都冷了？」克里斯多夫靜靜地開了口。

在聽見對方那依舊平淡的語氣後，鄭泰義基本上已經猜到了接下來會發生什麼事。然而還沒等他出聲警告那名男子，他所預想的事便發生了。

克里斯多夫就像在握住朋友的手似的，若無其事地握住男子的手腕，將對方的手按壓在他剛才放肉的滾燙鐵盤上。

這是轉眼間發生的事。

「啊，啊……啊啊啊啊！」

男子的慘叫聲宛若是野獸的咆哮。

雖然鐵盤已經沒有像剛出爐時那麼燙了，但依稀還能聽見鐵盤上的肉塊發出滋滋作響的聲音。

當男子的手被壓在鐵盤上時，生肉被烤熟的聲響就連坐在桌子尾端的人都能聽見。

「你剛剛不是才說餐盤已經冷了？現在只是稍微碰一下，何必這麼大驚小怪。」

男子為了甩開克里斯多夫的壓制而拚命地掙扎，可是淡然說出這段話的克里斯多夫卻依舊死死地按壓住對方的手，另外一隻手拿起了滾落在一旁的刀子，他只是隨便抓了一把。那是一把奶油刀。

「喂，比起那個，你乾脆直接用一般的刀——」

還沒等再次預測到接下來會發生什麼事的鄭泰義說完，奶油刀已經垂直刺向男子被按壓在鐵盤上的手背。

「……！」

沒有鋒利刀刃，只有圓鈍刀尖的奶油刀狠狠撕裂手背，深入皮肉。穿過骨縫，切開肌肉，刀刃就這樣釘在男子的手上。

男子尖叫著胡亂揮舞起自己的手。然而他的手隨後又被叉子刺穿。

在那之後，飯廳便成為了修羅場。

男子就像受傷的野獸般不停瘋狂掙扎；其他男子神色大變，立刻衝上前去幫助；還有整段飯的期間，不停與那些人明爭暗鬥的男子們。這些人糾纏在一起，飯廳陷入了極其混亂的狀態。

在這之中，鄭泰義遠遠看著克里斯多夫面不改色地讓每個朝自己衝來的傢伙們一一見血，以及里夏德俐落地一拳打昏朝自己撲來的人。這讓他湧上了強烈的既視感。

他依舊記得以前也看過一場不足掛齒的紛爭，最終演變成群架的場景。早在他還在就讀軍校時，就曾經發生過這種事了——然而也就只有那麼一次。因為在那之後，他們一群人一起體會了活地獄——而在UNHRDO時，這種事更是經常發生。

由於最近過得非常平淡，他還以為自己再也沒有機會看到這種場景了……在這甚至讓人感到懷念的畫面裡，鄭泰義微微地瞇起了雙眼。

對，那傢伙幾乎都是在這種情況下變得異常活躍。

鄭泰義想起那些許久未見的老同事，沉浸在淡淡的回憶中。

「該死，安安靜靜地吃頓飯不行嗎？你們都給我冷靜一點！」

一旁，保持中立的約翰咂嘴，反射性地握起手中的叉子。鄭泰義見狀稍微閃避，定睛看著那把叉子。

約翰擺了擺手說：「不是，這只是我的防身用品。畢竟誰知道什麼時候會波及到這裡——媽的，難道就沒有什麼辦法可以讓他們冷靜下來嗎。一、兩個人就算了，全部都吵成這樣就很麻煩了。」

「讓他們冷靜下來的辦法嗎……」

鄭泰義用懷念的眼神望向空中。

阿爾塔現在在做什麼呢？還待在亞洲分部裡，趁每次與歐洲分部集訓時繼續做那種事嗎？

鄭泰義想著之後聯絡叔叔時，要問問這件事，便站了起來。

「這是我之前認識的一個人時常會做的事……喂喂，那邊那個人，借過一下。」鄭泰義朝坐在桌子另一側的人擺了擺手。緊接著，他便用另外一隻手握住了桌角。

下一秒。

飯廳內所有喧鬧聲幾乎都被一道巨響所掩蓋。

笨重的桃花心木桌倒下，擺在上頭的餐具、食物，以及玻璃杯全都散落一地。喀鏘、喀鏘，破碎撞擊的聲響隨之響起。

原先站在前方朝彼此揮拳的男子們瞬間停下了手中的動作，瞪大雙眼回望。

等所有該倒的東西都倒了，該碎的也都碎了，飯廳裡就只剩一個不銹鋼製的小花瓶就這樣滾過半圈，然後停了下來。

在鴉雀無聲的環境裡，鄭泰義聳了聳肩，轉過頭看向約翰。

「只要這樣做，大家就能安靜下來了。我認識一個時常這麼突然翻桌的人，他說這種事只有第一次會覺得困難，但只要翻過一次，之後就可以說翻就翻了。」

* * *

一直等到鄭泰義翻完桌之後，他才想起阿爾塔附加的警告。

翻桌只需要三秒，但整理卻得花上三個小時，而翻桌後的後續效應則是會持續三個月。

不過從阿爾塔每次去到餐廳，就會被配餐人員惡狠狠地怒視並刁難的狀況來看，後續效應應該不只是三個月，而是三年才對。

「如果你是在太太面前翻桌，那就得做好這輩子時不時就得聽她提起這件事的覺悟。」亞洲分部裡罕見的已婚男子查森還曾這麼說過。

感受著飯廳侍者們哀怨的目光，剛才還在幫忙清掃整理的鄭泰義暗自在心底下定決心，下次絕對不要再做這種事了。

雖然翻桌時的吵雜聲響順利對差點就要爆發的混戰潑了冷水，但後果還是得自己承擔。鄭泰義突然就成為了所有人的公敵。他先是被男子們狠瞪，還被冷嘲熱諷地議論著「那傢伙是怎樣啊」。後來又被聽到聲響，連忙趕來的侍者們用頓時失去生氣的目光掃視。

當所有人猶如退潮般地離開飯廳後，鄭泰義只能跟侍者們一起待在寂靜的環境裡收拾殘局。同時，他還能清晰感覺到無數道視線如無形刀刃刺在後背。

他實在不想再次經歷這種事。絕對不想再經歷一次。

「阿爾塔竟然可以說翻就翻，現在這麼一看，他真的是個很勇敢的傢伙啊……」鄭泰義身心俱疲地嘀咕著。

而其中最令他受傷的是，當他滿頭大汗清掃著飯廳時，一直坐在門前「只是」看著好戲的克里斯多夫在他好不容易結束一切，準備離開時突然說的話。

「那損壞物品的費用，我算在凱爾帳上就可以了？……不過，你想拿回書恐怕會很困難喔。」

鄭泰義也才待在這個家一天——不對，甚至才來半天——而已，身心卻已經疲憊不堪。而當他聽見克里斯多夫那句彷彿在預告不會這麼簡單把書還給他的話後，他便徹底被擊敗了。

雖然在翻桌之前稍微花上了一點時間，但仍舊毫髮無傷地從那場亂鬥中全身而退的克里斯多夫，在看見鄭泰義將頭靠在飯廳門上，緩緩跌坐下去的模樣後，才心滿意足地轉身移開。

當鄭泰義努力撐起沉重的身軀，好不容易地抵達房間後，他連鞋子都懶得脫，便直接倒在床鋪上。

他的身體重到就像是吸了水的棉花似的。

他總覺得自己彷彿已經在這個地方待上好幾年了。可是仔細回想，他才意識到距離自己來到這個家甚至還沒超過二十四小時。

「這個地方的時間是不是過得比外面還慢啊……？」鄭泰義將臉埋進棉被中，喃喃自語道。

當他以大字型的姿勢趴在床上後，感覺身體就像要被棉被吞噬了一樣。他有種彷彿會直接融化在棉被裡的錯覺。

也不知道究竟是有多累，即使他的臉埋在枕頭與棉被的交界處，逐漸變得喘不過氣，他也懶得把頭撇向一旁。

他甚至都想不起來自己上次這麼累是什麼時候的事了。

其實打掃好幾個小時這件事倒說不上有多累。畢竟偶爾休假時，他也會幫彼得整理庭院，在大太陽底下忙一整天。有些時候他還會去鄰居家幫忙修理屋頂，結果卻變成協助大規模的維修。

打掃好幾個小時跟那些事比起來，根本就是小巫見大巫。

「可是比起身體上的疲勞，心靈上的疲勞更痛苦啊……」

因為行動本身並非心甘情願，還得小心翼翼地對待周遭人們，鄭泰義只覺得自己的大腦好像也要肌肉痠痛了。

就算是去拜訪氣氛和睦的家庭，要整天與不熟悉的人打交道都會感到疲憊了，更不用說是眼下這個一抵達就充滿險惡氣氛的塔爾坦家。況且現在鄭泰義好像還不小心被所有人當成是克里斯多夫的同夥。

當凱爾說要拿回這些書可能不容易的時候，鄭泰義當時只覺得可能是拿走書的人個性有些難搞。說不定，凱爾的話語中也還涵蓋著這裡的狀況。

「……不對……現在之所以會產生這種情況，的確就是因為那傢伙的個性太過難搞啊。」

鄭泰義緩慢地抬起了頭。而被困在柔軟的枕頭與棉被間的鼻子這時才總算呼吸到新鮮的空氣。

約翰說過，只要不主動去招惹克里斯多夫，對方自然也不會來找麻煩。鄭泰義相信，除了約翰之外，這個家中的其他人肯定也都清楚知道這件事。

「那他們為什麼還要先去招惹他啊……明知故犯的人最蠢了。」鄭泰義嘆了口氣。

驀地，他想起了克里斯多夫那淡然的表情。

該說是淡然嗎？又或者用漠不關心來形容會更加準確。一切對克里斯多夫來說好像都毫無意義，他對每一件事也都提不起勁。克里斯多夫的臉上總是面無表情。

無論是當克里斯多夫將男子的手放上鐵盤，或是將奶油刀刺入男子的手背時，他的表情也從未改變。

克里斯多夫雖然可以果斷地傷害別人，可是他既不享受，也不討厭這種行為。看在鄭泰義的眼裡，或許當時的克里斯多夫露出了嘲諷，抑或是愉快的表情反倒還顯得比較正常一點。

「未來還真的是多災多難啊……會被凱爾說成是困難重重的事，果然不可能輕鬆到哪裡去。」鄭泰義再次朝著床鋪嘆了一口氣。

「凱爾，這件事未免也太難處理了。我可不可以直接回去啊……」就這樣自言自語著的鄭泰義猛地睜開了闔上的雙眼，「啊，對了。我要打給凱爾。」

雖然一直想著要找個時間打給對方，可是卻拖到了現在都還沒有動作。他得打回去告知對方自己順利抵達塔爾坦家，並見到了克里斯多夫。除此之外，他也擔心伊萊有沒有打電話回家——如果有的話，凱爾有沒有好好幫他解釋這一切。

縱使鄭泰義的腦中充斥著「要打電話」的念頭，可是床鋪就像緊緊抓住了他的身體般，死活都不讓他離開。

若是可以直接昏睡過去，那不知道該有多幸福。

實際上，床鋪旁的床頭櫃上就擺著一臺電話。只要他起身稍微前進半步，就能碰到了。然而這件事卻像是要完成鐵人三項般的困難。

「……」

鄭泰義想不起來那是什麼時候的事了。

之前，他曾經跟彼得一起把家裡的後院重新整頓。整理完之後，他便累得躺在床上一整天，不停地發出痛苦的呻吟。

他當時想打電話，於是便叫伊萊幫他把電話拿過來。沒想到那傢伙垂眼盯著他看了一會兒，竟然把鄭泰義直接拖到電話機前。

當時的他雖然抱怨對方為什麼要把事情搞得這麼麻煩，可是現在的他卻恨不得有人可以把他拖過去。

「也不知道那個傢伙現在在哪裡做著什麼事。」

縱使他原先也說不上有多好奇，不過這麼一開口，他頓時便產生了興趣。自從一起生活後，他們還不曾超過一個月沒有見到面。

「……沒想到我竟然也會有想他的一天……」咕噥到一半，鄭泰義微微地皺起了眉頭。要是他比那傢伙還要晚回家——要是當他回到家的時候，那傢伙就站在玄關處等著他的話，那這份思念的心可能會頓時就消失得無影無蹤。

「克里斯多夫到底把書藏在哪裡啊……難道我真的得照凱爾說的方式，直接把書偷了就跑。」陷入苦惱之中的鄭泰義最終一邊哀嚎著，一邊從床上坐了起來。

柏林的區碼是多少啊，想不太起來……

鄭泰義歪起頭，憑藉著印象按下了號碼。值得慶幸的是，他並沒有打錯。隨即，話筒另一端便傳來了凱爾的嗓音。

「泰一？」

「對，是我。不過你是怎麼——啊，電話上會顯示號碼。」

鄭泰義拉長電話線，再次倒在了床鋪上。他就這樣維持著躺在床上的姿勢，用另外一隻手脫掉腳上的鞋子。

「你有見到克莉絲汀嗎？」

「啊，有啊，好險一切順利地——不對，等等，那個名字。」鄭泰義此時才想起了那個必須追問下去的問題，他緊皺著眉頭問道：「你怎麼沒有提前告訴我，若是要喊那個名字，就得做好被馬鞭打到皮開肉綻的覺悟啊！」

「……啊。」

凱爾就像現在才意識到這件事情似的，在沉默了一會兒後，發出一聲咕噥。而鄭泰義一聽見對方這種聲音，原先已經精疲力盡的身體變得更加無力。

「凱爾……我還以為就只有你是站在我這邊的……」

一聽見鄭泰義那憂鬱的嗓音，凱爾連忙解釋了起來：「沒有，沒有！因為我從小就跟那傢伙玩在一起，才會不小心搞錯。畢竟那傢伙小的時候是真的跟女孩子一樣漂亮。所以我才會把『克里斯』誤認為是克莉絲汀娜的縮寫。你也不能把這件事全怪罪在我的頭上啊。一直等到我喊這個名字喊到習慣後，才發現他的本名是克里斯多夫。這難道只是我的錯嗎？甚至昌仁第一次見到他的時候也曾經跟我說過，比起克里斯多夫，克莉絲汀娜這名字更適合他！」

「但我總不可能把你這解釋講給克里斯多夫聽吧？『因為你長得太好看了，我才不小心把你叫成克莉絲汀娜。抱歉！』……你要我這樣跟他說嗎？」

「……希望你能毫髮無傷地幫我找到我的書……」

「是吧？」

鄭泰義在惡狠狠地瞪了電話機之後，隨即無力地嘆了口氣，「所以……這段時間，伊萊有打電話回來嗎？」

實際上，鄭泰義早上才剛離開柏林而已。那個幾乎不怎麼聯絡的人，應該不會偏偏選在今天白天打回家。

話雖如此，但為了以防萬一，他還是意思意思地問了一下。

「啊，對了。他的確有打回來。」

「……」

鄭泰義原本還希望對方可以在自己順利找到書回家之前，都不要有任何聯絡，最好連他出門的事都不知道。看來上次太過理直氣壯地朝對方宣告說要離家，有這種奢望也太強人所難。

「那他說了什麼……凱爾，你有好好地幫我跟他解釋嗎？」鄭泰義緊抓著怦怦跳的胸口問道。

其實無論凱爾解釋得再怎麼完美，之後肯定還是免不了擔心。但若是可以，他還是希望能夠保住自己的小命。

「啊……那個……」

然而當鄭泰義聽見凱爾那猶豫不決的語氣後，心猛地一沉。

「他該不會只聽到我出門，就直接掛斷電話了吧！」

要是對方擅自誤會了又沒有解開，事情就會變得非常嚴重。

像之前某次一樣，伊萊甚至都不給鄭泰義解釋的時間，就自顧自地摀住他的嘴，開始發瘋。

「沒有，不是那樣。雖然那傢伙有打回來，但我沒接到他的電話。」

凱爾為難地說道。要不是鄭泰義死死地握住電話，話筒很有可能就已經掉在了床上。

沒事的，沒關係，至少比對方誤會後就直接掛斷電話來得好。往好處想，這樣他根本不知道我出門的事，說不定還比較好。

鄭泰義安撫著自己的心，再次問道：「所以你們沒有聯絡上嗎？」

「嗯，對啊。不過……他有留語音訊息。是給你的。」

凱爾講到一半就拉長語調猶豫了好一陣子，鄭泰義再次湧上了不祥的預感。

「那他說了什麼。」

「敢出門就死定了。」

「……」

「……」

不知為何，鄭泰義好像從凱爾的傳話中聽見了伊萊的聲音。就像是伊萊在他耳邊低語著這句話似的。毛骨悚然的感覺一路從耳邊延伸至後頸，再沿著背脊滑下。

「……要是他再次打過來的話，我會好好跟他解釋的。」

「那就拜託了。」

「好……你也不用太擔心。再怎麼說，他也不可能誤會你是為了躲他而逃跑的。」

「我也只能這麼希望了。」

「哎唷，你就相信我說的嘛。」

或許是覺得沮喪嘀咕著的鄭泰義很可憐，凱爾用著有些用力的語氣斷然說道。鄭泰義就只能苦笑回應。雖然凱爾是絕對可以信賴的人，但鄭泰義這次卻無法相信對方能好好地解決這件事。

不過回顧這段時間，伊萊過得很安靜。或許他的個性在這段期間已經改善了不少，開始變得有人性也說不定。

鄭泰義懷抱著一絲希望，精神恍惚地又跟凱爾聊了幾句後，便掛斷了電話。

「……」

掛斷電話之後，他還盯著話筒看了很久，隨後才又猛地翻身將枕頭蓋在臉上。

「啊——我不管了，不管了，不管了。」他一邊嘟噥，用力地按壓著臉上的枕頭。

完全不管會不會窒息，就這樣持續了一陣子的鄭泰義，卻在某個瞬間突然坐起身來，大大地深吸了一口氣，「不，往好處想，他現在還不知道我不在家的事啊。對，他有說一個月後才會回家，我只要在那之前找到書先回柏林，一切就能順利解決了……真的不行的話，雖然很對不起凱爾，但我也只能趕在他回來之前衝回家了。」

鄭泰義拍了拍自己的胸口，隨即又抓起了頭髮。

膽子這麼小，我當初到底是哪根筋不對，才會跟那傢伙誇下海口說我要離開家裡啊。要是當初沒講那句話，現在也不至於過得這麼心驚膽跳。

然而就跟平時一樣，無論後悔的念頭來得再怎麼快，最終都來不及了。

＊　＊　＊

偶爾在做夢的時候，他會突然意識到「啊，原來這只是夢」。

每當那種時候，若是想要從夢中清醒，往往都能輕易地睜開雙眼。而這個情況要是遇到惡夢，就變得格外受用。

但只要不是在做惡夢，他便不會硬逼自己清醒過來。他會依照夢中所給予的情境，乖乖地行動。每次這麼做的時候，雖然感覺很奇妙，但並不壞。

像現在就是如此。

在沒有任何理由的情況下，他突然就意識到了自己是在做夢。

他能看見眼前那片湛藍遼闊的天空，聞到清新茂密的草香，以及感受到涼爽的微風。就連此刻的心情也沒有一絲陰霾。

如此真實又和平的夢境，讓他實在是找不到任何想要清醒過來的理由。當他懶洋洋地伸了個懶腰後，他倏地意識到了。之前好像也曾經發生過類似的事。

他曾經在一個春光明媚的日子，安穩地躺在後院的樹陰度過悠閒的午後。

這個夢境完美地反映出過去的那段回憶。

「啊……天空完美到好像丟了個石頭，就會碎掉似的。」

當時的他心情很好，慵懶地如此嘟噥道。

對，當時的他曾經這麼說過。不過接下來呢？他還講了些什麼？

他不是個會清楚記得過去每件大小事的人。過於瑣碎的往事，他不會硬是去喚醒那段塵封的回憶。

因此，每當他以這種方式再次想起那些不是很重要的往事時，總是會湧上一股特別的心情。

「我」瞇起了雙眼，呆愣地凝視著眼前的天空。

就這樣看了好一陣子後，「我」才滿意地吐了口氣，並站了起來。除了口渴以外，一直這樣躺著也很無趣。

剛好房間迷你吧裡的啤酒都喝光了，於是「我」打算要先去廚房的冰箱裡拿罐啤酒，再回房間。

在這個難得沒有事做的悠閒午後，最適合一邊坐在窗邊享受著微風，一邊喝著啤酒看喜歡的畫家所出的畫冊了。

在打開廚房裡的冰箱後，「我」先是猶豫了一會兒，接著拿出兩罐啤酒。隨後，「我」朝著房間的方向走去。

似乎是因為累積了太多的工作沒有處理，伊萊昨晚通宵了。當「我」早上起床，迷迷糊糊地從房間裡出來的時候，他依舊維持著坐在書桌前的姿勢。一直等到「我」梳洗完，睡意都已經消失了之後，他才結束工作，準備入睡。

而當「我」打算去後院享受風和日麗的午後時光時，他仍舊還在夢境之中。

從伊萊沒有發出任何動靜來看，他似乎是還沒睡醒。

若是他已經睡醒了，「我」打算要把手中的其中一罐啤酒給他；若是他依舊還在夢鄉，那這兩罐啤酒就歸「我」了。

「我」抱著兩大罐啤酒，躡手躡腳地朝房間走去。如果他還沒睡醒的話，「我」也不打算吵醒他。

抵達走廊盡頭後，右轉的第一間便是他的房間，而左轉的第一間則是「我」的房間。雖然兩間房間距離得這麼近，仔細區分其實也沒有什麼意義，但至少名義上是這麼分配的。

在到達走廊的盡頭後，「我」看向了右手邊。不久前還緊閉著的房門，現在已經打開了。看來他似乎是睡醒了。

該用手中清涼的啤酒來幫他醒醒腦嗎？朝他的房間走去時，「我」發現位於房間對面的書房門也打開了一點。

看來他在起床之後，又馬上跑去書房了。

還以為他忙到早上才把工作做完去睡，沒想到還有工作還沒處理完。

「我」搔了搔頭，靜靜地走了過去。縱使突然朝正在工作的人送上一罐啤酒實在是有點……不合時宜，但「我」還是打算先遞給他再說。就算這罐啤酒不能拿來醒腦，拿來當作工作到一半的小點心似乎也不錯。

「我」朝微微敞開著的門縫說了聲「我要進去囉」之後，頓時愣了一下。

書房內傳出了低沉的說話聲。想必伊萊應該是在跟某個人通話。

隨後，「我」推開了書房的門。原先只有打開一掌寬的門縫瞬間被推開到三個手掌寬。或許是注意到了這個動靜，坐在書桌前講著電話的伊萊轉頭看向了門的方向。

在朝對方擺了擺手，示意他繼續講電話之後，「我」走進書房坐在地板上。「我」先是將手中的啤酒罐放在一旁，接著靠在書櫃上，隨手拿出了一本伸手就可以碰到的書。那是一本攝影書。

「我」緩慢地翻閱著那本黑白與彩色照片交織的書頁，另外一隻手拉開了啤酒罐的易拉環。碳酸氣泡破裂的細微聲響聽上去總是令人心情愉悅。

當「我」喝著啤酒，一邊翻看攝影書時，他還在通電話。

「……對，這的確還不錯。條件開得非常好……啊啊，對，跟工作的內容相比，報酬可說是相當豐厚。那麼，時間呢？」

雖然能感覺到他的視線停留在「我」的頭頂，但並不在意。

從通話的內容來推斷，他應該又接到了工作委託。

他時不時就會像現在這樣受到他人委託。有時候，「我」會知道他的工作內容是什麼，有時候不會知道。若是一些在家中就可以處理好的工作，因為容易撞見，大致能猜到他在忙些什麼。如果是需要外出的工作，那就無從得知了。「我」也不想特意詢問他到底在忙些什麼。總覺得了解得越多，好像就越能清楚地看見那個黑暗的世界似的。

從剛剛的對話來看，這次應該是得外出解決的工作。不知道他這次出去得在外面待上多久才回來。

他通常都只會在外面待個幾天，要不然就是幾週。話雖如此，但他往往都會趕在一個禮拜內解決完所有的工作並回家。

通緝犯真的可以這樣肆無忌憚地到處亂跑嗎？警察到底在幹嘛啊……

「我」暫且拋開自己同樣身為通緝犯的身分，就這樣思考著的時候，不知道他是聽見了什麼話，先是陷入了短暫的沉默，接著突然開口道。

「我不幹。」

在聽見那句簡短的回答後，「我」將視線從攝影書移到了他的身上。

可能是因為才剛起床，他的頭髮有好幾根還翹著。而他的髮型配上那緊皺著眉頭的表情，意外的有些好笑。乍看之下，他就像是剛睡醒在鬧脾氣似的。

不過不久前伊萊明明還露出滿意的表情說這個委託的條件開得很好，報酬也相當豐厚，怎麼一轉眼他又如此果斷地拒絕了？

「我」喝著啤酒，看向了伊萊。縱使他口中說著：「對，雖然要拋棄這個條件的確是有點可惜……」臉上卻絲毫看不出惋惜的神情。而下一秒，他又再次斷然地說：「即使如此，我也不幹。」

話筒另一端的人好像大吼了些什麼。從那隱隱約約可以聽見的內容中能大致猜出，對方應該是在強調這麼好的條件真的非常少見。

然而伊萊卻連聽都懶得聽，只是咂嘴說：「太久了。我不打算在外面待上一個月。雖然條件的確很好，但還沒有好到讓我願意在外面待上這麼久。」

啊哈，也對。他前幾天才剛結束長達三、四週的出差工作，現在會想休息也很正常。

「我」點著頭，一邊咬起了啤酒罐緣。

就在這時。

「你家是藏著什麼寶藏嗎！為什麼要為此放棄這麼好的工作啊！」

也不知道話筒另一端的人究竟是吼得有多大聲，竟然連遠處的「我」都聽見了。從對方的語氣來看，那人應該是那群偶爾會打給伊萊的舊同事之一……

雖然不曾親眼見過那些人，但他們都是曾經跟伊萊一起待在「瘋子巢穴」裡的人……

聽見那道洪亮的吼叫聲，「我」下意識地將視線從攝影書上移開，眨了眨眼看向伊萊。不知道是不是巧合，與剛好瞥向這個方向的他四目相交。

隨即，他撇開了頭，冷冷地答道：「不要讓我重複第二遍，我不幹。」

下一秒，他掛斷了電話。

「……」

「我」叼著啤酒罐，坐在地板上呆呆地凝視著他。

在輕輕咂了咂嘴後，他拿起位於「我」身旁的啤酒罐。那個動作自然到彷彿他打從一開始就已經知道那是要給他的。

「既然條件這麼好，你幹嘛不答應啊？」

「我不幹。」

「嗯……也對，你才剛忙完回來，就算這陣子休息一下也沒差。況且你也沒有理由這麼拚命地工作。再加上你最近也很常出差嘛。」

「我」在點頭嘟噥完之後，便再次將視線移回攝影書上。

啊，這是亨利．卡蒂爾佈雷松攝於一九五二年的作品。我很喜歡這幅作品……

當「我」凝視並伸手撫摸著書上的黑白照片時，「我」聽見了對方那稍微靠近的說話聲。

「但酬勞不怎麼樣。或許是因為不景氣，對方給得太少了。」他坐在椅子上，彎下腰顛倒著凝視「我」手中的照片，不以為意地說道。

「……」

「……」

不久前，當「我」在大半夜因為口渴出去裝水，再回房間的路上，「我」聽到沒有徹底闔上的書房門傳來他提及報酬有數百萬歐元。一想到這裡，「我」不禁猶豫起要不要跟對方提及這件事。

不過在抬眼看見伊萊那副泰然地盯著「我」看的模樣後，最終還是決定閉上嘴。

「好，那我就只能努力地賺錢養你了……」

看來之後幫凱爾處理工作雜事時，要記得向對方請款，「我」嘆了口氣。隨後，再次將視線移回攝影書上。

感受到有一陣微風朝「我」的頭頂上拂過。他好像笑了。

你就盡情笑吧，你這缺德的傢伙。

「好，那我有空的話，也去賺點錢來貼補家用。」

「既然如此，你就直接接下這次的工作啊，剛剛不是說報酬很好嗎？」

「……我才剛回來沒有多久，馬上又要出差一個月，你不覺得離家的時間太長了嗎？」

伊萊認真地發問。

「對啊，對啊。」

而「我」則是敷衍地附和著他，翻看著手中的攝影書。

也不知道他是看見了什麼，他突然伸出了手。可以感覺到他的指尖掠過的耳朵，撩起「我」的頭髮。愣了一下後，「我」驚訝地將頭歪向另外一邊。

「你剛剛是躺在庭院裡嗎？身上怎麼會有草……背後還沾到了草汁。看來你該去換件衣服了。」

「真的嗎？但我中午洗澡後，才剛換上這件衣服。」

「我」忍不住咂了咂嘴。隨後扯著衣角，檢查衣服的後背。果真如他所說，上頭沾上了淺綠色的草汁。

「算了，反正剛剛都流汗了，那就再洗一次吧。」

「好，那我們一起進去洗。」

在聽見對方那回答得過於自然的答覆後，正準備要脫下襯衫的「我」不禁停下了動作。

「……去哪裡洗？」

「浴室啊。剛好我現在也準備要去洗澡了。」

「……那你先去洗。等等，不對啊。你的房間裡有一間浴室，而我的房間裡也有一間浴室啊？」

「我前陣子一直在忙工作上的事，沒有什麼時間可以好好地跟你聊一聊。既然這陣子總算閒了下來，那我們就慢慢洗澡，聊聊彼此的近況。」

說完這番話的他也不等「我」的回答，便自顧自地從位置上起身。下一秒，他將雙手伸進依舊茫然地呆坐在地板上的「我」的腋下，輕輕鬆鬆地將「我」從地板上拉了起來。

在那個剎那，「我」——也就是鄭泰義倏地意識到了。

這讓他完整回想起過去往事的夢境，正準備要踏入惡夢的範疇之中。

他得趁看見駭人的畫面之前，趕快清醒過來才行。幸好他已經意識到自己只是在做夢，如果完整做完這整場夢，睡醒時肯定會覺得渾身不對勁。

鄭泰義拼了命地想要睜開雙眼。

這只是夢而已，快點醒過來。趕快清醒，快啊！

鄭泰義以焦躁的心不停地呼喚著現實中沉睡著的自己。最終，他趕在夢中的自己被拖出書房之前睜開了雙眼。

「……」

鄭泰義眨了眨眼。他發現自己獨自一人躺在昏暗的房間裡。而出現在他眼前的是挑高的天花板。

隨後，他緩緩地鬆開了下意識緊握著的拳頭，並嘆了口氣。

他沒料到那段被他遺忘的往事竟然會以這種方式來攻擊自己。

在揉了揉緊繃的後頸後，鄭泰義從床上坐了起來。他在黑暗中摸索著放在床頭櫃上的水壺。雖然裡頭的冰塊已經融化了，但水卻依舊相當冰涼。喝了幾口後，他才總算有徹底從夢中清醒過來的感覺。

對，他想起來了。

當時，嫌出差一個月太過漫長而拒絕了那份工作的伊萊有好幾個月都只接在家中就可以完成的工作。一直到好幾個月後，伊萊才總算又接了一份出差一個禮拜左右的工作。那時伊萊似乎也叮囑過他，沒事不要隨便離開家附近。

——敢出門就死定了。

霎時，他想起了凱爾幫忙轉述的那句話。

「唉……」

鄭泰義發出痛苦的呻吟聲，並且再次把水壺及水杯放回床頭櫃上。

「所以說，誰叫你要出門兩個月啊……」

偷偷推卸責任的鄭泰義為了再次入睡而重新躺回床鋪上。然而，他卻因為額頭不小心撞到床頭的一角，而痛得全身都在發抖。

3

CHAPTER

里格勞與金英秀

問題出在那些書上。

實際上，無論塔爾坦家發生了什麼樣的糾紛、無論那些英俊的青年們是怎麼在火藥味十足的氛圍中彼此競爭，這全都和鄭泰義無關。

他只需要悠閒地找到凱爾的書，就可以和他們說再見了。

他原先只打算以旁觀者的心態，在這座龐大的豪宅內默默找出那些書。然而打從一開始，事情的發展就相當不順。或許當他在欄杆大門前聽到警衛說「這裡沒有那種人」時，就是上天留給他的最後一次機會。

不過當他好不容易意識到這件事時，機會早已離他遠去。而他現在也只能待在這個水火不容的地方，想辦法盡到自己的責任。

「那些書到底是放在哪裡啊……」鄭泰義嘆了口氣咕噥道。

克里斯多夫從凱爾那裡拿走了十幾本的書。可是克里斯多夫的簡易書櫃裡卻看不見其中的任何一本書。

就如鄭泰義在凱爾書櫃裡看得十分熟悉的那樣，那些書全都是古書。從外型就跟常見的書本完全不同。就算是混在其他書籍裡，鄭泰義也有信心可以馬上認出那些古書。

鄭泰義先是凝視著眼前那沒有幾格的書櫃，隨後緩緩地移開了視線。

位於簡易書櫃旁，只要伸手就能碰到的距離裡有著張巨大的床。克里斯多夫此刻正躺在那張床鋪上，將棉被拉到了脖子以上的位置。

當鄭泰義敲響克里斯多夫臥室的房門，走進房內時，對方有稍微睜開雙眼瞥了他一眼。不過隨後又像很不耐煩似的皺起眉頭，再次闔上了眼睛。沒過幾秒，克里斯多夫緊皺著的眉頭又鬆了開來。從這個模樣來看，他應該不是裝睡，而是真的睡著了。

不久前，明明克里斯多夫還叫站在房門門檻上的鄭泰義不准踏入自己臥室。然而昨天晚上，反覆無常的克里斯多夫突然就打內線電話給鄭泰義說：「明天早上七點來我房間叫我。」

鄭泰義看著傳達完那句話之後，馬上就被對方掛斷的話筒，思考明天早上是不是真的要去對方的房間裡叫醒對方。可是就算他想再次打過去詢問克里斯多夫，他也不知道對方內線電話的號碼。

於是，現在。在敲了好幾次的房門都等不到對方的回應後，他只好擅自打開了房門走進克里斯多夫的臥室。

「克里斯，你不是叫我七點過來叫你嗎？現在已經七點了。」

可能是睡得太熟，克里斯多夫依舊沒有任何的反應。鄭泰義唯一能聽見的就只有對方那平穩的呼吸聲。

既然如此，那我乾脆就趁現在來找書吧。

不過無論他怎麼找，他都看不見書本的下落。

實際上，房間裡的書本本身就不多。除了位於床鋪旁那座小型簡易書櫃之外，其他地方就沒有擺書了。然而克里斯多夫說過他還有間書房，那些書應該是被他收在那個地方。

即使鄭泰義趁著房間主人熟睡的時候仔細地打量過了房間裡的每一個角落，最後卻還是空手而回。

不過仔細一想，若是這麼容易就被他找到，反倒更奇怪。

在撓了撓頭後，鄭泰義深深地嘆了一口氣。與此同時，他心中的焦躁與不安正在體內翻滾著。

他必須得趕快找到那些書趕回柏林才行。時間已經所剩無幾了。

不對，他連自己現在究竟還剩下多少時間都拿不準。就算他真的估算出時間，或許也已經毫無意義了。

「……哎唷，頭好痛啊……」

鄭泰義拉過放在一旁的小板凳，一屁股坐在了上面。

昨晚，在接完克里斯多夫突如其來的電話之後，他便聽聞了那個猶如慘劇般的消息。

就在鄭泰義仍舊盯著電話機，思考著克里斯多夫究竟是產生了什麼樣的心境變化，竟然准許自己進去他的房間時，電話再次響了起來。

對於正想打過去問對方「你的意思是，要叫被禁止進去你房間裡的我明天早上進到裡面去叫醒你嗎？」的鄭泰義來說，僅僅只隔了數十秒又再次響起的電話，自然會讓他下意識地認為這是克里斯多夫打來的。

「嗯，幹嘛？」

鄭泰義的問句中涵蓋著「你在仔細思考過後，果然還是不想讓我進去你的房間裡嗎？」的意思。然而電話另一端在短暫沉默之後，卻傳來：「你剛剛在等別人打來的電話嗎？」。

「喔……」鄭泰義忍不住支支吾吾了起來，「啊，沒、沒有。因為克里斯多夫剛剛才掛掉電話，所以我還以為是他打來的。不過你怎麼會突然打來，凱爾？」

鄭泰義開心地回答了對方的問題。打電話來的凱爾聽完後，似乎覺得意外地笑了。

「看來你跟克里斯多夫處得很好啊。」

「啊——就那樣吧——」

鄭泰義雖然也想好好地回答對方的問題，卻無法辦到。

只要一想起克里斯多夫那雙無精打采又冷漠的眼眸，以及冰冷的語氣，就讓鄭泰義不禁懷疑起自己跟對方是真的處得好嗎？不過從自己至今都還沒有收過對方的生命威脅來看，或許剛剛該回「嗯，我們應該算是處得還不錯吧」。

「那書呢，你有找到嗎？」

「啊，我目前還沒有任何頭緒。可是那傢伙叫我明天早上去他臥室叫醒他，我打算趁這次的機會看他的房間裡有沒有藏著那些書。」

「……啊哈，看來你們的關係變好了呢。」

即使鄭泰義完全搞不懂凱爾是從哪個部分得出了這個結論，但既然對方都這麼說了，他也只能乖乖地點頭默認。

在撓了撓頭，思考了一下他的人際關係後，鄭泰義馬上又想起了另外一件事，並且轉移了話題。

「對了，伊萊有打電話回來嗎？他該不會又趁你不在的時候打過來了……」

「……啊，那個。」

又來了。凱爾又以這種模稜兩可的說話方式來當作答覆了。

鄭泰義原先還很平靜的心又再次不祥地跳動了起來。

「他的確在我不在家的時候又打了過來，而那通電話是麗塔接起的。」

「……」

凱爾那有些難堪的嗓音正微妙地撩撥著鄭泰義的耳朵。

沒事的，麗塔肯定也站在我這邊。就算她看上去總是這麼嚴厲又冷漠，但我知道她其實是個善良的人。

鄭泰義用力地按壓著自己的胸口，催促道：「然後呢？」

「嗯……」在拖延片刻之後，凱爾總算開了口。「她可能不知道你們之間發生了什麼事，直接就說你出門了。所以，她還叫伊萊有急事就打你的手機。」

「……」

鄭泰義把手機放在了柏林，沒有帶來。

一想到那隻手機在自己床頭默默響起又被掛斷的模樣，鄭泰義可以感覺到自己臉上的血色正在快速地消失。

「那……凱爾應該有幫我跟伊萊……」

「我有試著打給他，卻一直打不通。所以我還沒來得及跟他解釋這一切的原委……」

話筒就這樣從鄭泰義的耳邊滑落。連手都開始發涼了。或許是錯覺，但他總覺得自己的指甲好像也跟著發青了。

在意識到鄭泰義的沉默後，凱爾連忙補充道：「沒事的，我會想辦法聯絡到他的。你不要擔心，絕對不會有事的。他還沒有笨到會認為你逃跑。」

更準確地說，伊萊應該會認為鄭泰義還沒有笨到會試圖逃跑才對。

鄭泰義倏地覺得整個世界都陰暗了下來。他無依無靠，彷彿這個世界上再也沒有任何人願意站在他這邊似的。甚至還莫名其妙地湧上了被害妄想，以為他曾經信任的凱爾跟麗塔就是在等待著這個機會對他落井下石。

縱使凱爾拚了命地想安慰一瞬間就陷入憂鬱中的鄭泰義，並且再三發誓自己會想辦法聯絡到伊萊，要他不用擔心。然而鄭泰義卻什麼話都聽不進去，電話也就此被他掛斷。

此時此刻，唯一可以確定的就只有伊萊對鄭泰義說了「敢出門就死定了」。而鄭泰義卻仍舊離開了柏林，還被伊萊發現了這件事。

縱使鄭泰義早就做好了覺悟，不過他還是一直想避免這件事發生。

原本是打算趕快找到書後回家，裝作什麼事都沒有發生過。可是既然事情已經發展到這個地步，那他現在也就只能比對方還要早回到家，一路裝傻到底了。

只要他乖乖在家，對方應該就不會拿他偷偷跑出門的事來興師問罪了？雖然可能會有點辛苦吧。

鄭泰義抓起了自己的頭髮。

對，無論他怎麼看，問題都出在那些書上。他必須趕快找到那些書才行。

找到書之後，無論是要偷還是要搶，他只要帶著那些書盡快趕回柏林就沒事了。

鄭泰義將視線從書櫃上移開，再次走到了床邊，踢了踢無辜的床腳。「已經七點多了，你還不起床嗎？」

在這個已經逐漸不能用溫暖來形容的炎熱天氣裡，鄭泰義就這樣俯視依舊深深埋在厚重鴨絨被熟睡的克里斯多夫。

那張白皙的臉頰上略帶紅暈。對方規律的呼吸聲聽上去格外平和。偶爾，他的眼睫毛還會輕輕顫動。

「你是打算要睡一輩子嗎⋯⋯」

鄭泰義的心情彷彿就像是在看森林裡的睡美人，輕輕拍了拍心跳加速的胸口，喃喃自語。

再看一次，克里斯多夫仍舊像雕像般完美。甚至會讓人對他竟然真的會呼吸的這件事感到驚訝。縱使鄭泰義的手因為湧上了想要撫摸看看那張美麗臉龐的念頭而蠢蠢欲動，但他還是強行忍住這衝動。他清楚知道對方有多厭惡別人觸碰自己的特殊習性了。

「還不起床嗎……再這樣我要搖醒你了喔，可以碰你嗎？」

鄭泰義隔著棉被，作勢戳了戳對方的手臂。再怎麼說，都已經隔著一條棉被碰他了，應該不至於……

就在這時候，就在鄭泰義的手指在棉被上施力的瞬間，克里斯多夫也不可思議地睜開了雙眼。

他眨了一下眼，就像是會眨眼的人偶般睜開眼睛，就這樣凝望著天花板。過了好幾秒後，他眨了兩三次眼，才慢慢看向早早就把手從棉被上移開的鄭泰義。

「……起床。你不是叫我七點來叫你嗎？已經七點多了。」

「……好吵……」

「不是你叫我來叫你的嗎……！」

好不容易叫醒了對方，不說聲謝謝就算了，竟然還回了「好吵」？

鄭泰義抑制住想要狠狠拉扯起那張看來既柔軟又光滑的臉龐的衝動，皺起了眉頭。

下一秒，克里斯多夫就像是低血壓發作似的費力地嘆了口氣，軟綿綿地坐了起來。他還用雙手撐住了額頭，發出低沉的呻吟聲。

「啊……好吵……安靜一點……」

「……？」

鄭泰義詫異地挑起了眉頭，側眼看向對方。克里斯多夫宛若不知道鄭泰義也在場似的，一隻手環抱住自己的頭，低聲地咬著牙說道：「好吵……耳朵好痛……」

緊閉著的門窗外並沒有任何聲響傳入房內。房間裡唯一能聽見的就只有克里斯多夫低沉的喃喃自語罷了。

「啊……」

垂眼看著克里斯多夫發出不知道是嘆息還是呻吟的鄭泰義微微地皺起了眉頭，低聲問道：「……克里斯多夫……克里斯？」

瞬間，對方的肩膀抖了一下。

克里斯多夫就像第一次聽到來自外界的聲音般，又像是突然有人闖入他那空無一人的空間似的看向了鄭泰義。

那是雙茫然的眼眸。

克里斯多夫宛若出神一般，眼神渙散。

那雙猶如深海，幽藍到發黑的眼睛正盯著鄭泰義看。

「……克里斯。」

鄭泰義下意識地朝對方伸出了手。

依舊有些出神的克里斯多夫反射性地瑟縮了一下身子。鄭泰義見狀立刻停下了動作。

「克里斯。」

他再次喊了一聲對方的名字。而克里斯多夫先是眨了一下眼，隨後，那雙眼眸便恢復成平時的模樣。既冷漠又不帶任何的情緒波動。

「我聽到了聲音。」

克里斯多夫用著低沉的嗓音喃喃自語道。

「什麼聲音。」

「一直有東西……在這裡咕噥著，一直。就好像有人把螞蟻放進我的耳朵裡一樣，小小聲的，永不停止……」

鄭泰義陷入了沉默。接著，他才靜靜地回道：「可是我聽不見任何的聲音。」

「……啊……好吵……」

這次是克里斯多夫的自言自語。

克里斯多夫焦躁地咂著嘴嘀咕。隨後，他突然用力地踹開被子，離開床鋪。下一秒，他徑直地走進浴室裡。嘩啦——水聲隨之響起。

「……」

鄭泰義凝視著敞開的浴室大門，微微撇著嘴。很快地，伴隨著一聲嘆息，他臉上的表情也恢復成原狀。

既然已經順利叫醒他了，那我是不是也可以回去了？

這麼想著的鄭泰義卻在看見棉被掉到地板上的模樣後，便撿起被子，開始整理床鋪。克里斯多夫似乎也只是簡單沖一下澡，很快就從浴室走了出來。

任由身上的水滴不停滴落在地板上的克里斯多夫用毛巾擦了擦頭髮，走向衣櫃的前方。

「你不是每天都睡到很晚嗎？今天怎麼這麼早起？」

雖然鄭泰義來到塔爾坦家也才過了幾天而已，但克里斯多夫每天都會睡到快中午才起床。

而不管在哪個方面，幾乎都與克里斯多夫截然不同的里夏德則是每天清晨就會起床，開始度過充實的一天。每當鄭泰義清晨五、六點睜開雙眼，打開窗戶換氣時，總會看見里夏德已經在外頭慢跑的模樣。

——小時候，在兩人被選為繼承候補之前，那兩個人的類型就已經天差地遠了。如果說克里斯多夫是天才型的話，那里夏德就是努力型。

鄭泰義想起了約翰之前嘀咕過的話。

如同約翰所說，里夏德似乎真的非常努力。甚至還有人謠傳他一天根本就睡不到幾個小時。

就連剛來到塔爾坦家沒有多久的鄭泰義，也能看出對方究竟是個多勤勞的人。

像今天，當鄭泰義為了叫醒克里斯多夫而踏出房門時，里夏德早就已經換好衣服，準備要離開西翼了。聽說里夏德今天要跟住在東翼的貴賓一起視察公司。

即使有人說里夏德是為了討好那名足以影響繼承資格的貴賓，才會做這些事，但鄭泰義沒將那些流言蜚語放在心上。在他看來，里夏德怎麼看都不可能是那種類型的人。

縱使個性可以偽裝，但誠實就無法偽裝了。

雖然克里斯多夫早早就放棄了繼承，不過在看到對方每天都睡到中午還不願意起床的模樣之後，鄭泰義忍不住默默地嘆了口氣。而當他一意識到自己嘆氣的動作後，不禁愣了一下。

看來他只是因為見到克里斯多夫的次數多過於里夏德，就下意識地站在了克里斯多夫這邊。明明他當初下定決心要保持中立，只專心找書就離開。

鄭泰義注視著站在衣櫃前，打量著內衣籃陷入沉思的克里斯多夫。縱使對方在這個時間點起床，著實很令人意外。可是想到里夏德早就已經著裝完畢出門的模樣，就算只是客套話，鄭泰義也無法昧心地稱讚克里斯多夫很勤勞。

「因為我要去教孩子們。」

「……什麼？」

鄭泰義怔怔地思考了一下那句話的意思。而當他意識到對方是在回答自己剛剛的提問後，不禁懷疑了自己的耳朵。

雖然不管是誰突然說出了那句沒頭沒腦的話，都會令聽者感到疑惑。但當這句話從眼前這名男子的口中說出，更是讓人倍感意外。

克里斯多夫．塔爾坦要教孩子們？

「什麼孩子？」

「這個家的孩子們。」

「這個家的孩子們是指誰……不對，那為什麼是你來教？不不不，在此之前，你是要教什麼？等等，當初到底是誰分配這個任務給你的？」

原先慎重挑選著內衣褲的克里斯多夫直勾勾地望向了鄭泰義。眼眸還散發出了冰冷的氣息。

「你想表達什麼？」

「我、我只是想說，每個人都有適合做的事，跟不適合做的事罷了。」

「要是這個家中有人比我還了解資訊戰與密碼讀解，那我隨時都願意將這個工作拱手讓人。」

這麼說著的克里斯多夫，也露出一副我也不願意的不悅表情穿上內褲。隨後，他開始望著褲架。

「……塔爾坦家還會教小孩們那些東西啊？」

「但也不是每個人都有機會學到這些。這是專屬於下下一代，最有潛力繼承塔爾坦家的孩子們的福利。」

鄭泰義原先還想說些什麼，但隨後又像理解似的點了點頭。

他曾經聽說過，塔爾坦家會在孩子們還小時選出幾名繼承候補，並給予他們最好的教育與後援。

然而點著頭的鄭泰義卻依舊覺得有哪裡怪怪的。他就這樣瞪大著眼，看向克里斯多夫。

他記得叔叔曾經說過，克里斯多夫在某些方面上甚至可以凌駕於鄭在義。

一想到這裡，鄭泰義忍不住撓起了頭。果然人不可貌相啊。

「你不要亂教一些奇怪的東西喔……」鄭泰義用著半開玩笑的語氣，認真說道。

而選完褲子，開始選起襯衫的克里斯多夫先是瞥了鄭泰義一眼，接著眼中似乎倏地閃過愉悅的神情。

「要是他今天有什麼東西沒聽懂的話，那我就要狠狠把他罵到哭。」

也不知道克里斯多夫究竟是想起了什麼，竟然開心到開始哼起了歌。

明明前一秒還一副十分不耐煩的模樣，下一秒卻突然容光煥發。這也令鄭泰義不禁起了疑心。

「你幹嘛欺負小孩子啊。」

「因為里夏德那個跟他長得一模一樣的兒子剛好就在那裡面。」

在聽見對方那句參雜著邪惡笑意的話語後，鄭泰義頓時詫異到不知道該說些什麼。

一來，他震驚於一名都已經成年的大人竟然還會幼稚到去欺負仇家的兒子；二來，他對里夏德竟然有孩子的這件事感到相當意外。他原本還以為住在西翼的年輕人們都還未婚。

「他結婚了？」

「他不只結婚，甚至還離婚了呢。」

克里斯多夫一邊用著平靜的語氣——不知道是不是錯覺，隱約感覺到了一絲幸災樂禍的氣息——講述著他人的不幸，一邊選了一件酒紅色的針織襯衫。

而鄭泰義則是像失了魂似的呆呆望著對方。

里夏德不僅僅社會地位崇高，性格勤奮誠實，甚至還結過婚、離婚，並且生了孩子……縱使鄭泰義幾乎沒有競爭心，但同樣身為男人，他莫名就覺得自己好像落後了一大截。

他震驚得張大嘴巴，下意識地喃喃自語著。

「但至少他沒有體驗過因為被瘋子盯上，而成為了恐怖分子，還被長時間軟禁的經驗吧。」

理直氣壯地說完這番話之後，鄭泰義慢慢地蹲縮在地板上。他越說，那股挫折感就越重。

他能感受到一旁的克里斯多夫正垂下眼俯視著自己。他原本還以為對方是以一種在看笨蛋的視線盯著他看，然而那道視線出乎意料的似乎就只有同情與安慰。

「總比被妻子說因為忍受不了他的變態行為而離婚還要好吧。」

「……那又是什麼意思啊……」

鄭泰義將臉埋在膝蓋裡，頭也沒抬地低聲說道。他的心已經扭曲了。

首先，他不相信那名給人的印象這麼好又勤勞的里夏德會是個變態；再者，他扭曲的心正在大吼著：如果我因為忍受不了對方的變態行為而逃跑，可是得賭上性命！

也不知道克里斯多夫有沒有看出鄭泰義的苦惱，已經穿好衣服的他在整理著自己的衣角時，漫不經心地開了口。

「你就加油，好好地活著。說起來，里格的條件也不差啊。長相端正、多金、力氣又大，跟他相處久了，大部分的事不是也都能一笑置之嗎？」

「……可是在那之前，我得先忍受數不清的苦行啊……」鄭泰義憂鬱地嘟噥著。

他突然覺得自己的人生變得十分黑暗。不，其實本來就很黑暗，只是他不小心就把這件事拋在腦後。現在又重新想起來罷了。

用手指刮著地板，感慨著這個現實的鄭泰義突然注意到一旁的克里斯多夫沒有任何的動靜。一注意到這件事，他連忙抬起了頭。

而那名今天也一如往常，穿得整整齊齊的雕像正站在鄭泰義身旁俯視著他。

「……那你要來我這裡嗎？」

「嘛？」

不確定自己到底聽見了什麼，也不知道對方是帶著什麼樣的含義說出了這句話，因此鄭泰義下意識地冒出了一句沒有任何意義的聲音。

克里斯多夫面無表情，只有嘴角微微地垂了下來。不過跟不悅相比，那個表情似乎更近似於窘迫。在沉默了一會後，克里斯多夫才總算又開了口。

「里格不是個會執著於物品與人的類型。像之前，他也曾經爽快地將跟自己處了幾天的人讓給了其他同事。所以要是我好好跟他談，說不定就會把你讓給我了……如果你想來我這裡，那我可以幫你這個忙。」

鄭泰義茫然地眨了眨眼，就這樣看著克里斯多夫。而克里斯多夫在專注地與鄭泰義對視了一陣子，便繼續從衣櫃的櫃子中拿出了袖扣。

「你不想的話就算了。」

克里斯多夫一邊撫平著自己的袖口嘟噥道。而這樣的克里斯多夫看上去還是這麼的平靜。

鄭泰義先是凝視了對方好一會兒，接著簡短地嘆了口氣，從地板上站了起來。當他撓起自己頭髮時，還發出了「哎唷……」的嘆息。

「在你去教那些孩子們之前，先……」

克里斯多夫用著狐疑的表情，看向嘆氣嘀咕著這段話的鄭泰義。隨後，他微微皺起眉頭。在看見克里斯多夫的反應後，鄭泰義不禁再次嘆了口氣。

他現在總算能稍稍搞清楚那股微妙的不協調感是出自於哪裡了。

眼前這男人不知道該怎麼向他人表達自己的好意。或許這是因為對方那不曾主動與其他人打交道，就這樣獨自一人生活著的日常中，很少能碰上這種機會吧。

「好，那你之後幫我好好地跟伊萊講一聲。」

語畢，鄭泰義聳了聳肩。縱使他不曾想過要離開誰，去到哪個人的身邊這種問題，但他感覺就像眼前有一隻貓咪抓了蟋蟀來等著被稱讚。

雖然他很想要伸手去揉一揉對方那頭閃爍發光的頭髮，可是一想到克里斯多夫那一被人碰觸就會立刻沉下來的臉色，他最後還是在伸手前的瞬間就放棄了。

克里斯多夫「嗯」了一聲，將手從袖口上的袖扣移開。

那名就算穿得異常寒酸，肯定也會閃閃發光的男子，此刻打扮得十分完美地站在鄭泰義面前。

鄭泰義差點不自覺地嘟噥「好像天使」，但在意識到這句話有多羞恥後，他立刻閉上了嘴。

* * *

人們偶爾會對自己過去的行為感到懷疑。

若是換作現在的自己，那將會是一件連想都不敢想的事。可是當時的自己竟然說出了那番話、做出了那樣的舉動、湧上了那種想法。

鄭泰義此刻正感受著那股多半還一同夾帶著後悔的疑惑感。

「我當時怎麼會覺得那張臉看上去跟天使一樣啊？」

不由自主冒出的自言自語聲在空曠的房內響了起來。與此同時，還伴隨著飛舞起來的灰塵。

停留在書本上的灰塵隨著鄭泰義呼出的氣息飛到了空中，最後再降落至他的眉毛及嘴脣上。他立刻用手背擦起自己的臉，卻適得其反。

早就已經沾滿雙手的灰塵在這個動作之下，反而讓他整張臉都沾上了污漬。

「啊，眼睛好痛……」

看來有灰塵不小心跑進了眼睛裡。鄭泰義擺出作勢哭泣的模樣，將沾上灰塵的手背在褲子上擦了擦，再重新擦拭起自己的眼角。然而這次還是一樣，他還不如不要這麼做。

房間裡就只有鄭泰義一人。就算他假哭，也只有自己感到尷尬。畢竟這間房間裡就只有他跟充滿著書本的書櫃而已。

就只有書本及書櫃。

講得誇張一點，這兩樣物品——更準確地說，就只有書櫃——，填滿在快要跟運動場一樣大的房間裡。

鄭泰義就這樣在沒有任何規則，隨便亂放的書櫃之中開始整理起那些書籍。他的手中還握有克里斯多夫寫給他的通用十進位圖書分類法備忘錄。

「《百年戰爭與玫瑰戰爭的關聯性》……這應該是九〇〇的歷史吧。好，接下來換這本

《神話的謎語》，這應該是宗教類的吧？那就是二〇〇……等等，不對，作者是威爾克蘭德的話，那應該是人文學才對。那就是三〇〇的社會科學？該死，我得先讀過才知道。」

鄭泰義神經質地翻閱著書頁，怒瞪起書中的文字，「對，這是社會科學。」不悅地嘟噥完後，他便把手中的書本放進了三〇〇的區域。

整個下午，他都在忙這件事。

「我還以為會為了書而瘋狂的人就只有叔叔跟凱爾而已，沒想到克里斯多夫竟然有過之無不及……《佛洛伊德的宗教理解》跟《美學考察》……我快瘋了，這些到底該分在哪一類啊？」

鄭泰義將頭抵在比起書，更接近於論文的輕薄精裝書上。要是可以因為撞到精裝書書角，就這樣直接昏過去就好了。

其實這些書並不算多。跟之前曾經一度把整個家都堆滿了書本的哥哥相比，在這間寬敞的房間裡放了幾個被書塞滿的書櫃其實說不上有多誇張。

可是站在必須得將這些書依照通用十進位圖書分類法來整理的立場來看，這點程度就已經足夠嚇人了。

「該死，為什麼不直接用作者來分類啊，要不然也可以依照名稱的順序來放啊……我乾脆全都塞進總類算了。」

嘴中不停地碎念，同時還不忘將書本隨意塞進書櫃裡的鄭泰義望向了窗戶外。

位於西翼二樓的這間個人書房剛好面向有小徑相連的丘陵。可以看見不遠處的樹林。在那座靜謐的樹林之中，有一匹通體純白，毫無雜色的白馬正邁著輕快的步伐朝這個方向走來。白馬上還坐著一名不亞於那匹白馬的耀眼男子。

吃完午餐後，克里斯多夫說要去附近繞一下，便騎上那匹白馬出發到樹林裡了。想必對方一直騎到現在才準備要回來。

把事情都丟給別人做，結果自己卻在那邊舒適地騎馬……

鄭泰義下意識地握緊了拳頭。

這座書房位於西翼的西邊，早上的時候沒有什麼直射的陽光，但隨著中午一過，窗戶外便灑進了炙熱的陽光。

午後斜照的陽光此刻正照亮著丘陵前往豪宅的道路上。坐在白馬上的克里斯多夫彷彿扛著那道陽光似的，原先白皙的臉蛋及明亮的髮色也被陽光染成了金黃色。

「……再看一次，他看上去還是像天使一樣……」

白皙到接近蒼白的臉頰或許是因為陽光的緣故，多了分血色。然而表情卻依舊跟幽藍的眼睛一樣冰冷。話雖如此，但那冷漠的表情卻與那張猶如雕像般的臉龐極為契合。

這也讓他湧上了克里斯多夫會不會一生下來就一直維持著這個表情的荒謬念頭。

……可是仔細一想，我好像真的比較常看見他冰冷又冷漠的表情。

就在這個時候，兩人隔著玻璃窗四目相交。

快要抵達豪宅的克里斯多夫在看見鄭泰義後，便用那張冷冷的臉問道：你完成了嗎？

當鄭泰義從對方的嘴型讀出意思之後，才從那耀眼的外貌之中打起精神，再次想起自己的任務。那個不知道究竟能不能在今天之內結束，整理書本的任務。

「啊……他真的是天使的臉龐，惡魔的嘴巴。」

鄭泰義離開了窗邊。在看見眼前那堆還沒分類好的書籍後，忍不住嘆了口氣。明明他當初就只是叫克里斯多夫帶他去看對方的藏書而已，但一轉眼卻落得了這種下場。

當克里斯多夫為了教孩子們而前往本館時，鄭泰義待在西翼裡晃來晃去的途中也湧上了許多的想法。每當人的身體太閒，腦中就會浮現出一堆煩惱。對於伊萊一直沒有聯絡他的這件事——在那之後，鄭泰義曾再次打回柏林，可是凱爾卻說伊萊不曾再打回來過，也聯絡不上對方——，實在令鄭泰義感到相當不安。

隨著他不停地在原地踱步，他的腦中也盤旋著得趕快回柏林的念頭。因此當克里斯多夫從本館回來的時候，他便認真地叫對方把書還給他。

然而若是用稍微嚴肅一點的語氣就能說動克里斯多夫的話，那打從一開始，克里斯多夫也不會搶走凱爾的愛書。

聽完鄭泰義的請求後，克里斯多夫一副「這狗叫聲是從哪裡傳來的？」的淡然表情與鄭泰義四目相交。過了一會兒，眼看鄭泰義在自己的凝視下還是不打算退讓的模樣後，他微微地皺起眉頭，開了口。

「你有辦法的話就去找啊。」

「那你至少得先告訴我你把書藏在哪裡吧。」

「……」

克里斯多夫一語不發地望著鄭泰義。隨後先是「哼」了一聲，接著一邊說著：「那就照你說的做吧。」一邊帶頭走了起來。

而滿懷期待的鄭泰義所抵達的地方便是這裡。這間位於西翼二樓的克里斯多夫的個人書房。

「剛好，我這陣子也想要整理一下這些書。你應該記得通用十進位圖書分類法吧？那就麻煩你幫我整理。」

克里斯多夫用著彷彿在請別人幫個小忙般的語氣淡然地說完後，便指向了書房內部。而那間書房裡擺著一個人一輩子都看不完的大量書籍。

「什麼？等等，我記不得啊……不是，等一下，我為什麼要幫你整理啊？」

差點就要被傻傻騙過去的鄭泰義倏地打起精神，大聲抗議。然而克里斯多夫卻皺起了眉頭。

「你記不起來？那麼簡單的東西為什麼會背不起來？嘖，那我就抄下來給你。更細項的分類記得要用作家名稱的順序來排，不要忘了。」

「你先把我的話聽完！」

縱使鄭泰義再次朝著掏出便條紙開始寫下分類法的克里斯多夫大吼，然而克里斯多夫一直等到全部寫完之前，連看都不看他一眼。

「我為什麼要幫你整理這些書？而且這些書要整理到什麼時候啊！我才不幹，我絕對不幹！」

「你不想找回凱爾的書了？」

「九○○是地理及歷史。」寫完最後一項分類後，克里斯多夫撕下便條紙，若無其事地說道。鄭泰義彷佛能聽見克里斯多夫那句沒有說出口的話：如果你不想做就算了。

克里斯多夫朝著瞬間變得啞口無言的鄭泰義遞出了紙條。而鄭泰義就只是默默地垂下眼凝視著那張紙條。

「做不到嗎？」

他真的很不想接過那張便條紙。要是接過那張紙，他的苦難彷佛就真的開始了。

「……」

「不想做嗎？」

「……結果我可不負責。」鄭泰義沮喪地握緊了那張便條紙。沙沙，手中的紙張被揉皺的聲響顯得格外清晰，彷佛在暗示著他安樂的日子也跟著一起被捏皺似的。

「可是……該死，他到底把書藏在哪啊。」

鄭泰義嘴中咕噥著粗話，用手背擦去了額頭上的汗珠。瞬間，一道黑漆漆的灰塵痕跡便遺留在他的額頭上。

當鄭泰義無力地將手中的書本再次按照通用十進位圖書分類法進行分類時，他突然想起了一個人。雖然對方並不像那名牽著白馬回到馬棚的傢伙一樣極端，但同樣也是個個性與外表成反比的人。

從對方平時在家裡走來走去的模樣來看，乍看之下就只是一名帥氣又有品味的男子。然而褪下那張外皮之後，卻是個根本不該往來的危險人物。縱使他已經有兩個多月沒有見到那個人了，但對於他的記憶卻始終無法被淡化。

只要見過一次他的真面目，就一輩子都無法忘懷。

也不知道他現在在哪裡，又在做著什麼事。已經有兩個多月沒有聯絡過他了……不對，若硬要說，不久前其實有聯絡過那麼一次。雖然也不確定那到底算不算常人定義中的「聯絡」了。

只要一想起最後一次通電話的場面，鄭泰義的大腦就會開始發燙。最終，他忍不住又嘆了口氣。

無論如何，他都得盡快，要不然至少也得比對方還要早回到家才行。否則他真的無法預料那名有可能誤會了麗塔意思的男子，又會做出什麼瘋狂的事。

再怎麼說，他應該不會像之前那樣，猶如厲鬼般地恐嚇說「別想再逃跑，我要殺了你，再把你吃了」吧？如果真是那樣，這次對方一定不會給他任何解釋的機會就一把掐斷他的脖子。不過最令他感到害怕的是，他的腦中能夠清晰地描繪出伊萊啃食他屍體的模樣。然而鄭泰義還是故作鎮定地將那個畫面從腦海中刪除。

不，他絕對不是逃跑。雖然麗塔沒有解釋清楚他出門的理由，但鄭泰義早就跟凱爾講過他被伊萊警告不能隨便出門的事了。

鄭泰義再也不想因為一些微小的誤會而使自己的生命陷入危險。

——沒事的，我可以保證，那傢伙絕對不會認為你是因為想要逃跑而離開的。他並沒有蠢到無法分辨是非。

或許是覺得鄭泰義看上去太可憐，凱爾曾經這樣安慰過他。不過鄭泰義自己也很清楚，就算伊萊．里格勞這個人瘋狂到被眾人稱為「狂人里格」，但對方其實擁有令人恐懼的理性與邏輯思考能力。鄭泰義對此早就深有體會。

鄭泰義有多了解伊萊，伊萊就有多了解鄭泰義。因此伊萊肯定也清楚地知道鄭泰義不可能如此不珍惜自己的性命。

正因如此，伊萊絕對不會二話不說就直接殺掉鄭泰義，並且將他生吞活剝才對。

……話雖如此，就算伊萊沒有誤會他逃跑，最終肯定還是免不了引起一場風暴。畢竟在伊萊出門之前，伊萊曾經再三叮囑過他乖乖待在家，可是鄭泰義最終卻還是離開了。要是被伊萊得知，對方怎麼可能乖乖說句：「啊，是喔？」就結束。如果事情沒有處理好的話，伊萊肯定又會將他給狠狠地……

「啊，我不管了。想這些有什麼用啊，不管那個傢伙是要生氣還是要鬧脾氣，都隨便他了！都已經死過一次了，我難道還怕死第二次啊…………但我還是趕快找到書，趁那傢伙回去之前趕快回家。這樣的話，應該就能安然無恙地度過這次的危機了……」

鄭泰義先是充滿氣勢地大吼了幾句，隨後在沉思了幾秒後，馬上又意識到現實有多殘酷，只能悲傷地繼續整理起手中的書。

他來到這個家僅僅只過了幾天時間。然而在這短短的幾天裡就已經碰上了這麼多的難關，真是前途黯淡。

在近乎機械式地將書本分類放好——他現在已經抓到將不知道該怎麼分類的書直接放入總類，要不然就是隨便放進合適的分類之中的訣竅了——，整理完一整堆書後，他「唉唷」一聲伸了個懶腰。

看了一下時間，現在已經快要五點了。

即使整個下午都在忙這件事，但還沒分類好的書卻還是堆積如山。不過大致掃視了一下，他已經整理完三分之一的書了。

一想到這裡，鄭泰義不知道該為竟然只整理完三分之一的事感到哀傷，還是該為此感到自豪。他就這樣看著依舊堆積如山的那疊書，開始擦拭額頭及鼻梁上密密麻麻的汗珠。而下一秒，他才突然意識到自己的衣服已經全被汗水浸溼了。

「我剛剛是用汗來沖澡嗎……」鄭泰義搧了搧起胸前溼漉漉的襯衫。

雖然書房並不小，但在一個被書環繞著的密閉空間裡拚命地小步快走來回搬運書籍，汗水會流成這樣似乎也不算太奇怪。

鄭泰義看著自己那雙變得黑漆漆的手，咂了咂嘴。在這眾多的書籍之中，肯定有價值好幾百，甚至是數千美金的珍貴藏書。要是他繼續用這雙手來整理，書本肯定會沾上黑色的指紋。

「不行，這可不行……我先去洗澡好了。」

在習慣般地將手擦在早就已經跟手一樣髒的褲子上後，鄭泰義從書櫃之間走了出來。隨後，他穿過漂浮在金黃色陽光下的灰塵，大步走到了門前，再次轉頭看向書房的內部。

書房裡除了有靜靜在陽光下舞動的灰塵之外，還有被擺得亂七八糟的書本。只要不去想自己為了整理這些書而耗費了多大的心力，這副模樣看上去倒也還挺有意境的。

驀地，鄭泰義緊繃的心稍稍放鬆了。

等回到柏林，要不要也幫凱爾整理一下書房吧。

即使凱爾書房裡的愛書並不亞於克里斯多夫，但在麗塔的打掃之下，至少那些書本都免於被沾滿灰塵的命運。於是，鄭泰義打算先詢得凱爾的同意後，花一整天的時間幫對方把書房整理得整整齊齊。

不過要回去的話，還得先找到凱爾的書才行。

鄭泰義無奈地看著眼前的書堆。

在剛剛整理的書本裡，沒有一本是凱爾的書。簡單掃過那些還沒整理過的書堆，看上去也沒有鄭泰義正在尋找的目標。可是仔細一想，克里斯多夫又怎麼可能會這麼輕易地把書丟在這個地方。

他到底把書藏在哪裡？如果不是這裡，那就只剩下臥室了。

然而鄭泰義剛剛並沒有在對方的臥室裡看見書本的蹤影。既然如此，那唯一的可能性就只剩下抽屜這種無法一眼看見的地方了。

鄭泰義撓起了頭。再這樣下去，他說不定就只能像小偷一樣躲在對方的臥室，偷偷翻找起房內的櫃子及衣櫥。

總之，對鄭泰義來說，他已經沒剩多少的時間了。

縱使他當初充滿氣勢地誇下海口離開了家，但若是可以，他還是想盡快趕回去。他得趁兩個月前離開家裡之後就行蹤不明——雖然偶爾的偶爾還是有聯絡——的伊萊回到家之前先回去才能少受點罪。然而問題就在於，他根本不知道對方什麼時候會回到家。

「可是……一個人的個性不可能毫無理由地就改變吧……」鄭泰義歪起頭喃喃自語。

實際上，真正令他在意的並不是伊萊什麼時候回家的問題。

不對，由於這件事說得誇張點，牽扯到了生命及人身安全的問題，他不可能不在意，但有件事卻一直令他耿耿於懷。

鄭泰義並不是個會常常離開家的人。就算出門了，最多也就只是在家附近散步而已。而在此之前，伊萊也從來不曾干涉過鄭泰義要不要出門。

首先，鄭泰義不是受到監視而被關在家中的罪犯；其次，就像伊萊想去哪就去哪一樣，鄭泰義的活動自然也不會受到太多限制。只是鄭泰義本人從來不曾想去什麼遙遠的地方罷了。

可是在兩個月前，在伊萊沒有絲毫徵兆就準備要離開家之前，雖然短暫卻直視著鄭泰義的雙眼說：「你這陣子就乖乖地待在家裡就好。」

從對方過了好幾天，甚至好幾週都沒有回家的舉動來看，鄭泰義原本還以為這就只是單純的道別。

可是直到現在，他都能清晰地回想起當時聽見那句話時所感受到的微妙不協調感。

「……」

鄭泰義狐疑地歪起了頭，呆站在原地。

然而不管他怎麼想，他的腦中都還是充滿著疑惑。

「唉……算了。反正再怎麼樣，我的人生也不可能變得更慘。」鄭泰義嘟囔著走出了書房，「畢竟也沒辦法再更慘了。」

在眼下這個對外莫名其妙就成為了通緝犯，對內每天還得跟「人間失格」的傢伙打交道的日子，他是還能再慘到哪裡去。

不過他不僅僅是在家中得與人間失格的傢伙相處，在這個地方——雖然方向有些不同——竟然又碰上了一名人間失格的傢伙。讓他不禁懷疑起自己的人生到底是發生了什麼事。

鄭泰義就這樣一邊感嘆著自己的境遇，朝房間的方向走去。為了前往三樓盡頭的客房，他朝位於走廊正中間的中央樓梯走去。

無論如何，目前的當務之急是盡快找到凱爾的書，並且得趁伊萊回去之前趕快回到家……

鄭泰義嚥下了不停湧上的嘆息，搖了搖頭。對於那些不管再怎麼思考都無法解決的問題，最好的方法莫過於是暫時不要去想。此刻最重要的是先回房間洗澡，接著等到晚餐時間再去吃晚餐，最後再回書房繼續處理那些還沒完成的任務。

就在鄭泰義距離鋪滿紅色地毯的階梯還有幾步距離時，樓下傳來了有人上樓的動靜。從隱約可以聽見的對話聲來看，對方應該就只有兩三個人。

在聽見那個動靜後，鄭泰義最先湧上的念頭是「彆扭」。

即使他來到這個地方也才過去了幾天而已，卻已經摸透了這個家的氛圍。塔爾坦家的年輕人們分成兩派在互鬥著。

雖然據說他們對外的團結力很好，不過看在鄭泰義的眼裡，那些人光是忙著內鬥就已經忙不完了。

除此之外，他們還把遭受克里斯多夫折磨的鄭泰義視為克里斯多夫那派的人。縱使鄭泰義本人對派系鬥爭沒有半點興趣，可是在不知不覺間，他已經身不由己地被捲了進去。

「早知道當時就不要翻桌了……」

自從不久前在晚餐時翻桌，吸引到所有人的注意力之後，那些仇視著克里斯多夫的年輕人便把鄭泰義視為「不分青紅皂白，隨便就翻桌的怪人」。

就算鄭泰義只是為了要使場面冷靜下來才會出此下策，但現在解釋這些都已經太晚了。每當鄭泰義與里夏德那派的人馬擦身而過時，總是會接收到不友善的視線以及辱罵。

「雖然我不會在這裡待太久，雖然被瞪、被罵也無法真的傷害到我，但這種感覺實在是好不到哪裡去啊。」鄭泰義感受著越來越靠近這個方向的動靜，忍不住咂著嘴。

如果遇到的是年長者的話那還沒關係。不過長輩們大多都只會待在本館或東翼，要在西翼遇到他們根本就是難上加難。況且造成這種派系鬥爭的元凶實際上就是那些年長者，而他們此刻卻擺出一副仁慈的模樣，笑著要大家好好努力。

可是再怎麼說，遇到那些年長者總比遇到血氣方剛的年輕人們還好。

對鄭泰義來說，無論是里夏德——又或者是克里斯多夫——的我軍還是敵軍，他都不想碰上。

除了他本身就不喜歡派系鬥爭之外，他很反感站在克里斯多夫那方的人以一種充滿著好奇心的眼神盯著他看，並且故意裝熟的行為。更不用說當里夏德那方的人以充滿著敵意的視線瞪向他時，他就更加反感了。

而唯一值得慶幸的是，或許是看在鄭泰義再怎麼說也是個外人的分上，那些人還不至於直接找他的碴。

不管是哪一方的人馬，我都不想碰到……

在感受到腦中浮現出的彆扭感之後，鄭泰義咂著嘴放慢了前往中間樓梯的步伐。與此同時，從樓下傳來的說話聲也變得越來越鮮明。

正當那聲音傳到了二樓中間的樓梯平臺時。原本打算打退堂鼓，就此走回書房裡的鄭泰義猛地愣了一下。

就像是被鬼附身般，頓時變得面無表情。

哦……？

隨著他們越來越靠近這個方向，鄭泰義可以更加清楚地聽見兩人的嗓音。不過由於他們的說話聲都既低沉又平靜，因此他無法聽清兩人的說話內容。

但那聲音確實清楚地傳入了他的耳中。

那道他絕對不可能聽錯的嗓音。

鄭泰義熟知著這既低沉又從容，裡頭隱藏著寒冰般的冷漠嗓音。

「哦………？」

正當鄭泰義微微地歪起了頭，眨了眨眼的時候。

他看見了轉過樓梯平臺，朝這個方向走上來的兩名男子的身影。

鄭泰義最先看見的是走在前方，正在朝身後的人說些什麼的男子。

鄭泰義認識這個人。

雖然他幾乎沒有與他對談過，但自從進到塔爾坦家後，他偶爾便能看見對方的身影。那人正是里夏德．塔爾坦。

對方同時也是他曾經評價過給人的印象很好，可是卻被伊萊恥笑著反駁的人。除此之外，對方還是幫助鄭泰義可以順利進到塔爾坦家的人。

可能里夏德剛從外面回來，穿著一身整齊的黑色的正裝。然而他即使今天依舊一身黑色打扮，卻不見絲毫的陰森感，反而帶著清爽感，讓人有好感的臉上還掛著溫柔的笑容，正朝著這邊走上來。

雖然伊萊曾經說過里夏德是個大變態——而克里斯多夫也說過這種話——，不過里夏德看上去總是散發著既端正又成熟的氛圍，鄭泰義實在想不透如此紳士般的男子究竟是哪個部分會被當成變態了。

而此時此刻，對鄭泰義來說這些都不重要。

朝著二樓前進的里夏德看見鄭泰義呆呆地站在那裡的模樣後，有些詫異地將視線停留在他的身上。可是鄭泰義依舊無動於衷。

跟在里夏德身後的男子，那名與里夏德僅僅只隔著一、兩步距離的男子。可能是兩人正好在談事情，所以對方時不時會搖起頭，抑或是回應個幾句。而鄭泰義的視線此刻就這樣停留在那人的身上。

那名身穿藏青色西裝，身材高䠷、肩膀寬闊且體格健壯的男子就是在某大企業擔任要職似的，自然而然地散發出理直氣壯到有些傲慢的態度。

他的頭髮梳得整整齊齊，戴上一副細框眼鏡。而袖口上的銀製袖扣及領帶上的銀色領帶夾在光照下顯得閃閃發光。這麼一看，那人看上去又像一名與時尚產業相關的人才。不過對方所散發出的冷冽氛圍，不免又讓人不寒而慄。

撇除那猶如刀刃般鋒利冰冷的氛圍不談，對方乍看之下其實也像一名很有能力的新進律師。而那人此刻正習慣性地推了推眼鏡，跟在里夏德的身後一起走了上來。

鄭泰義像失了魂般凝視著男子，對方或許也注意到了他的視線，緩慢地望了過來，與鄭泰義四目相交。

兩人就這樣對視了。

「……」

雖然鄭泰義很想喊出對方的名字，但話卻卡在了喉頭處。

直到這一刻，鄭泰義才深刻地體會到原來當人在出乎意料的場合碰上沒有任何前兆就發生的情況時，不僅僅會說不出話，甚至連腦袋都負荷不過來。

而那名原先一邊跟里夏德談論著什麼，一邊朝這個方向走來的男子在看見鄭泰義的剎那，臉上的表情瞬間就消失了。

男子原本帶著一絲近似嘲笑的慵懶神情，但在那一剎那，男子立刻面無表情地望著鄭泰義。那模樣就像看見了不該存在的東西似的。

「哦……」

彷若在做夢般，精神恍惚的鄭泰義總算開了口。可是想說的話卻依舊卡在喉頭，雙唇只是微微蠕動了一下，無法順利地將心中的話說出口。

就在這個時候，站在男子與鄭泰義中間的里夏德率先打破了沉默。

「是來找克里斯多夫的客人吧？不對，上次好像是說要來找『克莉絲汀娜』才對。」

鄭泰義這時才將茫然的視線移到笑著說出這段話的里夏德身上。

「他有好好地招待你嗎？」

聽到對方溫柔的嗓音後，鄭泰義總算緩慢地打起了精神。

里夏德果然是個不簡單的人物。在眾人都把鄭泰義視為克里斯多夫那派人馬的同時——鄭泰義相信里夏德肯定也這麼認為——，竟然還能以這麼有禮貌又客氣的態度招呼著他。

等等，不對。這不是眼下最重要的問題。

「……」

現在這是怎樣？

這到底是怎麼回事？

這個男人怎麼會在這裡？

鄭泰義有種著了魔般的感覺。不過與此同時，他也湧上了慌張失措的感受。一股涼意就這樣從他的背脊衝了上來。

隨後，在意識到里夏德因為自己遲遲不回答而有些尷尬地挑起眉頭後，鄭泰義才連忙答道：「有的，謝謝……」

或許他就只是看錯了。或許是因為今天過度勞累，才導致他看見了幻影也說不定。畢竟那個人怎麼可能會出現在這裡，又怎麼可能會穿得整齊得體，像個企業家一樣。

鄭泰義揉了揉自己的太陽穴。由於眼睛也乾澀了起來，於是他便順道一起按壓了幾次上眼瞼。希望能藉由這種方式讓自己的雙眼恢復正常。

「剛剛在回來的路上，我看他好像在馬棚裡。」

「啊，是的……他剛才有說要去樹林附近繞一繞。」

鄭泰義心不在焉地回答完後，抬頭瞥了里夏德一眼。他能清楚地看見對方帥氣的臉龐上掛著溫柔的笑容。好險疲勞並沒有使他的雙眼產生什麼實質上的問題。

下一秒，鄭泰義以非常緩慢的速度移開了視線。他故作淡然地將視線移往里夏德的身後。他就這樣慢慢地，自然地移往那個方向。

隨後，他再次與對方四目相交。

男子垂眼凝視著鄭泰義看的視線非常冰冷。而剛剛那近似於驚訝般面無表情的神情也早已消失不見。男子就像在看路邊的小石子般，冷冷地盯著他看。

鄭泰義見狀再次感到背脊發涼，只不過這次的原因卻跟剛剛截然不同。

就算眼前的這名男子不是鄭泰義認識的那個人，當一個陌生人以這種不亞於冰塊般的冰冷視線盯著自己看時，肯定也會一路從腳底發涼至頭頂。

那是一道不把人當人看的視線。

鄭泰義雖然稍稍動搖了一下，但隨即便又直視起了對方。他認為自己不能就這樣避開對方的視線。

而在看到鄭泰義的反應後，男子微微地瞇起了雙眼。那個表情看上去既像是在不爽，又像是感到很有趣似的。

里夏德在意識到鄭泰義的視線直直地盯著自己的身後看之後，便跟著轉過了頭。下一秒，當他看見男子也在盯著鄭泰義看，便往旁邊讓了一步，笑了起來。

「這位是來找克里斯多夫的客人。不久前在正門遇到之後，之後也撞見過幾次，卻一直沒有什麼機會講到話。啊……這麼一看，我還不知道你叫什麼……」

里夏德此時才總算好奇起鄭泰義的名字。而鄭泰義見狀則是維持著同樣的姿勢，將視線移到對方身上，開口道：「啊，我是鄭——」

「這個人是克里斯多夫的客人？看上去怎麼這麼平凡。身為克里斯多夫的客人，還真是平凡到讓人詫異。」

就在鄭泰義準備要講出自己名字的時候，站在里夏德身後的男子往前了一步，緩緩說道。

隨後，男子再次前進了一步，又一步。不過一會兒，男子便抵達了伸手就能碰到鄭泰義的位置上。

男子緩慢地抬起自己的手，那隻戴上藏青色皮手套的手靠近了鄭泰義的下巴。鄭泰義已經數不清有多久沒看見對方戴上手套的模樣了。

正當男子的手要碰上鄭泰義下巴的前一刻，里夏德出聲阻止了男子。

「里格，夠了。他是克里斯多夫的客人。」

「夠了？你這句話還真奇怪呢。幹嘛講得好像我要對這個人做什麼不好的事一樣。」男子嗤之以鼻地說。

實際上，里夏德說的話並不奇怪。要是鄭泰義不夠了解眼前的這名男子，他肯定也會認為對方下一秒就會扭斷自己的脖子。

隨後，男子抓住了鄭泰義的下巴。冰冷的皮手套觸感摩擦著鄭泰義的下巴。

「我怎麼不知道克里斯多夫認識這個人啊。」

語畢，男子低聲笑了起來。

鄭泰義馬上就意會對方的意思了——你怎麼會認識克里斯多夫？

「因為克里斯借走了幫助我許多的人的愛書，為了幫對方要回那些書，所以我才會來這裡……我想你應該不需要為了這種事而一直瞪著我看吧。」

鄭泰義回答著的同時，還不忘暗自祈求自己的臉色不要因為驚嚇而變得太過蒼白。

喂……再這樣看下去，眼神都快要殺死一個人了。

等等，不對。仔細一想，鄭泰義現在是偷偷跑出來，還剛好被對方逮個正著的情況。縱使鄭泰義很想要直接癱倒在地上，但他還是努力地撐在原地，直視著對方。

就算他想要尷尬地笑著撐過去，不過現在光是要維持面無表情的神色就已經相當費力了。

而那隻原先抓著他下巴的手隨即便開始輕撫起他的嘴唇。男子先是緩慢地描繪鄭泰義下唇的形狀，接著稍稍將大拇指伸進鄭泰義的雙唇之中，隨後又收回了手。

「這樣啊……我還想說這次忙完之後就得馬上飛去韓國，又或者是要翻遍每個角落呢。」

那是一道非常小聲，幾乎像微風掠過的細微聲音。

如果鄭泰義沒有繃緊神經，恐怕無法聽見那到掠過耳邊的微弱話語。

還沒等鄭泰義反應過來對方那句話的意思，男子就率先後退一步。鄭泰義抬眼看向了對方。

男子歪著頭，垂下眼望著鄭泰義。而那雙原先再冰冷不過的眼眸中隱約透著笑意。那是貓抓到老鼠時的笑容。

「嗯……好吧，之後再讓我慢慢認識他吧。」男子轉頭看著里夏德說道，並點頭示意繼續上樓。

「這是怎麼回事，你竟然還會對其他人產生興趣。」里夏德見怪不怪地開起了玩笑。與此同時，他也不忘邁開步伐。

里夏德原先似乎還想說些什麼，但像是打算留到下次再說似的用眼神向鄭泰義打招呼後便跟在男子身後；而男子在背過身之前，雙眼則帶著微妙的笑意，兩人就這樣繼續沿著階梯上樓。

在兩人轉彎消失在樓梯平臺之前，鄭泰義只是茫然地凝視著他們的背影。

* * *

鄭泰義就像個被人操控的木偶般，精神恍惚地回到房間洗了澡、換好了衣服，並再次走出房間。

他不禁在想，如果真的可以睜著眼睛做夢，那想必就是這種感覺了。

在沒有任何徵兆的情況下，竟然突然碰上了不該出現在這個地方的人。縱使鄭泰義不但跟對方交談了，甚至還感受到了對方的體溫，可是仔細一想，這一切實在是不合理到就像是睜著眼睛做夢似的。

「……我該不會真的睜著眼睛做夢了？或許是因為今天身心都過度疲憊，才不小心站著睡著了也說不定。」

鄭泰義不停地用手指甩了甩仍舊留有些許水氣的頭髮，默默嘟噥道。

下一秒，他倏地閉上了嘴，就這樣維持著將手指插在頭髮之中的姿勢，呆站在房間的正中央。過了好一會，他突然「唔唔唔」地發出聲音，用力甩了甩頭，跌坐在椅子上。

隨後，他提出了一個假設。

他剛剛只不過是做了個夢罷了。他看見的那名男子並不是伊萊。

「……那麼，那個傢伙現在又在哪？」

還沒等他得出一個合理的結論，心底的疑問就下意識地從口中冒出。而當他一聽見自己的嗓音，便再次陷入了茫然的狀態之中。

就在這個時候，有道足以安慰他的可靠嗓音猶如幻聽般地傳入他的耳中。

——泰一，你也不用太擔心。再怎麼說，他都不可能誤會你是為了躲他而逃跑的。

「……」

他原本還以為這只是句安慰。

他原本還以為是凱爾看他擔心到臉色發青的模樣太過可憐，所以才意思意思地說出了這句話。可是現在回頭一看，那句話真的是安慰嗎？

——他都不可能誤會你是為了躲他而逃跑的……

「……對，他不可能誤會。」鄭泰義咕噥著，「他又怎麼可能會誤會。」

與此同時，他總算想通了。凱爾的那句話既不是安慰，也不是慰藉。就只是提前點出了此時此刻的現實罷了。

「哇……還真的沒有任何一個人是站在我這邊的。」

鄭泰義無力地趴在桌上。椎心的背叛感伴隨著對凱爾的埋怨一同從心底湧了上來。其實他也知道，凱爾一定不是故意要隱瞞他。或許對方根本就不認為這是種欺騙的行為。

雖然鄭泰義不知道伊萊為什麼會出現在這裡，倘若那件事是不適合讓外人知道的事，那凱爾一定也不想親口洩漏這個祕密。再者，可能凱爾也抱持著「反正等他去到那裡，碰上伊萊的時候自然就會知道」的想法也說不定。

也許，凱爾那句話的真正含義是：為了防止那傢伙在不小心撞見你的時候，不會感到太過詫異，我會提前跟他說的。

「不……即使如此，我還是有充分的理由與資格去埋怨凱爾。」

鄭泰義這次是真的很想哽咽抽泣。他乾脆趴在桌子，將臉埋進手臂之中。接著還試著發出了「嗚嗚」的哭聲。與此同時，幾滴淚水好像也快奪眶而出。

「嗚嗚，嗚嗚嗚嗚嗚。」

就這麼咕噥了好一會兒的鄭泰義隨後又突然安靜了下來。

「……那是不是不能表現出我認識他的樣子啊？」

猛地冒出這個想法並抬起頭的鄭泰義在呆呆地凝視了窗外好一陣子後，便從位置上起身。

即使他的腦袋依舊像剛剛才被人揍過一拳似的，既疼痛又茫然。可是他的肚子還是餓了起來。他的腦中閃過自己整個下午都關在書房裡努力勞動的片段，以及他至今都還沒完成那個任務的事實。

「無論如何，先去吃飯吧。等等回到書房後，再繼續去思考那些問題……」鄭泰義搓揉著隱隱作痛的太陽穴，走出了房間。

然而縱使他想邁開步伐，全身卻越發無力。所有的疲勞就像說好似的，一起湧上。

「哎唷……」嘆了口氣後，鄭泰義接著搓揉起後頸與肩膀。

正當他拖著搖搖晃晃的身子走下樓，並打算前往位於一樓的飯廳時，他發現克里斯多夫的書房門被打開了。於是，他便拖著沉重的步伐走了過去。

隨後，他在敞開著的門縫間看見了那張既熟悉又可惡的臉。

克里斯多夫此刻正在書房內。

站在書櫃與書櫃之間，雙手抱胸打量著書櫃的克里斯多夫在注意到鄭泰義走進書房裡的動靜後，便用下巴指了指書櫃。

「這是怎樣，為什麼還沒整理完？而且為什麼這邊的——」

「你怎麼沒有告訴我那傢伙就在這裡！」

還沒等克里斯多夫把話說完，鄭泰義就惡狠狠地瞪向對方問道。而克里斯多夫則是露出一副「你是吃錯藥了嗎？」的表情看向鄭泰義。

「你口中的『那傢伙』是指誰？」克里斯多夫皺起眉頭，沒好氣地反問。

在這瞬間，鄭泰義原先宛若在做夢般恍惚的大腦就像是突然清醒過來似的，再清晰不過的現實感如潮水般襲來。於是，鄭泰義便大吼了起來。

「伊萊！伊萊．里格勞啊！我不久前在這間屋子裡看到他了！甚至還是在旁邊那個樓梯上！」

就像聲稱看到幽靈般大聲喊叫的鄭泰義，臉色就像是真的看見了幽靈似的蒼白。這是因為只要一想到那件事，他的臉上又失去了血色。

而克里斯多夫在看見鄭泰義突然暴跳如雷的模樣後，微微地瞪大了雙眼。那表情就像在說「雖然不知道這傢伙是吃錯了什麼藥，沒想到他還會激動成這樣」似的。

「……你不知道這件事？」

在沉默了一會兒後，克里斯多夫反問道。而鄭泰義一聽見對方的回答，立刻癱倒在地板上。

就算他現在已經能感受到現實感，腦中也整理出了合理的原因及結論，但他還是暗自希望著這一切並不是真的。

他有多希望這只是場白日夢。他希望克里斯多夫能告訴他，其實這間房子有時候會出現里格的幽靈罷了。他原先還抱有著這麼一絲微弱的希望……

在看見鄭泰義癱倒在地板，雙手撐在地板上怔怔發呆的模樣後，克里斯多夫又恢復成平常的淡漠，接著拉過幾步之外的椅子坐了下來。

「他兩個月前就已經來到這個地方了。」

「……」

「我還以為你是因為知道那個傢伙在這裡，想說可以順便把書帶回柏林才過來的。原來你不知道他在這裡啊？」

「如果知道的話，我怎麼可能還會來！」

就算有人威脅他不來就要打死他，也不可能過來。尤其是在理直氣壯地向對方吼出自己要離開家之後。不，縱使鄭泰義當初已經得知了這件事，但在聽聞麗塔將自己離家的事告訴了伊萊後，他也會馬上遠遠逃離塔爾坦家。

由於喘不過氣，鄭泰義只能用力地顫動著肩膀大口地深呼吸。而一旁的克里斯多夫見狀馬上問道：「你在哭嗎？」

「我沒哭！」鄭泰義大吼。

從兩個月前開始。

換句話說，自從伊萊一離開柏林後，就一直待在這裡。

或許當初在看見里夏德時，就該馬上詢問對方究竟是委託了伊萊什麼工作才對。

「……那他幹嘛來這裡。」

「因為距離繼承人的決定日已經沒剩多久了。」

鄭泰義抬起了頭。他怒視著無辜的克里斯多夫——若硬要說的話，對方其實一點也不無辜——，詢問道：「那又是什麼？」

「隨著年長者準備退位，他們也差不多要選出塔爾坦家的下一位繼承人了。當他們要從競爭了二十幾年的繼承候補中選出繼承人的時候，照慣例會先聽取長年以來的盟友里格勞家的意見。雖然這就只是有名無實的形式，但慣例畢竟還是慣例嘛。」

「你少騙人了，那傢伙怎麼可能會因為要幫忙家業，乖乖擔下那種既複雜又麻煩的事情啊？」

「所以我也很意外啊。我原本還以為會是凱爾，又或者是叫住在美國的海倫娜飛過來，結果竟然是他跑來。這的確是令人感到十分意……」

克里斯多夫說著說著就突然閉上了嘴，凝視著半空好一陣子。他像是陷入沉思似的輕輕搓揉著手指。接著突然瞥了鄭泰義一眼。

「？」

「……」

鄭泰義詫異地凝視著對方的眼眸。然而克里斯多夫卻緩緩地移開了視線。

鄭泰義不禁覺得事有蹊蹺。他就這樣瞪大雙眼，身體也朝著克里斯多夫靠近。與此同時，他也不忘用眼神無聲地催促對方有話就快點說。

克里斯多夫在思考了好一陣子後，才開口道：「不過。」

「嗯？」

「你是做了什麼虧心事嗎？為什麼要這麼激動？就算原先不知道他在這裡，但撞見了就撞見啊，有必要嚇成這樣嗎？」

這次換鄭泰義陷入了沉默。而垂眼凝視著鄭泰義的克里斯多夫隨即便彎下腰，將臉湊到鄭泰義的面前，直勾勾地看著他開口。

「難道你偷走了他珍藏的書嗎？」

「你以為我是你喔？」

「要不然……啊。」

克里斯多夫就像突然想起了什麼般，發出了短暫的嘟囔聲。

鄭泰義則是不安地凝視起克里斯多夫的雙唇，不禁擔心起對方的口中究竟又會冒出什麼內容。而克里斯多夫的雙唇在勾起一道淡淡的弧線後，隨即又停了下來。看上去就像一名還不習慣要怎麼笑的人。

「對了，你上次是不是有說過，上輩子的業障……你是在逃離那個業障的途中，又被對方抓住了什麼把柄嗎……」

「我沒有逃。」

鄭泰義不滿地答道。而克里斯多夫就像領悟了什麼般，「啊哈」了一聲。與此同時，克里斯多夫的眼眸及嘴角再次勾勒起了不起眼的弧線。

在看見對方那微妙的表情後，鄭泰義倏地湧上了一個念頭。

原來這個男人是真的不會笑啊。別說是笑容了，就連嘲笑也這麼費力。

「……你……」

鄭泰義直直地盯著對方的雙脣。雖然他很想用手指戳克里斯多夫的嘴角，幫對方勾勒出一道正常的弧線，可是克里斯多夫一看見鄭泰義伸出手，便馬上皺起眉頭，挺直了腰桿。

鄭泰義只好收回手，無奈地咂了咂嘴。

而克里斯多夫也收起原先的笑意，從椅子上起身。隨後，克里斯多夫將橫放於他身旁書櫃裡的書本抽了出來。在瞥了書名一眼後，他走到對面的書櫃，並將書本放了進去，微微地聳了聳肩。

「你也不需要這麼擔心。即使我不知道回去柏林後會發生什麼事，但至少在這裡的這段期間，那傢伙無法對你怎麼樣。」

下一秒，克里斯多夫將擺在那本書隔壁的書抽了出來，皺著眉頭說：「你放錯了，這本是哲學類。」

克里斯多夫冷冷地碎念著，將書放到前面的書櫃裡。

鄭泰義一時舌頭都打結了。他想說「你自己整理這些書好像會更快也更有效率」、又想說「不知道回去柏林後會發生什麼事，到頭來我還不是得擔心嗎」，還想問「為什麼待在這裡的這段期間，他無法對我怎麼樣？」，可是卻不知道到底該先講哪句話。

「你、柏、為什……」

克里斯多夫轉頭看向了支支吾吾著的鄭泰義，露出嚴肅的表情。而對方的表情就像在看一個蠢蛋似的。

鄭泰義見狀只好先閉上嘴，在深吸了一口氣後，他才又緩緩地開了口。他選擇了他最好奇的問題。

「為什麼待在這裡的時候，他就無法對我怎麼樣？難道這裡有什麼監視著大家一舉一動的人嗎？」

不過就算真的有這樣的人存在，應該也對鄭泰義是死是活不感興趣才對。

鄭泰義狐疑地歪起了頭。同時，克里斯多夫則是準確地將鄭泰義不知道該怎麼分類而亂放的書本抽了出來，重新放到正確的書櫃之中。

基本上，鄭泰義那些因為亂猜而隨便亂放的書本全都放錯了位置。

「因為你現在在我身邊，而那傢伙現在在里夏德的身邊。」

「……嗯？」

克里斯多夫鬱悶地咂起了嘴。碰，他將書放進書櫃裡的力氣也隨之加重。

「無論你認同與否，在這裡的這段期間你都是我這邊的人。難道你不這麼認為嗎？」說著最後一句話的同時，克里斯多夫還不忘瞥了鄭泰義一眼。

「就說我不喜歡選邊站了……」鄭泰義邊說邊聳了聳肩。

不過的確就如克里斯多夫所說，從現實層面來看，鄭泰義確實被歸類在克里斯多夫那一派。縱使鄭泰義一直堅持自己是中立的立場，但這間屋子裡的其他人都不這麼認為。

「所以，伊萊是里夏德那邊的人嗎？」

鄭泰義回想著伊萊與里夏德談話的模樣，接著發問。

「可是那傢伙看上去不像是會隸屬於任何一方的人。」

就鄭泰義所知，伊萊．里格勞向來都是隸屬於他自己，不會聽從他人指示。伊萊只會為了自己、根據自己的判斷而行事。

「里格是中立的。當他以要負責選出繼承人的身分來到這裡後，就不能選邊站了。」克里斯多夫搖了搖頭，果斷地說。

「但你剛剛不是才說他在里夏德的身邊嗎？」

「對啊，但他會在那個人的身邊，只是為了要監視身為繼承候補的里夏德罷了……換句話說，里格必須公正地對待每位繼承候補以及繼承候補身邊的人。」

克里斯多夫將手伸進書櫃的最深處，在那難以被發現的角落拿出了一本書。他就這樣拿著那本書的書脊輕敲著自己的另一隻手，一邊解釋道。

鄭泰義在與對方相視了好幾秒後，緩緩地點起了頭，「原來如此……所以他才無法隨意地對隸屬於你這一派的我出手啊。」

雖然那傢伙究竟能不能乖乖遵守這規定也是個未知數。雖然心裡這麼想，鄭泰義還是點了點頭。接著，他瞥了一眼克利斯多夫，抬起了頭，「不過你剛剛那句『負責選出繼承人』是什麼意思？不管塔爾坦家與里格勞家的交情再怎麼深，這未免也干涉太多了。」

「嗯？啊——沒有，他們總共會詢問十個人的意見。畢竟這件事牽扯到要繼承這個說大也不大，說小也不小的王國，如果只憑一個人就決定人選未免也太過獨斷。再者，那十個人也不是每個人都擁有一樣重要的話語權。」克里斯多夫擺了擺手。不對，更準確地說是晃了晃他手上的書。

「在那十個人選之中，就只有兩個人跟我們家沒有任何的血緣關係。因此那兩個人自然也沒有實際的決定權。我剛剛不是說過了嗎，把里格勞家的人叫來只不過是個慣例。因此來的人就算不是里格也沒差，無論是叫凱爾、海倫娜，抑或是請他們家的直系長輩過來都可以。」語畢，克里斯多夫輕笑著補充，「雖然沒有人料到來的會是里格就是了。」

而他的笑僅僅就只是呼出帶有笑意的氣息。

「總之，在這樣的前提之下，里格在這裡的期間都無法對你出手。反之，他自然也無法給你任何的幫助。」

「幫助……在這個地方，我為什麼會需要他的幫助？」

「例如叫塔爾坦家的某個人趕快還書這類小事啊。」

「……啊。」現在才想起這件事的鄭泰義木然地點了點頭，「原來如此。」

即使鄭泰義也拿不準伊萊出面後，克里斯多夫究竟會不會乖乖地把書給交出來——不過在此之前，伊萊根本就不可能為了凱爾的書而參與這種麻煩事——，可是在想到自己喪失了這個機會之後，他還是不禁惋惜地咂起了嘴。

就這樣思索了好一會兒後，鄭泰義猛地想起某件事，並惡狠狠地瞪向克里斯多夫。

「不過這是怎樣啊？為什麼這裡沒書？」

鄭泰義整個下午汗如雨下地在這間書房裡翻箱倒櫃地尋找，卻始終看不見凱爾愛書的蹤跡。

「沒書？你是把塞滿了這整間房間裡的這些東西看成什麼了？」

克里斯多夫無奈地「哈」了一聲，並用拇指指向自己的身後，那些擺放著大量藏書的書櫃。

「這裡沒有凱爾的書啊。」

「凱爾的書？如果你是指那些書，那我把它們放在其他地方了。那些書可不能隨便亂放，溫度與溼度不僅得恰到好處，甚至還不能直射到陽光。我總不可能把如此珍貴的書放在這裡吧……你這樣真的有辦法好好地帶著那些書回去嗎？」

克里斯多夫擔憂地望向了鄭泰義。

這傢伙害我忙了整個下午，現在卻說這種話……

「你少廢話了，趕快把書還給我。我必須得趕快回家才……！」怒吼到一半的鄭泰義就這樣維持著張嘴的姿勢，陷入沉默之中。

「你要趕著回家？為什麼？」克里斯多夫歪起頭問道。

而鄭泰義則是維持著張嘴的動作，就這樣眨了眨眼。

對，仔細一想，他現在已經沒有需要馬上趕回去的理由了。在他撞見那名最想躲開的人的剎那，一切就變得毫無意義了。

「……」

克里斯多夫一直猜不到理由，頻頻歪著頭不停地追問著：「為什麼？為什麼啊？」然而此時此刻的鄭泰義早已聽不見任何的聲音。

鄭泰義乾脆趴在地板上。

或許這不單單只是上輩子的業障這麼簡單的問題。或許在這個苦難不斷的情形中，有個更根本的問題存在。那麼，如果要解決這個問題——

「看來我得先回韓國一趟才行……」鄭泰義猶如呻吟般地喃喃自語。

在聽見那道細微的咕噥聲後，克里斯多夫彎下了腰，靠近鄭泰義，「因為身心疲憊，所以讓你懷念起自己的故鄉了嗎？」

「……我要去請人跳大神幫我驅邪……」

「跳大神[2]？那是什麼啊？」

「……」

* * *

就像第一天來到這座豪宅時所聽到的那樣，鄭泰義不但沒有什麼機會可以去到本館，更是不曾去過東翼。

不過即使如此，他還是對這座豪宅的大概構造有著一定的認知。

基本上，只要是跟外人有關的事，抑或是對外的事——小至接待客人，大至商討工作上的重要大事——，以及家中大部分的事都會在本館進行。

住在這座豪宅裡的人除了睡覺及休息時會待在私人空間裡之外，幾乎每件事都是在本館進行的。

與之相反，東翼及西翼不分直系與旁系，只要是跟塔爾坦家有血緣關係的人都會住在這兩個地方。這裡是他們睡覺、休息、洗澡，以及生活的空間。東翼跟西翼的差別只在於居

2 跳大神（ㄕㄤˋ）：源自薩滿教信仰的傳統巫儀，由巫師作為媒介，透過歌舞、祈禱等方式，進行驅邪、祈福、治病、招魂等活動，旨在與神靈溝通以保佑平安或解除災厄。

住在裡頭的年齡層不同而已，內部構造其實都大同小異。

每當有長時間逗留在這座豪宅裡的客人來訪時，重要的客人就會被分配到東翼，而普通的客人則是會被安排至西翼。在得知這件事之後，鄭泰義一開始雖然嘟噥了幾句，但西翼的房間也十分舒適，他也沒什麼好抱怨的。

「話雖如此，但親眼看著不久前還住在同個屋簷下的人以貴賓的身分被安排到東翼，而我則是以跑腿的身分被安排到西翼，這要我怎麼不去在意啊。」鄭泰義坐在位於西翼前方，剛好可以眺望本館與東翼的長椅上嘟噥道。

就在這個時候，幾名身穿西裝的男子從遠處本館的正門走了出來。在看見那些人朝停在階梯下方的轎車走去，一邊談論著什麼的模樣後，鄭泰義硬是傾斜起身子，躲在與臀部同高的景觀樹後頭。

縱使沒有必要躲起來，可是在看見其中一名男子那高大挺拔的身材後，莫名地就令他聯想到了伊萊。即使他也知道對方根本就不是伊萊，但身體還是反射地躲了起來。

「不，好險我是住在西翼。要是住在東翼的話，我絕對不敢踏出自己的房門。」鄭泰義再次咕噥了起來。

就像克里斯多夫說得沒錯。

猶如惡夢般的那天，鄭泰義原本還以為馬上就會發生什麼駭人的事，於是便蜷縮在房間裡。可是直到那天結束之前，伊萊都沒有來找他。甚至隔天，隔天的隔天也都沒有來找他。

不對，更準確地說，兩人連碰面的機會都少之又少。在那之後，鄭泰義就只有在遠處撞見過伊萊兩次而已。兩人甚至不曾在足以搭話的距離見過面。

伊萊真的就像一名跟誰都沒有私交，精準地站在中立的立場，不會偏袒任何一方的觀察者般，不要說是鄭泰義了，甚至連住在西翼的其他人也不會靠近。對不是繼承候補的克里斯多夫也是一樣。

在這樣的情況下，住在東翼，並且只會在東翼及本館活動的伊萊與只在西翼徘徊著的鄭泰義根本就沒有什麼機會能碰上彼此。

儘管是因為不安，但對於每天都心跳加速地擔心著「今天會不會遇到對方、明天會不會遇到對方」的鄭泰義，反而感到有些失落。

「不過遇到他應該真的不是件好事？」

鄭泰義將雙手伸到長椅後方，靠在上頭仰望著天空。

或許，他們真的不適合見到面也說不定。這不單單是針對鄭泰義，對伊萊來說其實也是如此。

鄭泰義想起了那天當伊萊看見自己時，臉上的表情在頃刻間全都消失的模樣。隨後，那張稍稍皺起眉的臉還浮現了詫異的神情。在那當下，不僅是鄭泰義露出了看見不該出現在這裡的人的表情，對方也是如此。

後來，就算即使鄭泰義只是從遠處看見對方時，伊萊也每次都會看向他這邊。明明兩人對視了，對方卻沒有任何的反應。

「嗯……我真的搞不懂。唉，不過我什麼時候又搞懂過他在想些什麼了。」鄭泰義撓了撓自己的頭，咕噥道。

就在這個時候。

「請問你在這裡做什麼呢？」

有道說話聲從鄭泰義的身後，接近西翼左側的大門處朝他的方向靠近。

由於過於出神，導致鄭泰義連有人靠近的動靜都沒有注意到。鄭泰義在聽見對方的嗓音後，先是抖了一下，接著連忙坐好。

里夏德與鄭泰義之間雖然隔著一定的距離，但因為距離並不算遠，就算沒有特地提高音量也能順利交談。

「……啊。」

本該出聲向對方打招呼的鄭泰義下意識地冒出了簡短的驚呼聲。

今天早上，他才看見對方穿得整整齊齊地出門——而當鄭泰義睡眼惺忪地起床時，他也看見對方剛完成清晨運動，晨跑完走回西翼的模樣——，因此他完全沒料到自己竟然能在午餐前的這個時間點看見對方出現在這裡。

甚至對方也沒有穿著平時每天都穿在身上的西裝。明明幾個小時前看見里夏德時，對方是穿著西裝出門的，但此刻的里夏德卻換上了輕便的襯衫及棉褲。乍看之下，對方就像早上根本就沒有出過門一樣。

「我剛剛好像有看見你出門……看來你今天比較早回來啊。」

這麼說來，明明對方深知鄭泰義是隸屬於克里斯多夫那邊的人——在這個家中，唯一一個主張著鄭泰義沒有站在克里斯多夫那邊的人就只有鄭泰義自己而已——，卻依然用著始終如一的態度，既客氣又有禮貌地對待鄭泰義。

他果然是個很了不起，品行也十分高尚的人。

默默點著頭，向里夏德笑著搭話的鄭泰義在下一秒臉便沉了下來。

因為他看見里夏德的身後，有名男子正從西翼左側的大門處走了出來。

而此人正是鄭泰義不久前嘟噥著「遇見他對彼此來說都不是件好事。」的男子。

伊萊此刻站在階梯上，用皮鞋的鞋尖敲了敲地板，似乎在確認皮鞋的狀態後，才緩慢地從階梯上走了下來。

縱使鄭泰義就這樣與朝著里夏德走來的伊萊四目相交，對方卻沒有任何的反應。鄭泰義見狀也不動聲色地繼續盯著對方看。雖然他的心底還是忍不住默默地咕噥「真是個性糟糕的傢伙」。

「看來兩位還滿常……待在一起的嘛。」

鄭泰義將視線移回里夏德的身上發問道。而里夏德先是轉過身看向伊萊，接著詫異地挑起了眉頭。

「倒也沒有。他有他的事要忙，而我也有我的事要忙……就只有偶爾彼此要忙的事剛好一樣，我們才會交換一下彼此的意見。我想是因為你每次都剛好撞見我跟他待在一起的模樣，才會產生這種誤會。」里夏德聳了聳肩說。

而從容地走了過來的伊萊雖然聽見了兩人的談話內容，不過他也就只是默默地挑了挑眉，並沒有發表任何意見。

「這樣啊。」

鄭泰義點了點頭。仔細一想，對方說得也有道理。畢竟鄭泰義也就只有撞見過他們待在一起的模樣兩次而已。

伊萊穿著宛若在證券圈工作的俐落模樣朝兩人慢慢地走近。而鄭泰義至今依舊相當不習慣對方那副足以遮擋住眼眸中駭人目光的細框眼鏡。

敢出門就死定了。

明明當初講出這句話的人就站在面前，但對方現在卻緊閉著雙唇，一句話都不說。

即使如此，我還是得時時刻刻戒備才行。

暗自在心底這麼嘟噥著的鄭泰義硬是將視線移到里夏德的身上。要是一直跟伊萊對視，感覺會演變成一場互瞪競賽。

「不過我幾個小時前好像才看到你出門而已，沒想到你這麼快就回來，甚至還換了身衣服。」

「啊啊，因為我也差不多要去幫孩子們上課了。」

「孩子們——啊，里夏德也有在教他們嗎？」

「比起教，我頂多就只是陪著他們一起玩而已。由於他們各個都是既聰明又可愛的孩子，所以跟他們相處在一起時，總是特別開心。」

眼看里夏德邊說，眼中還流露出了溫柔的笑意，這也不禁讓鄭泰義再次確信對方絕對是一名品行高尚的人。一想到兩個多小時前，那名露出了不耐煩與厭惡神情走向本館的某人，兩人瞬間高下立判。

瞥了一眼時鐘後，現在也差不多是克里斯多夫教完孩子們，準備要回來的時間點。想必克里斯多夫的課程結束之後，接下來就換里夏德了。

「那你是負責教什麼的呢？」

「哈哈，我還沒有厲害到能用『教』來形容。我只是跟他們分享與人際關係、協商和交涉相關的話題罷了。」

這些主題的確很適合交給里夏德負責。雖然鄭泰義不知道是誰想到要請里夏德來教孩子們這些主題的，但他可以確定的是對方選對人了。

鄭泰義就這樣默默地凝視起眼前露出溫柔笑容的里夏德。

這麼一看，兩人是真的非常像。除了五官之外，就連表情也像是一個模子印出來似的。

「？我的臉上沾到了什麼東西嗎？」

或許是鄭泰義盯得太久，里夏德先是微微地瞪大雙眼，接著尷尬地笑著摸了摸自己的臉。而鄭泰義見狀連忙擺了擺手。

「沒有，我只是在想你們父子真的長得好像喔。」

「啊啊，你見到奧利佛了嗎？」

里夏德沒有露出絲毫疑惑的神情，馬上就笑著反問。看來對方應該是時不時就能聽見這種話，因此才能瞬間就反應過來。

不過鄭泰義也能理解為什麼大家都會冒出一樣的想法。下一秒，他想起了不久前看見的里夏德的兒子。

當克里斯多夫去本館教導孩子們的時候，鄭泰義正在享受著一個禮拜之中，唯二可以悠哉地喝著啤酒看書的時光。殊不知沒過多久，他便被突如其來的一通電話叫去了本館。因為克里斯多夫叫鄭泰義幫他把需要的書帶過去給他。

克里斯多夫與孩子們在本館二樓西側盡頭的一間舒適小房間裡。

踏進克里斯多夫提前告訴他位置的房間裡後，包含了克里斯多夫，總共有六雙眼睛一同地看向了鄭泰義。

鄭泰義也停下了準備踏進房內的步伐。

或許是因為孩子們都是在良好的環境下、吃著美味的食物，以及在愉悅的氛圍中長大，每個看上去都是十分乖巧可愛。孩子們坐成了半圓形，而圓形的正中間則是站著克里斯多夫。對方此刻正靠在桌子上，看向了鄭泰義的方向。

「這個畫面也太適合被畫下來了吧。」鄭泰義邊說邊將手中的書遞給了克里斯多夫，「雖然你們本身就已經好看到像是一幅畫了。」

孩子們在看見突然出現的陌生面孔後，縱使露出了好奇到不行的表情，但還是乖乖地坐著，沒有問出心中的疑惑。

由於幫忙送完書就直接離開也有點奇怪，因此鄭泰義便決定要稱讚眼前的孩子們。他的雙眼雖然看向了孩子們，口中的話卻是對著克里斯多夫說的。

「怎麼每個孩子都長得這麼漂亮又帥氣啊，是不是因為從小就在良好的環境下長大才會這樣。」

「因為家裡有錢，大家都只挑美女當作自己的伴侶才會這樣吧。」

在聽見克里斯多夫毫不猶豫地用冷漠的語氣講出這番話之後，鄭泰義露出錯愕的表情看向了對方。就算對方的話有著一定的道理，但克里斯多夫真的有必要當著孩子們的面講出這種話嗎？

這個傢伙果然不正常。他對一般常識的認知跟普通人完全不一樣。

鄭泰義背過身，朝著克里斯多夫皺起眉頭，並無聲地喊了句：「喂！」

「就算真的是這樣，你也不要當著孩子們的面講出這種話啊！」

克里斯多夫在聽完鄭泰義用著宛若螞蟻在爬的音量說出的話語後，先是露出不知道在想什麼的表情凝視著鄭泰義的臉，接著倏地嘆了一口氣，並以平淡——以及不管孩子們到底會不會聽見——的語氣開了口。

「鄭泰義，你好像誤會了這些孩子。你覺得這些孩子看上去幾歲？是不是至少也十幾歲了？在這個年紀，提前學習著這種特殊領域的孩子真的會是你印象中的『孩子』嗎？」

克里斯多夫似乎是連解釋都嫌麻煩，就這樣緩慢地說著。

縱使克里斯多夫這次的話也有著一定的道理，但鄭泰義還是用眼神叫對方閉嘴，並且緩緩地轉過頭打量起了孩子們。

在看見坐在自己身後，拚命使眼色偷笑著的可愛面孔後，鄭泰義這時才意識到克里斯多夫說得沒錯。

就算每個人之間多少有著些許的差異，不過他們無一不是聰明的孩子。他們不但知道要怎麼做才能獲得對方的歡心，也知道要是被對方發現了自己的目的，要怎麼做才能安然無恙地好好收尾。

對這些年幼的孩子來說，要怎麼樣才能獲得大人們的歡心或許是他們本能的生存技能。

「你是克里斯多夫的朋友嗎？」

以可愛的嗓音率先打破沉默的孩子是坐在最右邊，同時也是最認真觀察著鄭泰義的小女孩。

她看上去還真像香甜的奶油餅乾。

鄭泰義這麼想著，一邊朝對方點了點頭。

下一秒，站在一旁的克里斯多夫倏地露出奇怪的表情盯著他看。而鄭泰義在看見對方的表情後，同樣露出了奇怪的神情看了回去。

當他用眼神無聲地問出「幹嘛？」之後，克里斯多夫馬上又恢復成原先面無表情的模樣，並把頭轉向了另外一邊。

「我是第一次看到克里斯多夫的朋友！」

「我也是！我也是！」

「如果是跟克里斯多夫關係很差的人，那我倒是看過不少。」

「對啊，就像奧利佛他爸！」

「什麼『奧利佛他爸』，里夏德就里夏德啊。」

原先一直緊閉著嘴，瞪大雙眼默默觀察著鄭泰義的孩子們就像打開了話匣子般，你一言我一句地閒聊了起來。

「你們根本就不在乎這種事，少在那邊裝好奇了。就算扯這些有的沒的，上課時間也不會因此縮短。你們現在玩多久，我到時候就會增加多長的時間。」

一聽見克里斯多夫那淡然說出口的話語後，房間裡的孩子們立刻安靜了下來。

而鄭泰義則是再次露出錯愕的表情，並將視線移到孩子們的身上。隨後，他的視線停留在其中一名小孩的臉上。

他看上去怎麼這麼面熟啊。

還沒等鄭泰義在心底咕噥完，他便想起了這張面孔究竟是像到了哪一個人。

原來如此。奧利佛的爸爸就是里夏德，而里夏德的兒子則是奧利佛。

有一名長得跟里夏德一模一樣的男孩正乖乖地坐在位置上。無論是長相、表情、氛圍，甚至就連那雙拿著書的手看上去都跟里夏德一模一樣。

鄭泰義見狀不禁在想，或許里夏德小的時候就是長這樣吧。

「哇……」

鄭泰義不由自主地發出了讚嘆聲。

雖然父子之間長得很像並不是什麼新鮮事，可是像到了這種程度的話，難免會令人好奇奧利佛媽媽的基因究竟是跑去了哪裡。

那名男孩似乎也猜到了鄭泰義詫異的理由，淡淡地笑了起來。而對方笑起來的模樣看上去也跟他爸一模一樣。

「他們倆的個性截然不同。那傢伙的個性雖然糟到不行，但他兒子至少比他還要好一點。」同樣猜到了鄭泰義發出讚嘆聲的理由是什麼的克里斯多夫開口道。

然而當鄭泰義聽見對方那句漫不經心說出口的話語後，卻感到十分意外。

對於一名曾經說過因為奧利佛長得跟里夏德一模一樣，所以要好好教訓一下對方——縱使對方的原話不是這樣，不過言下之意的確就是如此——的人來說，鄭泰義很意外克里斯多夫現在竟然能說出如此正常的話。

從說出這句話的人是克里斯多夫，而聆聽著這句話的人是里夏德兒子的角度來看，那句「還要好一點」就算過度解讀成「非常善良」也沒有問題。

話雖如此，但鄭泰義還是相當不滿克里斯多夫當著孩子的面說出這些話，於是他便用眼神無聲地喝斥了對方，接著摸了摸奧利佛的頭。

「但我也喜歡你爸爸哦。」

無論那個傢伙再怎麼罵你爸都一樣。

鄭泰義不動聲色地將後面那句話吞回了肚子裡。而奧利佛聽完後則是溫順地笑了起來，「謝謝。」

奧利佛就連道謝的嗓音聽上去也像個小大人似的。

然而站在一旁的克里斯多夫在聽見兩人的對話後，馬上就沉下了臉，冷冷地說：「你趕快回去。」

「無論是你還是里夏德，我都持中立的態度，不會去偏袒任何一方。」

縱使鄭泰義連忙皺起眉頭解釋，但克里斯多夫的表情卻還是十分冰冷。

驀地，一旁的少年就像意識到什麼般，微微地垂下頭並笑了起來。鄭泰義一看見對方那靦腆的模樣，忍不住歪起了頭。

「怎麼了？發生了什麼有趣的事嗎？」

「既然您剛剛說也喜歡我爸爸，那您應該『也』喜歡克里斯多夫吧。」

看來對方十分了解自己爸爸與克里斯多夫間那對稱的關係。

而鄭泰義在聽完少年說出口的話語後，便陷入了沉默之中。一旁的克里斯多夫同樣也安靜了下來。

隨後，鄭泰義瞥了克里斯多夫一眼，「對啊，我當然也喜歡他。」

雖然他有時候會欺負我。鄭泰義忍不住在心底又加上了這一句。

然而克里斯多夫見狀立刻皺起了眉頭，用力地拍打著鄭泰義的肩膀。

「我不喜歡你，你趕快回去，不要再妨礙並浪費我們時間了。」

在聽見克里斯多夫那句冰冷到令人無法繼續搭話下去的話語後，鄭泰義只能抱怨著：「你這個脾氣……」一邊邁開了步伐。不過，那群可愛的孩子也不忘向他道別。這讓鄭泰義頓時一掃剛剛的陰霾。

小孩嗎，有小孩感覺也不錯。

鄭泰義很喜歡小孩。無論是去朋友家、認識的人的家中，抑或是散步到一半經過公園時，他總是能跟小孩們玩得十分盡興。

無論是他們笑的模樣、哭的模樣、玩耍的模樣，還是吵架的模樣都能令他看得很開心。

不過，他卻從未想過要生一個屬於自己的孩子。雖然現在這麼一想，他不禁會幻想若是能生兩、三個孩子的話，那應該也不錯。然而平時的他並不會迫切地想完成這個目標。最重要的是，他現在的情況也已經無法生小孩了。

孩子們聚在一起的模樣還真是可愛啊。

一想到這裡，鄭泰義忍不住在想，若是可以有個跟自己長得一模一樣的孩子，那一定非常可愛。

「你應該很開心吧。」

鄭泰義不自覺地端詳著里夏德的臉嘟囔道。

「是啊，當然開心囉。」里夏德說出了宛若是寵子魔人般的臺詞，笑著繼續說：「他是個既健康又善良的孩子。縱使我跟我之前的太太分開了，但我還是很感謝她……對了，你還沒有結婚嗎？」

鄭泰義突然湧上了想打嗝的衝動，於是他連忙用拳頭揉了揉自己的胸口，「是的……」語畢，他忍不住瞥了一眼位於里夏德身後的伊萊。

伊萊像是注意到他的視線似的，先是挑起了眉頭，接著嘴角倏地勾起了一個微妙的弧度。不知道是不是錯覺，但鄭泰義總覺得那表情看上去就像在恥笑著他似的。

嗯？你竟然敢嘲笑我？

鄭泰義的心中猛地湧上一股怒火。

即使鄭泰義因為性向的問題，向來都跟「結婚」這兩個字沒有什麼緣分，可是被這樣嘲笑後，會火冒三丈也是人之常情。

「不過你身後的那位先生不結婚嗎？」

里夏德似乎是沒料到鄭泰義會問出這種問題，他先是瞪大了雙眼，接著露出有些慌張的神情轉過頭看向了伊萊。

「啊，可是他有另一半了。」

「……啊，是嗎？」

鄭泰義差點就要下意識地問出「什麼？」好險他有忍下這個衝動。下一秒，他便難以置信地直直盯著伊萊看。縱使伊萊根本就不是會因為視線而感到不自在的人，但還是露出一副「你看什麼看啊」的表情，皺起了眉頭。

鄭泰義先是用一秒的時間思索著「既然他有另一半，那幹嘛還把我困在家裡啊」接著又花一秒思索了「除了偶爾出差工作時會出門之外，一個整天都待在家裡的人是什麼時候偷偷有了另一半的」最後再花一秒的時間思考人生計畫「如果他跟另一半結婚，那我之後要搬去哪，又要靠什麼維生啊」。

伊萊就這樣垂眼凝視著默默點起頭並陷入沉思之中的鄭泰義，倏地瞇起了雙眼。於是，隨著三秒的思考時間結束，鄭泰義的腦中突然閃過一個可能性。

……啊，那個該不會是。

與此同時，他看見了伊萊作勢要開口的模樣。

啊、等等，你什麼話都不要說！你真的可以不用解——

「雖然我不知道他算不算是我的另一半，但反正我們已經同居了，我想你應該不需要擔心我之後會不會結婚。」

即使鄭泰義慌張地使眼色想要阻止對方，最後他那絕望的眼色還是以失敗告終。

伊萊冷靜地說出了那番話。

鄭泰義倏地就瘋狂湧上了想要逃到十萬八千里的衝動，但無法真的這麼做的他，最終就只能默默地往後挪了約一個手掌的距離。

「那還真的是件值得慶祝的事啊。」鄭泰義邊說邊垂下了頭。

不過這件事對那名跟他一起同居的另一半來說，真的是件值得慶祝的事嗎？鄭泰義的腦中突然閃過了這個疑問。同時，他還湧上了犧牲小我，完成大我的自豪感。然而那感覺僅僅只持續了一秒，隨即便又變得空虛了。

被夾在兩人中間的里夏德或許是沒注意到這微妙的沉默，他笑著繼續發揮寵子魔人的本領。

「因為他是這次繼承候補裡年紀最小的，我原本還很擔心他的狀況，不過幸好他好像跟其他孩子們處得很好。雖然他本來就是個跟朋友們都處得很好的孩子，但我現在才總算放下了心。」

即使里夏德看上去是個重感情又溫暖的人，可是沒想到他原來還是一名寵子魔人……

鄭泰義在心底這麼想著，嘴上還是附和了對方的話。

話雖如此，但他多少能理解對方以自己兒子為榮的心情。

孩子們永遠都是父母的心頭肉，更何況是一名這麼善良又聰明的孩子。

點著頭的鄭泰義突然想起了克里斯多夫。

那麼好看又聰明的人，肯定也是他父母眼中令人自豪的兒子吧——雖然克里斯多夫那糟糕的個性不禁令鄭泰義產生了懷疑，但至少在克里斯多夫小時候肯定是如此——要是克里斯多夫之後有了自己的孩子，想必那個孩子一定也十分惹人憐愛。

然而。

即使鄭泰義的腦中湧上了這種念頭，可是他仍舊覺得克里斯多夫之後會是孤身一人。

對方八成會用著那張面無表情的臉龐，以及對什麼事都提不起興趣的態度一直孤單下去。

「……若是有孩子的話。」

那他會不會改變呢？那股不知道源自於何處的危險感與不安感是不是也會消失呢？

然而鄭泰義並不這麼認為。克里斯多夫打從一開始，就跟一般人不一樣。可是鄭泰義卻始終想不透對方究竟是哪裡不同，以及為什麼會演變成現在這種情況。

鄭泰義就這樣一語不發地凝視著自己的雙腳。

「你想要孩子？」

就在這個時候，一道低沉的嗓音從不遠處響起。

而不小心恍神的鄭泰義這時才總算回過了神，並抬起了頭。此時，距離他幾步之外的伊萊正垂眼凝視著他。

「沒有。」

鄭泰義擺了擺手。看來他剛剛在想克里斯多夫的事情時，思緒不知不覺就流到那個方向去了。

「我沒有想要孩子，雖然我的確是不討厭小孩——」

「即使每個人的看法都不同，但我個人很推薦。」

里夏德突然插話說道。或許是一想到自己可愛的兒子就很開心，他的眼角滿是笑意。

「看來你之後不打算生孩子啊？」

里夏德在向伊萊提問完之後，就像意識到自己問了不該問的問題般，露出有些尷尬的神情。想必對方應該是想像不到伊萊身為人父的模樣。

對，我也完全想像不到。

鄭泰義偷偷瞥了伊萊一眼。

「差不多吧。」伊萊搖了搖頭，「我從來沒有想過這問題，因此也談不上什麼喜歡不喜歡的。」

「嗯，那跟你同居的那個人也是這麼想的嗎？要是兩人對生孩子的想法不一樣的話，之後可是會變得很麻煩喔。」

當里夏德在向伊萊搭話時，鄭泰義正沉浸在一種感慨萬千的情緒中。畢竟他不知道自己什麼時候還能看見伊萊跟其他人談論著如此日常的話題。

鄭泰義每次就只能聽見伊萊與其他人聊公事，又或者是國際情勢這種無趣又乏味的話題。因此當他看見伊萊與里夏德聊起了這種與日常生活有關的話題時，實在覺得既新鮮又感動。

也正因如此，鄭泰義沒有發現伊萊的目光曾經在他的臉上徘徊。

「孩子嗎……就算他說想要，我可能也……」

「哈哈，這樣下去，若他跑去找其他人生小孩要怎麼辦。像我認識的朋友就曾經發生過這種事啊。」

「跑去找其他人生小孩？……這我可不樂見。」伊萊緩慢地咕噥道。

此時，鄭泰義才總算注意到那兩人在聊些什麼。

無論到底想不想生小孩，除非他們各自找別的對象，這都是跟他們無關的事。

但要是說到結婚，如果有必要，那他們至少還可以去允許同性婚姻的國家登記——雖然一想到伊萊與人結婚，就讓鄭泰義湧上了一股極為強烈的不協調感——可是關於孩子，除了領養之外，便別無他法了。

不過縱使鄭泰義的確是很喜歡小孩，但這並不意味著他就想要擁有自己的孩子。

不管怎麼樣都好吧。鄭泰義這麼想著，撓了撓頭。然而，他現在出面說些什麼只會顯得奇怪，於是他便決定要閉上嘴，繼續保持沉默。

「比起讓他去外面找其他人生小孩，還不如……」

伊萊先是停頓了一會兒，接著便陷入了沉思。

徘徊在空中的視線再次移到鄭泰義的臉上，鄭泰義不由自主地感覺到一股涼意，開始搓揉起自己的手臂。

「雖然不知道得花上多長的時間，但我寧願一直試到他懷孕為止。」伊萊若無其事地補上了後話。

在看見對方沒有半點遲疑就說出那句話的模樣後，鄭泰義立刻僵在了原地。

他到底要試什麼？

就算試一輩子，鄭泰義也不可能真的懷孕啊？

忽然間，鄭泰義的腦海中浮現出了危險的畫面。他已經能想像到那男人說著：「就讓我們試到懷孕為止。」一邊朝他走來的模樣。

一股駭人的涼意倏地便從他的頭頂擴散至腳底。

「沒有，可是——你也得先詢問一下對方的意見啊。畢竟誰知道呢，或許你的另一半完全不想要孩子。」鄭泰義連忙加入兩人的對話之中。

在看見原先就只是靜靜地聽著，現在卻突然以不容忽視的氣勢發表著意見的鄭泰義後，里夏德雖然多少有些困惑，但隨即又點起了頭附和起鄭泰義的話。

而一旁直勾勾凝視著鄭泰義的伊萊則是露出了淡淡的笑容。

鄭泰義只能一邊安撫著自己那因為不安與恐懼而瘋狂跳動著的心，一邊點頭附和著：

「對啊，就是說啊。」

縱使里夏德在注意到鄭泰義的反應後，再次露出奇怪的眼神瞥了他一眼，不過隨即又像不想錯過這次的機會般對伊萊說：「不過，我聽說你跟其他人同居的時候，是真的嚇了一大跳。我從沒想過你竟然會遇到這樣的人。」

「還真巧，我也從沒想過這件事。」

「這麼一說，上次當我去你家的時候，竟然忘記叫你介紹對方給我認識了。那當我下次去的話，你再介紹一下吧。」

「好。」

聽著兩人之間那宛若普通朋友般的對話，鄭泰義卻感到如坐針氈。除此之外，由於不知道那兩個人什麼時候又會跳到一些駭人的話題，他懸著的一顆心也遲遲找不到機會放下。而正當他因為快要受不了，準備起身的時候。

「那我就先離開了……記得幫我向你可愛的兒子打聲招呼。」

「好啊，沒問題。啊，對了，我好像還不知道您叫什麼呢。請問您的名字是……？」

聽見里夏德的提問後，鄭泰義這時才意識到原來自己還沒向對方介紹過自己，更不用說是提及自己的名字了。可是兩人明明已經對話過好幾次，但為什麼還沒有說過名字呢？

正當鄭泰義思索著理由時——

「爸爸！」

啊，對，沒錯。就是因為這樣，所以我才一直找不到機會告訴他我的名字。每次要開口的時候，總是會突然有人出現並打斷我。

鄭泰義轉過頭看向了發出聲音的方向。

那名不久前才剛見過面，與里夏德長得一模一樣的少年正朝著他們的方向跑過來。而少年的身後還有三四名孩子正準備從本館的西側大門走出來。至於最後一個走出來的人，則是一看見他們就馬上露出不悅表情的克里斯多夫。

「你在這裡幹嘛。」

克里斯多夫就像把里夏德當作空氣，直視著鄭泰義走了過來。雖然克里斯多夫稍稍瞥了伊萊一眼，但那也就只是短短幾秒鐘的時間。

這麼一看，克里斯多夫與伊萊不但是朋友，甚至之前還曾經是同事。

「嗯?沒有啊，我只是在休息罷了。」

「把書拿給我之後，你就在這裡休息了兩個小時?」

鄭泰義陷入了沉默。要是他跟克里斯多夫坦承自己坐在這裡看著天空與地板發呆了兩個小時，不知道對方又會說出什麼難聽的話。光想像就覺得麻煩，於是他便搪塞道：「沒有，我有先回房間看了一會兒書，不久前才又出來的。」

「……本館二樓可以清楚地看到這個位置。」

在看見對方用冷冷的眼神說出這番話之後，鄭泰義先是瑟縮了一下，接著看向了本館。的確就如克里斯多夫所說，對方與孩子們剛剛所待的那間房間剛好面對著這個方向。

「呃……你看見了？」

「我一直在看你到底什麼時候才會消失。沒想到你就這樣呆坐在那裡，從頭坐到尾。甚至連鞋帶鬆開了都沒發現。」

「到底有什麼好看的啊，況且稍微恍神一下又怎麼樣了……」低聲咕噥著的鄭泰義倏地歪起了頭，「不過你看得還真是仔細啊。」

這才注意到自己的鞋帶鬆掉的鄭泰義連忙蹲下來，邊嘀咕著綁起了鞋帶。

但他卻猛地感受到了一道火辣辣的視線。抬頭一看，才發現伊萊此刻正直直地盯著他看。他的手指還輕輕地咚、咚地敲打著自己抱胸的手臂。

看到那傢伙擺出那副樣子，就會莫名覺得害怕。

而在繼續綁著鞋帶的鄭泰義上方，克里斯多夫此刻正用著冰冷的視線看向里夏德。

「你幹嘛招惹他，你是又想要什麼花招了。」

雖然克里斯多夫的語氣很平靜，但內容卻十分不留情面。縱使鄭泰義在後頭嘟囔起：

「沒有，我們就只是簡單打個招呼而已……」克里斯多夫卻故意裝作什麼都沒聽到。

「問個名字也算耍花招嗎？」里夏德若無其事地答道。

然而那張總是掛著笑容的臉龐此刻卻罕見的沒有笑意。即使表情看上去依舊既平淡又溫柔，可是眼神卻冰冷無比。

鄭泰義見狀也再次感受到了這兩人之間的關係究竟有多差。

「廢話。你是有什麼場合能叫到他的名字，幹嘛問啊？」克里斯多夫毫不遲疑地說。

不過里夏德似乎是不打算理會他，直接轉過頭看向了鄭泰義。

「所以，我該怎麼稱呼你呢？」

鄭泰義陷入了沉默。

里夏德此刻徹底地轉過了頭，面朝著鄭泰義。鄭泰義能透過對方的肩膀看見位於里夏德身後，彷彿在沉思著什麼般，盯著這個方向看的伊萊，以及一旁氣到額頭上都冒出了青筋的克里斯多夫。

即使現在的氛圍降到了冰點，但若是鄭泰義不回答對方的問題，里夏德肯定會陷入十分窘迫的情況之中。於是鄭泰義在咂了咂嘴後，便撓著頭開口道：「啊……我是鄭——」

「有夠倒楣的。」

克里斯多夫打斷了鄭泰義的話。

克里斯多夫用著跟當初說鄭泰義的名字聽起來很倒楣時一樣的語氣說出了這番話，還露出了與當時一模一樣的表情盯著他看。而鄭泰義見狀就只能張著嘴瞪向了對方。

他怎麼那麼愛找別人的名字的碴啊。

鄭泰義剛才張開的嘴巴再次咂了咂嘴。一股苦澀的氣息就這樣在他的口中蔓延。

「我是金……英秀。」

說出這個名字的時候，鄭泰義拚了命地避開視線，不想看往伊萊的方向。他既不想想像，也不想知道對方在聽見這個名字後究竟會浮現出什麼樣的念頭，露出什麼樣的表情。

過去那些苦澀的回憶就這樣在腦海中一一浮現。

對，之所以會突然改用這名字都是有理由的。不過仔細一想，這個名字也不算幸運啊。最後還不是被伊萊逮到了。

然而就算他將視線固定在里夏德的臉上，但視野的盡頭還是能看見伊萊微微撇過頭的模樣。或許是因為在偷笑，肩膀還小幅度地抖動了起來。

該死。

克里斯多夫一語不發地走到了鄭泰義的身旁。隨後，他轉過身面對著里夏德以及伊萊。在這個宛若在對峙般的情況下，似乎就只有鄭泰義一人對眼下的情形感到非常不自在。當眾人在沉默之中交換著視線時，不知道要看往哪裡的鄭泰義最後便將視線停在位於里夏德身後的伊萊身上。

他似乎還在思考著什麼。伊萊那張面無表情的臉凝視著克里斯多夫的同時，手指也緩緩地輕敲著胸前的手臂上。鄭泰義無法從表情中看出伊萊究竟在想些什麼。

不過眼下這個悲壯的場面看上去就好像是……

「二對二的死亡對決似的。」

鄭泰義不自覺地將腦中想法嘀咕出聲。

面對面對峙的兩個男人，還有站立在他們旁邊與斜後方，各自支持著他們的兩個男人。或許是因為周遭過於安靜，鄭泰義的說話聲變得格外響亮，沉著一張臉怒瞪著彼此的兩名男子立刻露出了微妙的表情。

克里斯多夫看上去就像是不小心把烈酒當成水喝下似的，錯愕地盯著鄭泰義看。里夏德雖然沒有那麼明顯，但也用著差不了多少的表情看著鄭泰義。只有伊萊一人將頭轉向了反方向。然而還是可以看到他的肩膀微微顫抖著。

鄭泰義先是咂起了嘴，接著無奈地聳了聳肩。正所謂覆水難收，不管他現在再怎麼懊悔也都來不及了。

「每次一見到面就氣成這樣，乾脆找個時間認真地吵一次架，來分個勝負……你們覺得如何呢？」

鄭泰義前面的那句話是看著克里斯多夫說的，而後面那句話則是對里夏德說的。語畢，鄭泰義還不忘又補上一句：「難道不行嗎？」

剎那間，現場陷入了寂靜之中。

若是有人願意開口打破沉默的話，那不知道該有多好。可惜每個人都不願意開口。

鄭泰義就只能尷尬地搓揉起自己的後頸。

「——在準備選出繼承人的前夕吵起來的話，這對里夏德來說沒有什麼好處。不過對早早就放棄繼承的克里斯多夫來說，應該就沒什麼差了。」

以緩慢的語氣打破沉默的人是伊萊。

伊萊往前邁出一步，當對方走到里夏德身旁時還不忘瞥了克里斯多夫一眼。

不知道為什麼，克里斯多夫這次竟然什麼話都沒說。

「如果真的要吵的話，就拿到底誰能繼承塔爾坦家來吵才有意思——可惜克里斯多夫提前放棄了這場競賽。要不然在那之前，這兩個人可說是不相上下。」

淡然說出這番話的伊萊先是抬起頭看著天空陷入沉思，隨後才將視線移到克里斯多夫的身上。

「現在這麼一想，我還是很好奇。你當初為什麼要放棄繼承？嗯，不過多虧了你來T&R，我倒是輕鬆了不少。」

「我爽就好，關你屁事。」克里斯多夫冷冷地說。

伊萊似乎不怎麼介意克里斯多夫那帶刺的態度，就只是點了點頭說：「也對。」

然而下一秒，他又再次發問了起來。

「不過在那之後就不曾回來德勒斯登過的你，為什麼會偏偏選在這個時間點回來呢……啊，關於這點，我好像能猜到答案。」

「里格勞，你很吵。」

「吵的不是我，而是你的耳朵吧。啊，不對，應該是你的腦子才對。神經病。」

鄭泰義聽著兩人以泰然的語氣毫不留情地辱罵著對方的模樣，默默地轉動起眼球。據他所知，這兩個人不但是朋友還是同事，因此他理所當然地認為兩人的感情很好——甚至他不久前才因為這件事震驚了許久——可是現在這麼一看，似乎又不是如此。或許那就只是謠言而已。

畢竟那兩人的個性都糟到根本就不可能交到朋友。鄭泰義在下一秒又猛地撇起了嘴。克里斯多夫的臉上沒有任何的表情。這不是平時面無表情的模樣，原先那對一切都提不起勁並感到乏味的神色早已消失不見，取而代之的是猶如幽靈般沒有任何表情的臉龐。

不過這個表情就只維持了一會兒。

面無表情怒視著伊萊的克里斯多夫在闔上雙眼並再次睜開之後，那張臉上便浮現出了厭煩的神情。隨後，一道毫不修飾的話語從他的雙唇中脫口而出。

「你就乖乖待在東翼就好，幹嘛要跑來西翼探頭探腦的。我不是已經跟你講過了，每次只要一跟你講話，就像還待在那該死的機動隊裡一樣。讓我很不爽。」

還沒等鄭泰義的腦中浮現出「看來他們真的不是朋友啊」的想法，便忍不住翻了個白眼。這樣看來，當兩人在那該死的機動隊——應該就是指T&R之前曾經短暫出現過的私人機動隊——的時候，該不會無時無刻都是這種一觸即發的氛圍吧？

鄭泰義現在多少能理解，為什麼大家老是說那個機動隊裡都聚集著一群最好是一輩子都不要跟他們扯上關係的人。

正當他猶豫著要不要趁現在趕快逃離現場時，倏地感覺到了有道視線停留在自己的臉上。

剛剛那五名孩子正坐在距離此處十幾步之外的長椅上，直勾勾地看往這個方向。為人師表，他們竟然還讓孩子們看見這種醜態。

「小孩都在看，你們也夠了吧？」

當鄭泰義稍稍移動了位置，擋住孩子們的視線並說出這番話後，一時之間，所有人的視線都集中在他的身上。

「看來你是真的很喜歡小孩啊。」

朝鄭泰義說出這句話的人是伊萊。而鄭泰義見狀馬上就陷入了沉默。

仔細一想，這個話題是地雷。他此刻最不該提起的便是這個話題。

伊萊在享受著鄭泰義冒著冷汗，思索著要怎麼回答的模樣好一會兒後——不排除伊萊是故意的——，伊萊緩緩地揚起嘴角的弧度。不知為何，鄭泰義總覺得伊萊雙脣間的白色犬齒看上去格外駭人。

「首先，不得不提的是，你對那群孩子產生了極大的誤會。他們絕對不是你想像中的那種『孩子』。」

「……看來你們兩個是真的很要好啊，竟然連說的話都這麼相似。」鄭泰義鐵青著臉咕嘰道。

一旁的克里斯多夫突然「嘖」了一聲。與此同時，那張總是面無表情的臉龐上也微微地發生了變化。皺起眉頭的克里斯多夫似乎是不想再繼續待在這裡似的，隨即便轉過了身。

「隨便你，反正你來這裡的理由就只是為了里夏德罷了。既然如此，你就少插手我的事。只要那傢伙不先招惹我的話，我也不會主動惹事。畢竟也只剩下不到一個月了。」

下一秒，克里斯多夫逕直地朝西翼的方向走去。在凝視著那挺直腰桿，不曾回過頭看一眼的身影好一陣子後，鄭泰義忍不住嘆了一口氣。

「好，既然我現在被歸類在克里斯多夫那派的人，那我似乎也該跟著一起消失了——之後若是有機會的話，那就再聊囉。」

鄭泰義在朝著伊萊與里夏德道別完之後，還不忘舉起手晃了幾下，接著便以輕快的步伐背過身。他現在只想逃離這個不是很愉快的氛圍，趕快回到房間裡一邊喝著啤酒一邊看書……

「金英秀——？」

走沒幾步，鄭泰義就聽見了身後傳來有人叫住他。

停下腳步後，鄭泰義先是猶豫了好一會兒，接著才緩慢地轉過身。他一邊露出一副「我現在只想趕快走」的不滿表情，一邊看向了叫住他的人——伊萊。

兩人四目相交。

鄭泰義能看見鏡片中那彷彿看不見盡頭的黝黑雙眸正在盯著他看。

「……」

他原先還想開口說些什麼，但想了想又作罷。就只是默默地凝視著對方。兩人對視的時間其實並不長，最多也就只有幾秒而已。可是鄭泰義卻覺得那段時間長到令他有種過了好久好久的錯覺。

隨後，那雙藏在鏡片底下的黝黑眼眸瞇了起來，嘴角也以緩慢的速度揚起一個弧度。

「下次見。」

* * *

意外就發生在當天晚上。

那天下午，鄭泰義一如往常的在克里斯多夫的書房裡忙來忙去。一直等到晚餐時間，他才拖著搖搖晃晃的身體走出了書房。

縱使他問克里斯多夫好幾千遍什麼時候才要還書，對方卻一直不願正面回覆。就算偶爾回覆了，答案也是「如果你想要我把書還給你的話，就好好完成我吩咐你做的工作」。

其實克里斯多夫吩咐的工作都不是一些多困難的事。就連整理書房也就只有第一次才比較找不到頭緒罷了，在那之後，鄭泰義的整理進度便大幅提升。雖然克里斯多夫偶爾會要求改變一下書房的構造，又或者是更改書架的順序，但這點程度對鄭泰義來說也還算吃得消。

除了這些，鄭泰義偶爾還會幫對方跑個腿，抑或是整理帳簿。

然而這種不知道什麼時候才會結束的苦難，以及沒有期限的希望往往才是最令人難熬的事。

「唉……算了，反正他遲早會還我吧。」

鄭泰義在嘆了口氣後，便拍了拍自己身上的衣服。

明明他已經將書房徹底打掃過了一遍，但灰塵還是會再次出現。每次只要在書房裡稍微整理一下書，雙手也會在不知不覺間變得髒兮兮。

而正當鄭泰義準備要離開書房，走到窗邊關窗戶時，他與正朝著這個方向走來的克里斯多夫四目相交。

每天下午只要沒有什麼事，克里斯多夫就會去騎馬繞個幾圈。想必對方現在應該是剛騎完馬，正準備要回來。

朝著位於西翼與本館後方的大型馬棚前進的克里斯多夫在與鄭泰義對視之後，便停下了馬。明明對方的手不曾移動過，腳看上去也沒有做出什麼明顯的動作，但克里斯多夫的愛馬還是適時地停了下來。

一看見這一幕，鄭泰義不禁感到十分訝異。

「難道可以跟馬溝通嗎？」

鄭泰義將雙手靠在窗邊，托著自己的下巴咕噥道。而不遠處的克里斯多夫見狀，則是微微地聳了聳肩。

關上窗戶，並去廁所簡單洗個手之後，鄭泰義才從書房裡走了出來。隨手拍掉身上的灰塵後，由於鄭泰義認為沒有必要特地回房間換件衣服，便決定要直接出發去飯廳。反正飯廳裡也不是什麼和樂融融的氛圍，就算他的衣服看上去有些污漬似乎也沒差。

而正當他準備下樓時，剛好遇見了進門的克里斯多夫。脫下手套的克里斯多夫在看見站在階梯上的鄭泰義之後，倏地挑起了眉頭。

「你換好新的位置了嗎？」

「嗯，大致上都換好了。現在只需要將各個書架裡的順序整理好就可以了。」

「好，那你吃完晚餐後就繼續去整理吧。」

這猶如惡魔般的傢伙。

鄭泰義一邊在心底咒罵，一邊怒視著對方。然而克里斯多夫就只是以漫不經心的表情走進了西翼。

「這破掉了，把它丟了。」

鄭泰義輕輕鬆鬆地接過克里斯多夫邊說邊丟過來的手套，接著開始打量起那雙深褐色的皮手套。可能是被類似於玫瑰刺的東西劃破，手套上有著些許裂開的痕跡。

「嗯……但是就這樣丟掉很可惜。」鄭泰義咂著嘴嘟噥道。

克里斯多夫見狀則是瞥了他一眼，「那你就把它修補好，自己戴啊。」

「倒也不用，我又不常戴手套。況且我也已經習慣幫別人把手套處理掉了。」鄭泰義一邊想著之後看到垃圾桶時要記得丟，一邊將手套收進口袋裡。

雖然最近這幾年沒有什麼機會，但之前還在UNHRDO當伊萊的校尉時，他幾乎每天得幫對方處理掉不要的手套。而其中自然不乏看上去沒有任何裂痕與破洞的正常手套。不過唯一的問題就在於，每次手套上都會被他人的鮮血浸溼而變得硬梆梆的。

其實鄭泰義一開始也曾經想過要手套洗乾淨再重新使用，可是後來便又作罷。畢竟伊萊每天丟掉的手套可不只有一、兩雙，再來一想到手套上或許還沾著某位亡魂的怨氣，他就決定還是直接丟掉了。

「……這麼一看，他在這裡也戴著手套。」鄭泰義就像現在才發現這件事情般地嘟噥著。

由於他當時被伊萊打扮得乾淨俐落又幹練的模樣嚇得不輕，沒有及時察覺，後來才注意到那雙手又再次戴上手套的這件事。

「看來他在家中都沒戴手套啊。」

聽見鄭泰義的自言自語聲後，克里斯多夫發問。

鄭泰義聳了聳肩，「嗯，我已經很久沒看見他戴手套了。」

看來每次當伊萊出門工作時，還是會習慣性地戴上手套。

鄭泰義原本還以為對方的個性已經改善了許多，但好像也不是這麼一回事。

「依照那傢伙的個性，就算是家人，他也不會輕易地放過對方。看來他最近過得滿和平的嘛。」克里斯多夫猛地咕噥了起來。

「嗯……」鄭泰義偷偷打量起對方的表情。而克里斯多夫在注意到之後，便以視線詢問鄭泰義為什麼要這樣盯著自己看。

「聽說你和伊萊是朋友，甚至還是兒時玩伴。」

「是誰說的？」

克里斯多夫馬上就皺起了眉頭。話雖如此，但因為對方的表情變化向來都不怎麼鮮明，不過相較於平常的面無表情，現在可以說是相當露骨地露出了不悅的神色。

「難道不是嗎？但我怎麼聽說你們小的時候都玩在一起啊？」

「我才沒有跟他玩在一起。我們就只是偶爾當大人們因為家務事聚在一起時，剛好會碰上面的程度罷了——啊，對了，如果用斧頭攻擊那些看不順眼的人也算是一種遊戲，那我們的確曾經玩在一起過。」

「……」

鄭泰義依舊記得，凱爾曾經語氣沉重地說過伊萊從小個性就比較特別一點……

在撓了撓頭後，鄭泰義忍不住咂起了嘴。

「也對，就算你們是兒時玩伴，這也不代表你們就一定是彼此的朋友。如果說小時候曾經玩在一起的人都算得上是朋友，那你跟里夏德不也是朋友嗎。」

鄭泰義語音剛落，克里斯多夫便凶狠地皺起了眉頭。他就像聽見了什麼一輩子都不想聽見的話語般，氣得眼角都銳利地抬了起來。

「我跟他才不是朋友！」

「……請你認真聽我剛剛講的話。我那句話的意思不就是說你們兩個不是朋友嗎。」鄭泰義下意識地往後退了一步，連忙解釋道。

克里斯多夫在緊皺著眉頭怒視了鄭泰義好一會兒後，才咂了一下嘴，再次邁開步伐。

克里斯多夫這次的反應明顯比鄭泰義說他跟伊萊是朋友時還激動。從克里斯多夫討厭被當作里夏德的朋友更勝於被視為伊萊的朋友來看，里夏德對克里斯多夫來說肯定有著非凡的意義。雖然那意義或許全都是負面的。

仔細一想，朋友跟仇人之間只不過就是一線之隔。

在漫長的歲月裡，若是累積了足夠的正面情感，那對方就是自己的朋友；反之，若是累積了足夠的負面情感，那對方便是仇人。

「你們是在奧利佛現在的這個年紀認識的嗎？」鄭泰義折起手指算著年份，疑惑地發問。

如果是這樣的話，那兩人也認識二十幾年了。倘若兩人在這二十幾年間只留下了不愉快的回憶，那現在之所以會這麼憎恨對方似乎也很合理。

步伐快了鄭泰義半步，走在前方的克里斯多夫毫不掩飾地表現出不快的情緒，生硬地說：「更小的時候。」

「哇……那你們真的認識很久了……我才在想里夏德小的時候是不是就長得跟奧利佛現在一模一樣。」

克里斯多夫瞥了鄭泰義一眼。那張原先凶狠得像是只要不小心掠過克里斯多夫身旁，就會被攻擊的臉龐稍稍放鬆了一點。或許是不想透過自己的嘴稱讚仇人的兒子，克里斯多夫的嘴角先是抽動了一下，接著才又咂著嘴開口。

「雖然他們長得很像，個性卻截然不同。從本質就不一樣了。他的兒子還算不錯……不過手足就更像了。」

後面那句話講得太小聲，鄭泰義聽得不是很清楚。只是隱約聽見了克里斯多夫說手足比兒子還要更像里夏德後，鄭泰義轉動著眼球發問。

「里夏德有兄弟姊妹？」

其實有兄弟姊妹說不上是件多值得震驚的事。畢竟鄭泰義就有一個哥哥，而伊萊除了有哥哥之外，甚至還有個妹妹。

不過宛若里夏德複製人的兒子都比不過兄弟姊妹的話，這也不禁令鄭泰義好奇起跟里夏德長得更像的弟弟或妹妹究竟又有多好看。

就在鄭泰義開始幻想起長得跟里夏德很像的女生——他先假定對方的手足是妹妹——究竟會是什麼模樣時，才猛地發現走在前方的克里斯多夫停下了步伐。於是他連忙跟著停了下來。

雖然差點就重心不穩地跌倒，不過幸好在撞上克里斯多夫之前，他就順利地停在原地。即使是在不可避免的情況下碰到對方，克里斯多夫似乎也會立刻瞪大雙眼揮拳過來。有驚無險地停在距離對方僅僅只有幾公分的位置上後，鄭泰義撇過了頭，看向克里斯多夫的對面。可是克里斯多夫的面前卻什麼東西都沒有。

「克里斯多夫？」

鄭泰義狐疑地喊了對方的名字。然而對方並沒有回話。

克里斯多夫呆站在中間樓梯的前方，直直地凝視著空無一人的階梯。乍看之下，對方就像是看見了過去的某段回憶似的。

倏地，克里斯多夫的唇色開始發紫，甚至還小幅度地顫抖。明明表情看上去就跟平時沒有什麼兩樣，但雙唇卻斷斷續續地痙攣著。

「克里斯！」

鄭泰義用著稍微低沉了一些，卻更清晰的嗓音再次喊了對方的名字。

因為剛好就在克里斯多夫的耳邊出聲呼喚，克里斯多夫在間隔了幾秒後，便緩緩轉過頭看向鄭泰義，嘴唇也不再抖動了。

「……好吵。」

「我肚子餓了。」

鄭泰義直視著克里斯多夫說道。或許是因為提不起勁，縱使本來沒有這個意思，但嗓音聽上去卻顯得有些無精打采。

而微微皺起眉頭，盯著鄭泰義看的克里斯多夫似乎是沒料到鄭泰義會突然冒出這句話，頓時露出一副詫異的表情望向鄭泰義。

可能是覺得克里斯多夫的表情很好笑，鄭泰義見狀忍不住噗哧笑了出來。而克里斯多夫一看見鄭泰義發笑，便立刻恢復成原先凶狠的表情。

「那你就去飯廳啊。」

克里斯多夫咂著嘴說出這番話後，便踏上了上樓的階梯。

鄭泰義抓著一旁的欄杆，朝對方喊道：「那你呢？」

「我洗完澡再過去。」

「你看上去又不髒，幹嘛搞得這麼麻煩。」

準備繞過樓梯平臺的克里斯多夫稍微停下了步伐。鄭泰義先是看向對方那皺著眉的表情，接著再看向克里斯多夫身上的那套騎馬服。

「……好吧，那你就去洗吧。我先去吃晚餐了。」

即使鄭泰義覺得穿著騎馬服吃飯也沒什麼差，可是克里斯多夫似乎是完全無法接受。不過仔細一想，對方是個每天早上都會在衣櫃前跟衣服大眼瞪小眼一個小時——實際上並沒有真的這麼久——的人，會這麼介意似乎也很合理。

一直等到走上樓的克里斯多夫的動靜消失之後，鄭泰義才總算朝著飯廳的方向走去。實際上，他也是真的肚子餓了。畢竟整個下午都待在書房裡搬動著那些藏書，肚子自然也餓得快。

「像這樣提前練好力氣，之後若是有什麼萬一，還可以去搬家公司工作……」

鄭泰義揉了揉在經歷好幾天的勞動後，漸漸變得不再痠痛的手臂。眼看手臂上的肌肉好像比之前還要結實了許多，心裡不禁有種自豪的感覺。

「沒錯，將身材練好之後，就可以吸引到眾人的……」

搓揉完手臂，還不忘用手掌拍了拍自己大腿的鄭泰義在踏進飯廳裡後，突然察覺到了飯廳內的氛圍與平時不太一樣。

「今天怎麼這麼安靜啊。」他一邊嘟噥，一邊抬起了頭。

但今天飯廳裡的人並沒有比較少。飯廳內的人數跟平時差不多，雖然每天見到的人或多或少會有些不同，但大致上都是固定的那群人坐在固定的位置上。

唯一比較有可能會一直空下來的位置就只有當本人不在時，就沒人敢坐的克里斯多夫及里夏德的位置。

鄭泰義打量起了今天格外安靜的飯廳內一圈後，將視線停在了最前方的空位上。就在那一刻，那隻搓揉著手臂的手也突然鬆開。

里夏德坐在那裡。

里夏德此刻正坐在位於克里斯多夫對面的老位置上，與身旁的人斷斷續續地聊著天及吃著飯。

不過對此刻的鄭泰義來說，里夏德在做什麼都不重要。他現在只看得見做在一旁與他對話的那個人。

果然，就算再看一次，鄭泰義還是因為那套不無法習慣的帥氣西裝而差點認不出來。但在這種場合，手上也依舊戴著的手套卻是這麼突兀。

伊萊。

他現在正坐在里夏德的身旁。

鄭泰義難以置信地眨了眨眼，一邊盯著他看，一邊走向自己的位置。途中好幾次差點被椅子跟花盆絆倒。

結果，一直等到踢翻一個花盆後，鄭泰義才總算回神坐進自己的位置。他隱約感覺到伊萊似乎瞥了他一眼，但他故意不往那邊看，只是瞪著自己的盤子。

「聽說克里斯多夫今天把書房內徹底換了擺設啊？我聽說那裡放了很多書，你一定很辛苦吧。」

早早就來到飯廳裡，並將盤中一半以上的食物都吃光了的約翰就像覺得鄭泰義很可憐似的說道。

「還好，畢竟這也算得上是一種運動嘛……」嘟噥著的鄭泰義倏地又安靜了下來。他先是凝視了盤子好一會兒，接著一邊用叉子戳著豆子嘀咕著。

「可是前面的那個人，那個坐在里夏德旁邊的……」

「嗯？啊。你是說狂人里格嗎？」

約翰似乎不是很想提及對方的名字，在停頓了一會兒後才又繼續答道。隨後，約翰皺起眉頭聳了聳肩補充：「聽說他從今天開始就要在這裡吃晚餐。」

鄭泰義再次用叉子大力的往分成兩半的豆子叉了下去，並瞪向無辜的約翰，「這麼重要的客人，為什麼不好好地待在東翼吃飯，要跑來這裡破壞大家和睦的吃飯氛圍啊！」

要是鄭泰義稍微冷靜一下，一定會反省自己說出了「和睦的吃飯氛圍」這種明擺著就是謊言的藉口，然而此刻的他卻連注意這種事的餘力都沒了。

這是什麼如坐針氈般的情況？

他還寧願對方直接跑到自己的房間裡怒罵「我叫你乖乖待在家，你竟然還敢跑出來？」畢竟他早早就做好了心理準備，這點程度的威脅他還可以牙一咬地承擔。

然而，那男人卻不知道到底在想些什麼，就只是露出耐人尋味的笑容以及閃著寒光的眼神盯著他看，沒有表現出想要對鄭泰義說些什麼的跡象。不，對方甚至還裝出一副不認識他的樣子。這也讓人更加害怕了。

他是想要讓人著急到心急如焚嗎……等等，或許這才是他真正的目的。

鄭泰義面色凝重地壓碎豆子，心裡思索著。

——下次見。

原來伊萊剛剛露出微妙笑容說出口的話是這個意思啊。

「今晚乾脆躲在那傢伙的房間裡，跟他講開一切算了……」

就算對方真的打算要殺掉他，此刻主動伸出脖子坦然面對還比較心安。與其像做了虧心事一樣戰戰兢兢，還不如先把脖子伸過去接受懲罰，心裡反而會舒服許多。

「可是我到底是犯了什麼滔天大罪啊……」

突然難過起來的鄭泰義猛地弄掉了手中的叉子。而一旁啃著肉的同時，還不忘觀察鄭泰義的約翰見狀冷靜地發問：「那個豆子到底是犯了什麼滔天大罪啊？」

「它早就死了！」鄭泰義拍打著早已被壓到認不清原貌的豆子，大吼道。

約翰啃咬著附在骨頭上的肉，咂著嘴說：「就算它已經死了，你也要替它留下全屍吧。這可是對生命最後的禮貌。」

「你要不要先把你口中的肉吐出來再說啊？」

語畢，鄭泰義看向了不停在約翰口中進進出出的骨頭。

坐在飯廳前方的某人曾經說過，有需要的話他會殺了鄭泰義並吃掉屍體。一想起那番話，鄭泰義就覺得正被約翰啃咬著嘎滋作響的骨頭顯得很不對勁。

在內心暗自為一、兩個禮拜前還活在這個世界上的家畜送上哀悼後，鄭泰義拿起了刀子。

「不過從你竟然也認識里格來看，看來那個人是真的很有名（famous）啊。」

「對啊，他的確很有名（notorious）。」

在聽完鄭泰義冷冷說出口的話語後，約翰開始大笑了起來。也不知道到底是哪裡戳中了對方的笑點，約翰就這樣含著骨頭瘋狂地笑著。不過約翰的確時不時就會因為一些荒謬的笑點而發笑。

「喂，雖然你不知道，但那個人現在可是變得像個正常人不少了。因為我們跟里格勞家的關係很好嘛，所以每次有什麼需要慶祝或是慰問的事情時，不是他們家來找我們，要不然就是我們家去找他們。那個人小的時候可是連話都不會說……可是你看他現在，光看外表是不是很正常？」

約翰笑著朝鄭泰義靠了過去，而他邊說還邊將骨頭指往伊萊的方向。或許是突然想起了過去那段陰暗的往事，約翰在重重地嘆了一口氣後，還搖起了頭來。

「他小時候是怎樣？難道他的額頭上寫著『我是危險人物』這樣嗎？……不過這樣反倒還比較好。那種一看上去就是個瘋子的人的確好過善於隱藏的瘋子。畢竟這樣我們才有辦法避開啊。」鄭泰義沉悶地嘟噥著。

若是他可以看見未來，打從一開始，在事情發展成這樣之前，他就不會在叔叔的房間裡接起那傢伙打來的電話。不，要是他在接起電話後，有察覺到那雙白皙的手有多不尋常，他肯定會立刻掛斷電話，逃得離叔叔的房間越遠越好。

雖然現在說這些都已經太晚了……

（然而當他將這遲來的後悔講給叔叔聽的時候，對方就只是嗤之以鼻地否定：「早在集訓第一天，你在餐廳裡拿槍指著里格的頭時，這一切就已經無法挽回了。況且你當時明明也知道對方是個瘋子，為什麼還做那種事。」由於無法反駁，鄭泰義當時就只能閉嘴接受著叔叔的嘲諷。）

「不，在我的印象之中，那個傢伙小的時候因為還不太會控制力道，每天都穿著沾滿血的衣服。因此大家才會一看就知道他是個危險人物。不過在他稍微懂事，手段也變得更加心狠手辣，就會處理得很乾淨，不讓鮮血濺到衣服上。」

「……」

突然喪失胃口的鄭泰義停下了準備將壓碎的豆子放入口中的動作。

想必對方使手段變得更加心狠手辣與進步的結論就是戴手套吧。仔細一想，比起每天丟掉一件衣服，丟手套的確更經濟實惠一點。

「總之他現在看上去就很正常啊。可憐的是那些什麼都不知道就接近他的人。」

「嗯……」

不知道該說些什麼的鄭泰義只能靜靜地喝著湯。而一旁的約翰在拿起了新的肉塊後，不忘繼續嘟囔著。

「大家總說，毒性越強的事物就越華麗並顯眼。看來這句話是真的啊。看他打扮得這麼得體的模樣，想必一定有很多女人追著他跑。」約翰用著嫉妒的語氣控訴道。「現在的人啊，不能因為只看臉就直接跟對方交往，這樣可不行啊。誰知道會不會不小心就碰上了那種傢伙？」

鄭泰右耳進左耳出地聽著約翰的話，面無表情地喃喃道：「是嗎？我不太清楚。但我看到有男人從頭到腳都細心打扮過的話，反倒會對對方有所顧忌。」

「我曾經對我三名女性朋友做了抽樣調查，結果顯示女生們百分之百會喜歡穿得好看的男人。你不覺得這個概率很嚇人嗎？」

「我覺得只調查了三個人就強調百分之百概率的你更嚇人……」

鄭泰義有些哭笑不得，卻又感嘆地說道。然而約翰看上去並不怎麼在意。

不知道是不是錯覺，但鄭泰義總覺得從剛剛開始就有一道炙熱的視線停在他的身上。雖然因為有點害怕，不敢看向那道視線的源頭，不過他很確定一定有人在盯著自己看。

該死，我今天晚上真的得跑去那傢伙的房間裡，任由對方宰割嗎……

比起留下遺書，鄭泰義打算要先打給凱爾——在將心底針對凱爾的埋怨徹底宣洩完之後——，接著再去找伊萊。而這麼想著的鄭泰義直接拿起了盤子，喝光了盤中的番茄湯。

就算他幸運地保住了小命，肯定也會有三、四天無法正常地活動。一想到這裡，鄭泰義瞬間又變得無精打采了起來。

「除此之外，根據我的調查，女生們百分之百更喜歡厚實的。」

還在自顧自講述著什麼的約翰在說了一句：「這我只告訴你一個人喔！」便壓底嗓音說：「百分之六十六點六的人喜歡又大又飽滿的，百分之三十三點三的人雖然不追求一定要大，但比起小的，她更傾向於大的。換句話說，女生們實際上都只喜歡大的！」

不要只拿三個人的意見來以偏概全啊……

然而鄭泰義沒有仔細聽約翰到底在說些什麼，有點跟不上對方的話題。

眼看鄭泰義露出一副「你在說什麼？」的表情盯著自己看，約翰鬱悶地咂著嘴，再次說道：「就是那裡啊，那裡！」

一直等到看見對方用大拇指指向私處的模樣，鄭泰義這時才總算反應過來對方在講些什麼。

「啊，原來是指那裡啊……也對，大部分的人似乎都這麼認為。不過那又怎樣？」

因為想不透他們之間的話題怎麼會變成在探討受女生歡迎的條件，鄭泰義只能疑惑地反問。不過約翰僅僅只是瞇起雙眼，直勾勾地盯著鄭泰義看。

鄭泰義見狀下意識地抖了一下，並自我防衛了起來，「事先說明，我的尺寸可不小。」

偶爾在國外與其他國籍的人談論到這種話題時，總是會感受到對方的偏見。他們往往認為東方人的尺寸肯定比歐美人還要小。

據鄭泰義所知，以平均來講這的確說不上是完全錯誤的見解。可是身為男人，被人以「你一定很小吧？」的視線盯著看，依舊還是會覺得不太愉快。

然而約翰似乎不是這個意思，對方連忙擺了擺手，「沒有，我沒有這麼想。我跟你說，里格那個傢伙之所以會受到這麼多女生的歡迎，可不單單只是因為外貌，最主要還是因為他的那裡。」

「……」

這次的話題是真的令鄭泰義頓時喪失了胃口。

而偏偏鄭泰義的叉子上還正好叉著烤松茸，這讓他一語不發地怒視起手中的松茸。

「那個傢伙的那裡，聽說超大又超嚇人的。我的其中一名親戚剛好在UNHRDO的歐洲分部裡工作，而里格之前也曾經待在那裡過。那裡就只有公共浴室，所以親戚親眼看過他的下體。據說他的尺寸就跟前臂一樣長。正因如此，他在歐洲分部裡可是被視為傳說呢……欸，不過你的松茸看上去怎麼這麼大又可口啊。」

「……給你吃。」

鄭泰義直接將整隻叉子都遞給了約翰。而一隻手拿著肉塊的約翰見狀先是瞪大雙眼地問說：「哦，真的嗎？」接著便毫不猶豫地笑著接下。

鄭泰義羨慕地看著沒有任何邪念，開心吃著松茸的約翰，默默地喝起了水。

「所以說人不能只看他人的外貌就交往，最重要的還是個性！要不然一不小心交錯了對象，人生可真的會完蛋啊。」約翰用著滿是嫉妒的語氣說道。

然而約翰前幾天才因為說了「交往時最重要的是臉，第二重要的還是臉，最後仍然是臉」的這種話，而差點被坐在附近的女生們拿刀砍。

「哇，果然烤松茸不管是何時何地吃，都是這麼美味。」

鄭泰義在凝視了滿意地咕噥著的約翰好一會兒後，嘆著氣地從位置上起身。

「……我要先上樓去休息了。」

由於喪失胃口，累積了好幾天的疲倦也突然一起湧上，這使得鄭泰義只想要趕快回房間躺在床上休息。他就這樣搖搖晃晃地離開了位置。

鄭泰義不懂，為什麼人類沒有能力具體想像已知的現實呢？

舉例來說，當必須完成的工作期限近在眼前時，明明知道不趕快完成，之後肯定會很辛苦，卻因為無法具體想像那種痛苦，結果往往都得等到真的迫在眉睫時，才會咬著牙、流著淚水地被工作追著跑。

鄭泰義明知今晚去找伊萊，把頭伸進那傢伙嘴裡要求快點做個了斷，肯定會十分痛苦，而且他分明也知道那種痛苦，卻發現無法想起「實際到底會多痛苦」了。

沒事的，我不是已經熟悉得差不多了嗎。現在只要狀態好的話，結束時也不至於太過難受。

然而鄭泰義今天的狀態並不好，況且他們也已經有好一陣子沒做了。

一想到這裡，鄭泰義心想既然對方裝出了不認識自己的模樣，那就算他繼續維持著跟對方劃清界線的關係似乎也沒什麼差。

「今天的松茸又大又新鮮，甚至還很多汁。真的會讓人忍不住一口接一口。」

「……」

「你怎麼不吃這麼好吃的東西啊？嗯？你已經要走了？」

鄭泰義朝約翰背過了身。

雖然只是時間點的問題，但若是繼續跟約翰聊下去，鄭泰義總覺得會轉變為精神上的拷問。

正當鄭泰義像剛剛走到自己的位置上時，跌跌撞撞地準備朝著門口走過去，他突然與剛好轉到這個方向，正在跟侍者說話的里夏德四目相交。

「我記得你好像剛剛才進來，這麼快就吃完了嗎？」

對方用著依舊溫柔的笑容向鄭泰義搭話。

對周遭的每一個人都這麼細心關照，難怪里夏德的人緣會這麼好。

鄭泰義一邊在心底感嘆，一邊點了點頭。然而他之所以會喪失胃口，這都得多虧於坐在里夏德隔壁，彷彿現在才注意到鄭泰義的存在般，用著漫不經心的視線看向他的男人。

「好吧，你的臉色看上去很糟。趕快回去休息吧。」

在朝親切地擔心著自己身體狀況的里夏德微微點頭後，鄭泰義準備要悄悄地從兩人的身後經過，往門的方向前進。

而就在他經過伊萊的身後時。

「你的臉色看上去真的挺糟的。我看你跟約翰的關係挺好的，怎麼不叫他攙扶你回去？」

那道嗓音宛若是一隻手，就這樣緊緊地抓住了鄭泰義的後頸。

鄭泰義在轉過頭看向伊萊後，瞪大雙眼地問道：「你……怎麼會認識約翰。」

伊萊啼笑皆非地瞥了鄭泰義一眼，「就像這個男人對我的家族成員瞭若指掌一樣，我自然也很熟悉塔爾坦家裡的每一個人。況且在我們小的時候，我還曾經跟約翰聊過幾次。雖然已經是二十幾年前的事了。」

仔細一想，的確如此。

現在坐在這間飯廳裡的年輕人們，廣義來說就都是朋友。當然，其中肯定也不乏反對這個觀點堅決主張「我絕對不想聽到有人說我跟他是朋友」的人。

「這麼一看，現在不在位置上的克里斯多夫似乎也很罕見地對他產生了好感。」伊萊朝著對面的空位自言自語道。

而坐在一旁的里夏德則是露出意外的神情，看向伊萊並露出微妙的笑容。

「從你竟然會擱下別人說出這種不是很重要的話來看，看來你也很罕見地對他產生了好感。」

「在你眼裡看起來是這樣嗎？」

伊萊「哈」一聲地笑了起來。

伊萊就像聽見什麼可笑的玩笑般，就這樣發出了短暫的笑聲。隨後，伊萊用著新奇的目光望向鄭泰義。

「嗯……能在這個家中看見東方人走來走去的確是件很神奇的事。也讓我想起了那個被我留在家中的傢伙。」

如果是局外人的話，那鄭泰義可能會馬上吼出「少騙人了！你怎麼可能會冒出這種有人情味又充滿感情的想法」，但因為無法置身事外，因此他實在無話可說。

而里夏德就像看見了什麼很新奇的景象般，微微地瞪大雙眼，並露出微笑看向伊萊，

「看來在沒有見到面的這幾年裡，你也變了呢。」

在兩人對話的同時，身為對話中心卻無意中尷尬地停在那裡的鄭泰義，先是靜靜地嘆了口氣，接著揉了揉僵硬的後頸。

「如果你們想說的話都已經講完，那我就先走了。」

鄭泰義原本還想說要是他們這次又攔住自己，他就要當場翻桌——阿爾塔說得沒錯，翻桌就只有第一次是困難的——，不過里夏德就只是簡單說了句：「好，你趕快回去休息。」便結束了。而伊萊則是連看都不看他一眼。

4

CHAPTER

里夏德與克里斯多夫

如坐針氈般的情況依舊持續著。

在大部分的情況下，鄭泰義都抱持著「早死早超生」的想法。既然遲早都要發生不好的事，那他寧願早點經歷那個痛苦，早點結束一切。畢竟他很討厭戰戰兢兢等待著事情爆發的感覺。

當然，如果是可以想辦法打迷糊仗就結束的事，他自然會想辦法讓自己全身而退。可是對於早就定好的事實，鄭泰義認為速戰速決才是上策。而他向來也都是以這種方式在處事。

正因如此，他現在的理性不停地高喊著「比起戰戰兢兢地等死，你還不如先去找那傢伙把事情講開」，反正最糟的情況只不過是喪命，繼續待在這裡擔心著未來也不能解決問題。再者，無論鄭泰義再怎麼樂觀，他都不認為伊萊會一語不發地就這樣帶過這次的事。

因此，他原本是打算要趁今晚躲進東翼，與伊萊來一場——單方面的——談判。

——我跟你說，里格那個傢伙之所以會受到這麼多女生的歡迎，可不單單只是因為外貌……那個傢伙的那裡，聽說超大又超嚇人的。

約翰的嗓音不停地在鄭泰義的耳邊迴蕩著。

「他少騙人了……要是有女生看到伊萊的那一根還敢繼續扒著他不放的話，我就跟他姓。」鄭泰義咬牙切齒地咕噥。

幾年來，就連已經跟那傢伙做了各種該做跟不該做事情的他，也是到最近才總算沒那麼痛苦。而這可是他流著血淚，在努力與毅力的堅持下好不容易才迎來的成果。

如果回到當初，再次給鄭泰義選擇的話，他絕對會高聲呼喊：小的比較好！

比起承受那種駭人程度的凶器，他還寧願選擇大小雖然有點可惜，但對身心來說都比較友善的男根。

「……就算現在裝傻，不斷地拖延時間，到時候等到真的要把事情講開的時候，他的大小也不可能突然變小啊。無論是現在受苦，還是未來受苦，結果還不是都一樣。再怎麼說，他也不可能因為說出『敢出門就死定了』而真的殺了我吧……啊，對了，我還沒打最後一通電話給凱爾……」鄭泰義抓起自己的頭髮，不停地嘟噥著。

要是有人撞見他現在的這副模樣，可能會認為他的腦袋出了什麼問題。然而對深陷苦惱之中的鄭泰義來說，他早已無心在乎這些了。

他此刻正坐在位於西翼前的長椅上。

在結束了有吃跟沒吃一樣的晚餐之後，他便躺在房間的床上，將全身都躲進了被窩中，陷入了苦惱。隨後，由於腦中猛地浮現出「早死早超生」的念頭，才導致他在衝動之下跑到了外面。

可是當他走出房間，吹了吹涼爽的晚風後，腦袋頓時又冷靜了下來。與此同時，約翰那句猶如詛咒般的話語也變得越來越清晰。

就在鄭泰義猶豫著是要回房間，還是要直接跑去東翼時，他選擇待在位於兩者之間的長椅上陷入沉思。然而不管他怎麼想，他都得不出一個像樣的結論。

隨著夜色越來越深，周遭也變得既寧靜又昏暗。

雖然戶外燈離長椅有段距離，所以無法照亮附近這一帶，但無論是本館、東翼抑或是西翼的大部分窗戶都開著燈，所以還不至於伸手不見五指。就算有人經過，也能隱約看清對方是誰。

鄭泰義偶爾還能看見遠處有零星出來晚間散步的人前往整頓得很好的中庭，又或者是樹林的身影。

要去東翼嗎？要抱著有可能被折磨到只剩半條命的覺悟——如果對方真的要殺他的話，就算不知道可行性有多高，但鄭泰義還是打算先逃跑再說——去找伊萊嗎？還是要秉持著世事難料的精神，裝死到最後一刻呢？反正那傢伙也不是我自首就會幫我減刑的人。

「這裡的圍牆從午夜至凌晨五點都有高壓電。」

剎那間，有個與此刻的情況不知道有什麼關聯的情報突然打斷了鄭泰義的思考。

彎著腰坐在長椅上，雙手緊抓著頭髮的鄭泰義見狀便抬頭看向了沒有一絲動靜就走過來的來人。實際上，早在他聽見那道既低沉又冷漠的嗓音時，就已經猜到來者是誰了。

「克里斯多夫。」

「除此之外的時間點雖然可以安全地爬上圍牆，但因為警衛巡邏得很頻繁，所以還是要小心一點。不過從裡面爬到外面的警戒照理來說應該會比較鬆散。可是問題就在於，你要用什麼手段翻過那個高五公尺的圍牆？」

克里斯多夫仿若在念課文般，用著漫不經心的語氣流暢地說完後，坐在了鄭泰義的身旁。兩人之間還隔著只要不是故意，就算是揮舞著雙手也碰不到的距離。

「圍牆？」

在看見鄭泰義茫然發問的模樣後，克里斯多夫就像覺得鄭泰義很奇怪似的瞥了他一眼。

「你不是在考慮要翻牆逃跑嗎？我還以為你在苦惱著要怎麼逃離里格。」

克里斯多夫應該是誤以為鄭泰義是為了要躲避伊萊，才會從柏林逃到了這裡。殊不知又很倒楣地在這裡撞見伊萊。

在聽見對方那有一半猜對，有一半猜錯的推測後，鄭泰義嘆了口氣並搖了搖頭。

「我只是苦惱著在這種情況下，是不是早死早超生才是唯一的解答。」

克里斯多夫歪著頭，望向鄭泰義，「我不知道你們之間發生了什麼事，但若是簡單被揍個幾拳就能結束的事，那提前受苦其實也沒差。不過若是需要賭上性命的事，那我覺得先避開會比較好。」

克里斯多夫這次的猜測明顯精準了許多。

身為曾經跟伊萊共事過的人，想必克里斯多夫也很了解縱使只是個不起眼的失誤或過錯，都有可能引發伊萊的殺意。

「雖然我並不覺得他會殺了我……要是他真的打算殺掉我，我也不可能乖乖地任由他宰割。就算不知道能不能成功，還是得先想辦法逃跑。」

「……」

克里斯多夫陷入了短暫的沉默之中。就像在思考著什麼般，抬頭仰望夜空，接著靜靜地說：「在那種不得不逃跑的情況下，由於非逃不可，所以你肯定會拚了命地逃跑，使出了吃奶的力氣。可是……跑著跑著，當你認為應該甩掉了對方，回頭查看時，你覺得會看見什麼？」

「……你剛剛不是才安慰我說可以翻牆逃走嗎？」

鄭泰義連忙抹去腦中瞬間轉變為恐怖片的畫面，不滿地發問。而克里斯多夫的回答也相當簡潔。

「我只是很好奇你會怎麼翻過高五公尺的圍牆罷了。」

「………大半夜的，你怎麼會跑出來？」

鄭泰義決定不如換個話題算了。至少他不久前就已經認知到這個世界上沒有人是站在他這邊的。

既然現在已經跟克里斯多夫聊起來了，他似乎也沒時間與機會去找那傢伙了。一想到這，鄭泰義的心情倏地放鬆了下來。他決定今天還不用去東翼找對方攤牌。

「因為頭很痛。」

克里斯多夫滿不在乎地說。而鄭泰義見狀則挑起了眉頭。

「一直待在房間裡，就會不停地在我的腦子裡吵我。不久後，一定又會很快頭痛。」

似乎是只要一想到那件事就會變得很焦躁似的，克里斯多夫咂著嘴。然而語氣卻輕鬆到彷彿在講一件稀鬆平常的事。

鄭泰義抹去了臉上的表情。他就這樣直勾勾地盯著對方那張隱藏在黑暗之中，只能隱約看見輪廓的側臉。

最近這段期間，由於時不時就得幫克里斯多夫處理雜事，因此不管鄭泰義想不想要，他都得待在克里斯多夫的身邊觀察對方。

倏地，鄭泰義想起了克里斯多夫把藥當作餅乾在吃的淡然模樣。雖然對方常常念叨著「現在就連這些藥都沒效了」。但克里斯多夫卻還是像習慣般地吞下止痛藥，並且隨時隨地帶著裝滿的藥罐。

「是誰一直在你的腦子裡吵你。」鄭泰義靜靜地問。

而克里斯多夫就只是微微皺起了眉頭，「嗯……因為有很多道嗓音混雜在一起，所以我也不知道那個人到底是誰。不過腦中又吵，頭又痛的，我也不想細聽。」

「那他們對你說了些什麼。」

克里斯多夫這次並沒有答話。

克里斯多夫似乎是在回想著那些人究竟說了些什麼，將視線移到半空中。隨後，他猛地「嘖」了一聲，拿出了口袋裡的小型隨身藥盒。就像在吃著糖果似的，發出了「咯吱咯吱」的聲響。好像每到晚上，克里斯多夫頭痛的症狀就會加劇。

「你有去諮詢過嗎？」

鄭泰義同樣將視線移到了半空中，若無其事地問道。

或許是覺得殘留在口中的藥味過於苦澀，克里斯多夫朝長椅後吐了口口水後，使用平靜的語氣回答：「嗯，我有做過詳細的檢查，但醫生說我很正常，叫我去看身心科。」

「然後呢。」

「因為對方一直在說一些廢話，我覺得很不爽就直接殺了他，最後也沒有得出結論。」

在嘟囔完那句不知道是玩笑話還是真心話的話語後，克里斯多夫再次因為嫌藥太苦而吐了口口水。

「那這個症狀是從什麼時候開始的？」

「你接下來是打算要問『平時有沒有使用會產生幻覺的藥物？』跟『這種症狀會發生得很頻繁嗎？』嗎？」

「嗯……如果你願意告訴我你是因為醫生的哪個提問而殺掉那名醫生，那我會停在前一個問題就好。」

克里斯多夫瞥了鄭泰義一眼。然而他看上去並不打算回答鄭泰義的問題。比起忌諱，克里斯多夫更像是已經對這個話題感到厭煩似的。

鄭泰義也閉上了嘴巴。明明他沒有吃藥，口中卻出現了一股苦澀的味道。

到此為止，不能再繼續追問下去了。

鄭泰義直覺地知道，他最多能前進到哪裡，又是何時得踩煞車退開。

那條界線同時也代表著他最多所能承受的極限。

在他的界線裡，已經有個瘋子佔據了大部分的位置，分量大得離譜。他早已沒剩下多餘的空位。而那僅剩的位置也就只能支撐他前進到這一步而已。

他無法為了增加空間而趕走那名瘋子。隨著這幾年的時光流逝，生活的進展，他早已經有了確立的優先順序。

……況且如果鄭泰義當初沒有這麼想，或許他就會直接任由對方將自己生吞活剝，消失在這個世界上了吧……

根據叔叔的說法，鄭泰義屬於在大部分的情況下都是順應體制的人，可是偶爾的偶爾，卻會在令人意想不到的地方展現出反骨一面的類型，然而鄭泰義本人並不這麼認為。

不，在決定性的瞬間，就算得卑躬屈膝來換取自己的生命，我也願意。

不過即使如此、即使在某個剎那情勢有可能被徹底顛覆，他對眼前這名男子的接受範圍也就僅此而已。

「你啊……似乎真的是伊萊的朋友。不但偶爾會喪失人性，還總是露出一副岌岌可危的模樣，同時又充滿著不安……」鄭泰義就像嘆息般地咕噥道。

他可以感覺到身旁傳來了一絲怒氣。

雖然因為四周昏暗，看得不是很清楚，可是他很確定那張宛若雕像般的臉一定露出了十分不快與賭氣的表情，還用冰冷的眼神瞪著自己。

不用特地轉過去看，就能猜到對方的反應了。倘若今天換作是其他人講出這番話，或許克里斯多夫還會二話不說就直接拿刀割下對方的舌頭也說不定。

這麼一看，兩人還真的是天壤之別。

站在克里斯多夫對立面的里夏德總是維持著既親切又溫暖的模樣，臉上也始終掛著笑容。就算有人講了什麼難聽話，里夏德也不會對對方做出出格的事。對方就是個成熟又和善的人。

「可是，比起里夏德我更喜歡你……這樣說出口，好像變得很奇怪……總而言之，雖然沒有必要拿你們兩個人來比較，但我還是更喜歡你。」鄭泰義望向什麼都看不見的夜空咕。

其實只要他稍稍一抬頭，便能看見頭頂上的夜空。可是今晚的夜空除了有幾朵白雲之外，幾乎看不見任何的星光。

而在間隔了一段時間後，克里斯多夫倏地開了口。

「但我不喜歡你啊？」

「……」

其實鄭泰義並不期待對方會說出「我也喜歡你」這種話。甚至也不期望聽見對方這麼說。要是真的聽到那種化，說不定還會後悔說出剛才的真心話。

可是即使如此，對方怎麼可以這麼不留情面地說出那種話。

「在此之前，有件事你得先學會才行……」

也不知道是不是因為周遭的環境太過糟糕，鄭泰義的附近充滿著缺乏常識，也不知道該怎麼與其他人正常相處的人。雖然每個人的程度都不太一樣，但鄭泰義的腦中馬上就能浮現出好幾名人選。不用說其他的地方，光是鄭泰義曾經待過的UNHRDO裡就存在著許多在正常與不正常間徘徊的傢伙。

或許開一間常識補習班，意外地能賺大錢也說不定。畢竟他四處都能遇到需要學習常識的人。更不用說在鄭泰義所不知道的地方，一定還遍布著許多能夠被歸類在這個範疇裡的人。

不過思索到一半，鄭泰義便又打消了這個念頭。

就算他真的開了常識補習班，那些該來的人八成也不會來，而來的都是一些即使不來也沒關係，充滿著常識——同時還十分謹慎——的人。因為那些缺乏常識的人，往往都不會認為自己缺乏常識。

一想到這，思緒暫時飄向遠方的鄭泰義連忙搖了搖頭，打起精神。隨後，他先是嘆了一口氣，接著冷冷地說：「這跟你喜不喜歡我無關。反正我說的又不是那種要互相喜歡才能成立的關係。我真正想表達的是……唉，我也不知道。總之，就是這樣。」

該死，整天說別人，我才該去上口才訓練班吧。

話說到一半，舌頭就開始打結的鄭泰義最終只能乖乖地閉上嘴。早知如此，他剛剛就不要開口講話。鄭泰義苦澀地咂起嘴。

兩人之間的沉默就這樣持續了好一段時間。

而率先打破沉默的是克里斯多夫，以及對方那有些低沉的嗓音。

「可是我不喜歡你啊……」

「知道，我知道。」

鄭泰義一邊想著要不要開設一對一的常識課程，一邊朝對方擺了擺手。

縱使兩人之間隔著一定的距離，不過克里斯多夫一看到有隻手在自己的身邊晃來晃去，馬上又坐得離鄭泰義更遠了一點。

鄭泰義看著克里斯多夫那不允許任何人碰到自己的老毛病，以及缺乏常識的個性，不禁更擔心起對方。

「可是我不喜歡你。」

克里斯多夫用著低沉的嗓音再次重複了一遍。

鄭泰義張開雙唇想說些什麼，但想了想卻又作罷。

雖然這可能只是錯覺，但他好像從對方低沉的嗓音中聽來似乎有些惋惜與不安。配上克里斯多夫那漠然的神情，鄭泰義不禁覺得好笑，就這樣笑了出來。

而克里斯多夫在注意到鄭泰義的反應後，便以微妙的表情撇過了頭。

「有趣嗎？」

「嗯，很有趣。」

「……跟我在一起很有趣？」

「對啊，跟你在一起很有趣。」

鄭泰義笑著回答了對方的每個問題。

克里斯多夫嘆了口氣，然後再次靜靜仰望什麼都沒有的虛空。即使鄭泰義看不清楚對方的表情，但他總覺得克里斯多夫會像平時一樣，露出一副既無聊又沒有任何情緒波動的臉。

「那你來我這裡啊。」

「好啊，我去你那……嗯？」

回答到一半的鄭泰義猛地意識到有哪裡不對勁，轉過頭望著對方。只不過克里斯多夫並沒有看向鄭泰義，而是繼續凝視著夜空下的某一處，用對一切感到乏味的語氣緩慢地喃喃著。

「你的苦惱說到底不就是想要擺脫里格嗎。」

「……我有這樣說過嗎？」

鄭泰義詫異地反問。而他臉上的笑意也頓時變得苦澀了起來。

他苦惱的理由既與克里斯多夫的那句話有關，卻又無關。他想擺脫的其實就只有伊萊即將出現的暴行而已。

「就像我之前說的那樣，我可以去跟里格談。那傢伙不但不會執著於任何事物。再者，即使是他所珍惜的東西，只要給予相對應的報酬或利益，他往往也會很乾脆地答應。我所擁有的東西裡，應該有很多都是他想要的。只要你想要的話，就可以待在我的身邊……就算那傢伙拒絕，我也可以用強硬的手段逼迫他。剛好我這陣子都沒有打場像樣的架，正煩惱著筋骨都變得不靈活了。總之，只要你想的話……我可以幫你這個忙。」

克里斯多夫用著「這是特別施捨給你的特權」般的語氣說完後，還不忘補上了一句：

「你不要的話就算了。」

鄭泰義有些恍惚地望著對方。

雖然他之前就曾經湧上過類似的念頭，不過這好像真的是來自克里斯多夫的難能可貴的好意。尤其在考慮到對方平時的行事作風後，這絕對是他人難以想像的巨大善意。

「沒有，比起要或不要……」鄭泰義支支吾吾地撓了撓後頸。

在克里斯多夫的推測下，有個關鍵的部分猜錯了。然而要主動去糾正那個錯誤實在是過於尷尬，因此鄭泰義就只能將想說的話再次吞下肚。

不過與此同時，鄭泰義的心底倏地冒出了一個疑問。

強硬手段。換句話說，便是以暴力或強制的方式來解決。克里斯多夫剛剛之所以會這麼說，應該就代表著他有信心可以打過伊萊？

鄭泰義試想了一下伊萊與克里斯多夫對峙的畫面。

……從外觀上來說，克里斯多夫明顯柔弱了許多。雖然從另外一個意義來看，克里斯多夫有著一張比任何人都還要有魄力的臉龐，可是適合那張臉蛋的是花朵，而不是拳頭。

至於個性，即使類型不太一樣，但兩人都可以被歸類在很不正常的範疇裡。

這樣看下來，要比的應該就是肉體力量與戰鬥技術了……

打從鄭泰義出生以來，他幾乎都待在男人堆裡。家中大部分成員都是男性之外，國、高中念的也都是男校，甚至之後還進到了軍校就讀並入伍。退役他又去了UNHRDO，而在離開機構之後，他緊接著就來到了柏林——他身邊唯一的女性只有再過幾年就七十歲的麗塔——

鄭泰義是個從小到大都在男人堆裡打滾的人。甚至從軍校時期開始，他就一直待在以打架與戰鬥為主的環境裡。正因如此，他見識過無數擅長打鬥的男人。而其中，他認為沒有人能比伊萊還要更善於打架。

無論是迅速又簡潔的方式，還是激烈又複雜的手段，沒有人能像他那樣熟練地透過戰鬥獲得想要的東西。

就算不是克里斯多夫，鄭泰義也很難想像這個世界上會有其他人有辦法打倒伊萊。

「……若是使用強硬的手段，你有辦法打倒他嗎？」

縱使鄭泰義並不是看扁克里斯多夫，卻還是忍不住疑惑地嘟噥了一句。克里斯多夫則是立刻皺起了眉頭。在沉默中惡狠狠看過來的冰冷眼神彷彿正在無聲質問著「你那句話是什麼意思」。

「沒有，我也不是不相信你。」鄭泰義連忙舉起自己的雙手解釋道。

而克里斯多夫在用危險的目光怒視了鄭泰義好一會兒後，突然撇過了頭。鄭泰義一看見對方那動作快到甚至發出風聲的動作，忍不住再次笑了起來。

就在這個時候。

「你還真是過分啊。怎麼可以對隻身一人就創造出歐洲殺戮戰場的人說這種話呢。」

那是一道似笑非笑，既低沉又冰冷的嗓音。

當人開始倒楣的時候，果然會一直不停地倒楣下去啊。

鄭泰義這麼想著，一邊以飛快的速度回想自己剛剛說了些什麼。

該死，我說了什麼啊？有沒有說出會讓那傢伙更不爽的話？感覺好像有，怎麼辦，越來越不安了……最後好像提到了「強硬手段」之類的話題。

就在鄭泰義思索著的同時，那名男子也從簡易塔的方向走了過來。就算沒特地轉過身去，鄭泰義也能從對方的嗓音，以及那緩慢的步伐認出是誰。

「你這偷聽的嗜好還真是……」

鄭泰義皺起眉頭，瞥了身旁一眼。

克里斯多夫維持著凝視半空中的動作，一動也不動。對方就像睜著眼睛睡著似的，表情沒有任何的變化。只是漠然地稍微停頓了一下，嘟噥道：「來了？」

鄭泰義尷尬地撓了撓頭。

他從沒想過會在這個地方撞見對方。

東翼離他們有好一段距離。況且他們現在坐的位置還剛好正對著東翼，可以清楚地看見進出那裡的人。因此他一直以為伊萊還待在東翼裡。

「你怎麼會從那裡走——」

正當鄭泰義有些賭氣地說著，轉過頭看向聲音的方向時，他卻倏地安靜了下來。

伊萊已經走到了距離他們只剩下十幾步的地方。雖然因為背光看不見對方的臉，但鄭泰義可以看見一道熟悉的身影正從那個方向朝這裡走來。不過那道熟悉身影的肩膀上，卻多出了一個猶如巨大腫瘤般的物體。

那是個比伊萊腦袋還要大的腫瘤。

「哦？你的肩膀上……」

還沒等鄭泰義把話講完，那個腫瘤便動了起來，「請放我下去！」

一直等到聽見了那道稚嫩的聲音，鄭泰義這時才反應過來原來有個小孩坐在伊萊的肩膀上。

伊萊在輕鬆地抱起孩子並放到地板上後，原先出現在對方肩膀上的突出也跟著一起消失。

「克里斯多夫，克里斯多夫也是出來看流星嗎？」孩子雀躍地朝這邊走了過來。

透過西翼開著燈的窗戶所映照出來的亮光，鄭泰義才認出了對方是誰。那人正是奧利佛，縮小版的里夏德。

克里斯多夫在看見孩子後，微微地皺起了眉頭。不過隨後又再次恢復成對一切都感到乏味的表情，並搖了搖頭，「我連有流星的事都不知道。」

「啊，聽說今天會出現流星雨哦……可是天氣看上去好像不是很好……」開心說到一半的奧利佛先是停頓了一會兒，接著便看向空中說道。由於夜空中充滿著零星的雲朵，連一般的星星都看得不是很清楚。

克里斯多夫先是以不悅的表情垂眼望著男孩，接著又瞥了天空一眼。不久後，克里斯多夫就這樣凝視起了遙遠的夜空。

「……啊。」

鄭泰義不由自主地咕噥了一聲。

因為這道咕噥聲，導致克里斯多夫短暫地將視線移到他的身上。一旁的奧利佛也看向了鄭泰義。鄭泰義只好連忙擺了擺手，示意沒事。

他突然意識到，克里斯多夫說不定其實很疼奧利佛。

……雖然從對方那不情願又冰冷的表情來看，這或許只是鄭泰義的錯覺罷了。

鄭泰義撓了撓因為狐疑而歪起的頭。接著他猛地感覺到有道盯著自己看的視線，轉過了頭。

伊萊站在不遠處的位置上，直勾勾地盯著他看。不知道是不是錯覺，但鄭泰義總覺得對方的視線異常尖銳並刺人。

仔細一想，他還有個疑問還沒解開。一個不知道該說是疑問，還是吃驚的疑惑。

「……為什麼是你在帶他啊。」

在聽見鄭泰義充滿著懷疑的問句後，伊萊微微挑起了眉頭。隨後，伊萊就像不解有哪裡不對勁似的答道：「因為里夏德拜託我照顧他。他原本今晚是要陪他兒子一起看流星雨，但突然有急事要去本館一趟，所以才託我幫忙照顧他兒子到他回來。」

鄭泰義闔上了嘴，看向伊萊剛剛走來的方向。那裡有連接著本館與西翼的小型塔樓。塔頂還能清楚看見一座遼闊的空中花園，無論鄭泰義怎麼看，那個地方肯定都比平地還要更適合觀星。可是……

一想到里夏德竟然敢把如此可愛的兒子交給那傢伙幫忙帶，說不定他是個比想像還要大膽許多的人物。除此之外，伊萊竟然會讓男孩坐在自己的肩上，這點也令鄭泰義感到十分震驚。

「伊萊，沒想到你竟然還有這麼溫柔的一面。還讓孩子坐在自己的肩膀上。」鄭泰義看著對方偷偷地咕噥。而伊萊就只是一語不發地望向鄭泰義。

伊萊那道陷入沉思之中，同時還不忘直勾勾盯著鄭泰義臉龐看的視線相當冰冷。即使連早就習慣這種眼神的鄭泰義都還是會感到膽怯。

隨後，結束思考的伊萊緩緩地開了口。

「如果你珍惜自己的生命，最好是不要再用那個名字叫我，金英秀。」

「……好，我會注意的，里格勞。」鄭泰義靜靜地答道。

伊萊在繼續凝視了鄭泰義好一會兒後，便將視線移到隔著一段距離的奧利佛身上。過了幾秒，伊萊就像突然想起什麼般地發問：「我讓小孩坐在肩膀上有這麼奇怪嗎？」

在聽見對方那句帶著些許笑意的話語後，鄭泰義瞬間用荒謬的眼神看著他。雖然很快就收回了那道視線。

縱使伊萊是個很反常的人，但鄭泰義向來都覺得對方十分了解自己的為人。然而似乎不是這樣。

「……你之前有做過這種事？」

「沒有，今天是第一次。」

「我想也是。」

鄭泰義搞不清楚對方今天到底是吃錯了什麼藥，但在他的既定印象之中，會慈祥照料小孩的伊萊．里格勞根本就是個根本無法存在的幻象。

對方此刻垂眼看向奧利佛的視線裡也看不出任何的慈祥，甚至一絲溫暖。伊萊看上去就只是把奧利佛當作一個任務似的。

里夏德這個人果然器量很大。即使只是短時間，但他竟然敢把自己的兒子交給這種男人帶，那種膽魄實在不得不讓人佩服。

「雖然不知道你為什麼會願意讓孩子坐在你的肩膀上，但那畫面看上去倒也滿不錯的。」

縱使那畫面突兀到十分嚇人，但這也只是因為鄭泰義太了解伊萊這個人。如果換作是不認識伊萊的人，或許只會覺得是年輕又帥氣的爸爸慈祥地帶著兒子出來玩也說不定。

伊萊似乎隱隱約約地笑了一下。隨後，對方朝著這個方向走來。而對方那道看不出任何情緒的微妙視線不禁令鄭泰義微微地瑟縮了一下。

當伊萊經過鄭泰義的面前時，稍微放慢了腳步，但馬上就又繼續往前走去。伊萊朝著不遠處正在用冰冷的嗓音和奧利佛說著什麼的克里斯多夫走去，趁經過鄭泰義面前時，短暫地看向他，低聲耳語：「如果你想要，我也可以每天都在你的體內射滿我的精液，直到你懷上孩子。怎麼樣？」

「……」

在瞥了一眼下意識抖了一下並後退的鄭泰義後，伊萊緩慢地從鄭泰義的面前走過，低聲笑了。「你們不覺得我也滿適合父親這個角色的嗎？」

伊萊愉快地邊說，邊走向了克里斯多夫與奧利佛。克里斯多夫見狀嗤之以鼻地撇過了頭，而奧利佛則是一語不發地笑著看向他。

鄭泰義頓時覺得，他這輩子似乎都無法理解伊萊究竟在想些什麼了。

在搓了搓立刻冒起雞皮疙瘩的手臂後，鄭泰義惡狠狠地瞪向伊萊的後腦杓。若是可以，他真的恨不得馬上找顆小石子來砸對方的後腦杓。

鄭泰義就這樣獨自一人坐在長椅上，想盡辦法遺忘剛剛所聽見的話。

就在這個時候，奧利佛突然嘟噥了一句：「哦，爸爸！」並往本館的方向跑去。

里夏德此刻正從遠處本館正門的階梯上走了出來。當奧利佛一跑過去，里夏德也立刻就認出自己的兒子，笑著張開了雙臂。

正當鄭泰義遠遠地看著父子倆的身影時，伊萊倏地冒出了一句不知道是講給誰聽的低語。

「你們之後講話得再更謹慎一點。」

心虛的鄭泰義見狀先是瑟縮了一下，接著轉過了頭。

伊萊此時正用著若無其事的表情看著遠處的父子，臉上露出似笑非笑的型慣性笑容。鄭泰義在瞇起雙眼凝視了對方一會兒後，苦澀地咂著嘴說：「看來塔樓上聽得見我們的說話聲啊？」

「那裡可以清楚地看見是誰坐在下面，至於說話聲……我是在確認過底下有誰之後，走下來才聽見的。」

鄭泰義再次想起剛剛想到一半就被他拋到腦後的問題。在伊萊來之前，他跟克里斯多夫到底聊了些什麼？

眼看里夏德父子漸漸朝著他們的方向走來，伊萊再次壓低了嗓音，「克里斯，你不要真正該要的東西就算了，但也不能覬覦不該想的東西，你說是吧？」

「你說我？」

克里斯多夫皺起眉頭。他就像聽見了什麼不好笑的玩笑般，看向伊萊。

「連自己想要什麼都不知道的傢伙，就不要起這種無謂的貪念。」

「我不知道你在說些什麼。」

三人之間只剩下既冰冷又平靜的對話聲。

在這期間，里夏德與奧利佛正朝著這邊走了過來。鄭泰義感受到身旁兩名男子微妙又險惡的氣氛，忍不住咂嘴道：「現在又是怎麼回事？」

以冷冷的表情，淡然笑著望向奧利佛的伊萊嘴角輕微地抽動了一下。似乎是對克里斯多夫的回答感到不悅，眼神逐漸變得更加冷峻。

「現在的氣氛好像越來越糟……你們兩個幹嘛。」

鄭泰義試圖要緩和氣氛，然而兩人卻持續保持著沉默。

伊萊緩慢地將視線移到克里斯多夫，直勾勾地凝視著那張沒有表情，猶如雕像般的臉。

隨著對方的雙唇輕輕一動，一道低沉又危險的嗓音也隨之湧出。

「你至今都沒有宣洩過自己的痛苦吧。」

「……」

「無論你要去哪裡抓著誰哭訴，我都不在乎。可是你得好好地挑選對象。不准動那傢伙，去找其他人吧——不過究竟會有誰願意接受你嗎……」

最後那句話伊萊講得非常小聲。聲音細微到幾乎就快聽不見的程度。

不過鄭泰義的表情立刻變得僵硬。

縱使對方警告的對象不是自己，而是克里斯多夫，但那些話聽起來格外讓人毛骨悚然。大概是因為克里斯多夫臉上的表情頓時消失了。

克里斯多夫靜靜地望向中庭。對方就好比是個人偶，沒有做出任何的反應與動作，僅僅是默默地眨著眼。克里斯多夫好像沒有把伊萊的話聽進耳裡，既沒有看向伊萊，也沒有回答任何一句話。

對方似乎是覺得這一切都很厭煩並乏味，就這樣呆站在原地。

然而克里斯多夫的臉色十分蒼白。那張隱藏在黑暗之中的臉龐沒有半點血色。而站在克里斯多夫身旁的伊萊則是低頭凝視著他。

在某個瞬間，伊萊才短暫地勾起嘴角，並彎起如冰般的眼眸。

「伊——里格勞。」

鄭泰義生硬地看向了伊萊。

雖然他搞不太清楚，但他很確定伊萊戳中了埋藏在克里斯多夫心底最深處的某個部分，伊萊本人也清楚地知道這個事實。不對，或許打從一開始，對方就是故意這麼做的。

伊萊冷冷地看向鄭泰義。

還沒等鄭泰義開口，伊萊就率先搶過了發言權：「我把話說在前頭，我不會放過那些礙事的人。更不用說是那種搞不清楚到底什麼時候該插手，以及搞不清楚分寸的人。金，我勸你最好把這件事牢牢地記在腦子裡。」

鄭泰義闔上了嘴。

那雙直視著他看的雙眼，不再是伊萊，而是里格勞。這就好像鄭泰義也不再是鄭泰義，而是金英秀一樣。

敢出頭就死定了。

如果今天換作是其他人，那對方肯定必死無疑。

那麼他呢？

一想到這裡，鄭泰義只能抓著自己越發冰冷的心臟，擠出根本就沒有絲毫笑意的笑容。振作一點，我現在是金英秀。必須完全獨自負擔自己所有的行為責任，不應該期待對方的同情或是寬容。

鄭泰義望向了克里斯多夫。

他就像什麼事都沒發生過，若無其事地站在那裡。既沒有看向鄭泰義，也沒有看向任何一個人。就只是臉色蒼白地凝視著空中。

於是，三人之間瀰漫著危險的沉默。

一直等到奧利佛再次朝這個方向跑了過來，這陣沉默才總算被打破。而跟在奧利佛身後的里夏德在看見兒子奔跑著的模樣後，便露出溫暖的笑容。

就在這個時候。

「……啊，流星……」

奧利佛倏地瞪大雙眼望向了空中。他拚命地抬起自己的下巴，試圖要追尋那顆出現在零星雲朵之間又消失的軌跡。

「爸爸，你有看到嗎？」

奧利佛興奮地轉過了頭。原先出神望著夜空中發亮的眼眸，隨即便又移到了里夏德的身上。

里夏德笑著點了點頭。

「只要再等一下，肯定就會有更多的流星落下。不過若是天氣可以放晴的話，那就更好了……」

里夏德有些擔憂地望向空中，接著又將視線移回兒子的身上。然而下一秒，他臉上的笑容卻頓時消失。

來回看著天空與里夏德往前奔跑著的奧利佛沒有注意到自己正在朝僵在原地的克里斯多夫跑去。

「喔……呃啊！」

還沒等奧利佛看見彷彿是要阻止他的去路般呆站在原地的克里斯多夫，他整個人就撞上了對方。由於失去平衡，踉蹌著的奧利佛反射性地抱住了克里斯多夫的腰來保持平衡。

「啊……對不……」

正當奧利佛驚嚇地抬起頭並道歉時，就在這個剎那。

猶如靈魂被困在體內的雕像般，一動也不動地呆站在原地的克里斯多夫猛地改變了神色。就像觸電似的，既蒼白又失去光彩的眼眸倏地張大了。原先本就白皙的臉龐變得更加白皙，雙唇也瞬間痙攣。

在不知不覺間，在還搞不清楚是怎麼回事的情況下，克里斯多夫就一把推開了奧利佛。

克里斯多夫彷彿看見了什麼巨大又噁心的蟲子黏在自己的身上，先是全身抖了一下，接著毫不留情地把環抱住自己腰際的小小身子甩了出去。

「……！」

這是轉眼間就發生的事。

沒有人來得及阻止，也來不及出聲，克里斯多夫便以極其危險的動作將少年的身體甩了出去。

而好不容易以抱著克里斯多夫的腰際來找回平衡感的奧利佛在瞪大雙眼並發出驚呼聲的同時，身體也飛出了好幾公尺之外。

碰。

奧利佛先是一屁股跌坐在地板上，接著頭部還發出了沉悶的撞擊聲。雖然那道聲響並不大，卻足以讓聽的人的心猛地發涼。

「奧利佛！」

里夏德的喊叫聲劃破了這短暫的寂靜。

在將里夏德甩出去的瞬間，克里斯多夫彷彿此刻才清醒過來似的朦朧地眨著眼，隨後看向癱倒在好幾公尺之外的奧利佛。而當克里斯多夫看向奧利佛時，再次變得面無表情，只是直直地盯著那個小小的人影。

鄭泰義下意識地起身朝奧利佛跑了過去。

他們現在位於西翼前方通行道路旁的中庭。為了劃分通行道路與中庭間的區域，中庭四周環繞著高至膝蓋的石柱。

奧利佛正倒在石柱的旁邊，失去了意識。圓形的柱頭上沾著黑色的血跡。

幾乎是同時與里夏德一起抵達奧利佛身旁的鄭泰義率先檢查了那根石柱，他的手上留下了淡淡的血跡。

里夏德沉著臉，小心翼翼地將手伸到奧利佛的背後。隨後，那隻手緩慢地、慎重地移至奧利佛的頭部。

「……奧利佛。」

里夏德低聲呼喊著兒子的嗓音聽上去十分生硬，就好像快要發不出聲音似的。

而奧利佛則是慘白著臉，倒在地板上一動也不動。

里夏德再次喊出了兒子的名字。「奧利佛、奧利佛……」隨著次數的增加，里夏德的嗓音也漸漸變得越來越大聲。

鄭泰義想不起來里夏德究竟喊了幾次。

不過就在某個瞬間，奧利佛的眉毛猛地動了一下，緊緊閉著的雙眼也微微地抖動著。而奧利佛的雙唇之間也流淌出了快要聽不見的呻吟聲。

「奧利佛！」

鄭泰義待在再次喊出兒子名字的里夏德身旁，放下了懸著的一顆心。與此同時，他開始焦躁地翻找著自己的口袋。他得趕快聯絡其他人，又或者是其他地方才行。無論是叫救護車來，還是怎麼樣都好。然而在翻找完每個都空空如也的口袋後，他才意識到自己根本就沒有手機的事實。

下一秒，他倏地轉過了頭。站在幾步之外，用著漠然的眼神垂眼看著他們的伊萊已經打電話聯絡其他人了。

既然已經有人幫忙聯絡，那就可以了。接下來——

回想著急救的順序，一邊啃咬著大拇指的鄭泰義這時才注意到呆站在視線盡頭的克里斯多夫。

對方依舊站在原本的位置上，就這樣看著奧利佛。然而此刻的克里斯多夫看上去並不像是出神，他就只是以比剛剛還要更加蒼白的臉蛋，默默地看著奧利佛。

就在這個時候，有好幾個人從本館的方向跑了出來。那群人不假思索地徑直朝這個方向衝過來。看來伊萊剛剛聯絡的就是本館裡的人。

「哎呀，怎麼會發生這種事？」

一名常駐在這座豪宅裡的老醫生走了過來。他的身後還跟著兩三名僕人。或許是聽到了樓下的吵雜聲，還有一些人將頭探出了窗外。

等到醫生抵達，里夏德連忙讓出自己的位置給對方。他就這樣站在醫生的身旁，以沉重的表情垂眼看著奧利佛。

「……」

鄭泰義也退了出來，將位置讓給其他人。

一旁，伊萊用著毫不在意的表情盯著他們。對方是個就算有人在自己面前死掉，也不會有所動搖的人。雖然若是他對方以沉重的表情，擔心地望著少年，這樣或許更奇怪。可是當鄭泰義看見對方那過於無動於衷的表情後，心情還是一言難盡。

他總是如此。

那個男人的臉真的會因為擔心或不安而陰沉嗎？會為了受傷或瀕死的人而哀悼或悲傷嗎？

即使腦中閃過了這些疑問，但鄭泰義卻始終想像不到那個畫面。最終，他也只能無奈地嘆了口氣。

突然間，他發現克里斯多夫似乎動了一下。

踟躕著往前邁開半步的腳隨後又馬上停下了。不知道究竟是要前往哪裡卻又作罷的克里斯多夫在停下動作後，終於非常緩慢地將視線從奧利佛的身上移開。

乍看之下，一切就像什麼事都沒發生過似的。克里斯多夫露出了跟平時一樣冷靜的表情，慢慢地抬起手拍了拍剛剛被奧利佛環抱住的腰際。明明那件衣服上什麼東西都沒沾到，但他卻不停地、不停地拍著衣服。

「……克里斯多夫。」

鄭泰義靜靜地喊了對方的名字。

克里斯多夫彷佛是沒有聽見那道呼喊聲般，依舊不停地拍著衣服。一直等到過了好一會，他才總算抬起頭，回答了鄭泰義：「幹嘛。」

跟平時沒有什麼兩樣的視線就這樣停在了鄭泰義的身上。

由於對方的態度過於平靜，這也讓鄭泰義不禁懷疑起克里斯多夫是不是忘記自己在出神的狀態下推開奧利佛的事。

「奧利佛他……」

鄭泰義話剛說到一半，又再次安靜了下來。

就算克里斯多夫真的記不得這件事，現在提起這個名字的行為也就只是在向克里斯多夫咎責而已。不過該向對方咎責的人，再怎麼樣也輪不到鄭泰義。

克里斯多夫看著閉口不言的鄭泰義冷冷說道：「我不是早就說過了嗎，我也有警告過那些孩子們，不准碰我。」

「……！」

克里斯多夫並不是不記得。他清楚地知道是自己推開了奧利佛。可是他那道看向奧利佛，以及圍繞在奧利佛身旁人們的視線卻無比的冷靜。與平常不同的，只有他那張蒼白得幾乎難以察覺的臉色。

正當鄭泰義一語不發地看著克里斯多夫時，站在不遠處，以事不關己的態度旁觀著這一切的伊萊用著平靜——以及些許令人發寒的笑意——的語氣開了口。

「就算老是把不准碰你掛在嘴邊，你也無法正當化眼下的情況啊。」

「正當化？」

克里斯多夫嗤笑了一聲，蒼白的臉上浮現了冰冷的眼神。那道冰冷凜冽的光芒就像是要割裂心臟似的。

「正當化對我來說很重要嗎？」

克里斯多夫簡短地說。隨後，他再次以冷冷的視線看向奧利佛。

——正當化對我來說很重要嗎？

打從一開始，克里斯多夫就不在意自己的行為到底正當與否。無論他做的事是對是錯、無論其他人怎麼說，那些框架都無法影響他的行為。

鄭泰義順著克里斯多夫的視線看向了奧利佛。

正在查看奧利佛傷勢的醫生點了點頭，向里夏德說了些什麼。從醫生沉著的表情，以及里夏德原本緊繃的臉稍微舒展的樣子來看，傷勢似乎不算嚴重。

「……不過，為了以防萬一，最好還是去做一下更詳細的檢查……」

當鄭泰義隱隱約約聽見醫生的說話聲時，一輛轎車也從車庫朝這裡駛來。不久後，男子們便小心翼翼地將奧利佛抬進車裡，並做好防護措施，防止奧利佛因為車子行進而晃動。

雖然倉促調來的車已經算寬敞了，不過後座都被奧利佛佔據了，現在就只剩下副駕駛座一個位置。醫生理所當然地坐上了副駕駛座，並請里夏德不用太擔心，他跟著奧利佛去醫院檢查就可以了。然而里夏德還是堅定地搖著頭拒絕。

醫生見狀只好咂著嘴退讓，為了以防萬一，醫生表示會跟奧利佛同車，請其他人搭其他車跟隨。隨後，載著奧利佛的車就先離開了。

里夏德叫站在一旁的男子再去開另外一輛車。男子收到吩咐後，便匆忙跑向車庫。

現場籠照著混亂的沉默。除了遠遠地從窗戶查看情況的人之外，還有不少人在本館與西翼之間來回奔走著，製造出嗡嗡的雜音。

撇除掉遠處的那些人，一切就像回到了最初，只剩下了他們。

打從一開始就一直以旁觀者的身分站在一旁的伊萊；和伊萊的立場沒有不同，可是卻沉下臉咂起嘴的鄭泰義；以漫不經心又平靜的表情，望向里夏德的克里斯多夫；原先臉上還留有焦躁神色，卻在與克里斯多夫對視的瞬間，臉色倏地一沉的里夏德。

或許是因為里夏德剛剛把所有的精力都放在奧利佛身上，沒有心思去思考其他的事。當里夏德一與克里斯多夫對視時，心底的憤怒便立刻湧了上來。

「你——！」

里夏德霍然朝克里斯多夫走去。由於兩人之間僅僅只隔著幾步的距離，里夏德一下子便抵達了克里斯多夫的面前。

正當里夏德準備要抓起克里斯多夫的衣領時，克里斯多夫蒼白的臉微微抽動，而手指也像準備要握拳似的抖動了一下。不過隨後，克里斯多夫又像作罷般緩慢地鬆開了自己的手，就只是側身閃開。

差一點就可以抓住克里斯多夫衣領的里夏德見狀便以怒火中燒的目光，轉過頭瞪向了克里斯多夫。而克里斯多夫也露出氣勢不亞於對方的冰冷眼神回望。

里夏德瞇起了雙眼。微微閉起的嘴角旁邊，可以看見咬牙切齒時的下顎輪廓。

「不准碰我。」

克里斯多夫冷冷地說道，一邊拍了拍剛才被里夏德指尖撫過的衣角。而里夏德在看見對方那過於神經質的動作後，「哈」一聲地笑了起來。就像剛剛那個不分青紅皂白，一心只想抓住克里斯多夫衣領的舉動是假的一樣。里夏德的臉上再也看不出絲毫激昂的情緒，又恢復成平時那副淡然沉穩的模樣。只是沒有了笑容而已。

「那你呢？你想對我的兒子做什麼？」里夏德低聲問道。

克里斯多夫面對那如寒霜般嚴厲的質問，倏地皺起了眉頭。然而與他那冷酷又不帶一絲情緒的眼神不同，他的語氣裡甚至帶著嘲諷。

「對你兒子做什麼……？我什麼都不想對他做。單憑你兒子那種貨色，根本就不夠格當我動手的目標。」

「……哈啊，好。」里夏德咬牙切齒地咕噥著。就像野獸在威嚇敵人時一樣低沉。那是一道足以讓聽的人都感到不安的聲音。

「所以剛剛那一切就只是個意外？你毫不留情地推開不小心撞到你而重心不穩，最後不得不伸手抓住你的奧利佛，這件事就只是個意外？」

「當然。」

「你的意思是，當奧利佛以不快的速度跑向你時，你卻連躲都不願意躲，只是靜靜站在那裡，一副彷彿在等對方撞上你的模樣就只是我的錯覺？」

「……我知道你想表達什麼。隨便你怎麼想，反正我又沒有必要向你解釋這些。」克里斯多夫在冷冷地凝視了里夏德一會後，冷漠地答道。

……不。

不是這樣的。

鄭泰義的腦中猛地閃過這個念頭。

當奧利佛朝克里斯多夫跑過去時，克里斯多夫並沒有看見奧利佛。雖然克里斯多夫的目光的確朝著那個方向，但他的視野早已被困在自己的體內。

至少，在鄭泰義看來就是如此。

克里斯多夫沒有理由去故意傷害奧利佛。

——他的兒子還算不錯。

鄭泰義想起了克里斯多夫板著一張臉，說出這段話時的聲音。縱使克里斯多夫老是以不滿的眼神看著奧利佛，但他還是會耐著性子一一回答奧利佛的每個問題。雖然克里斯多夫會不耐地咂著嘴，視線卻總是緊緊地追著奧利佛的身影。

這樣的克里斯多夫會故意去傷害奧利佛嗎？

……不，絕對不可能。

鄭泰義倏地皺起了眉頭，「里夏德，克里斯多夫他——」

當鄭泰義講出那個名字時，里夏德立刻以跟刀鋒一樣銳利的眼神瞪向他。

那不再是平時對待鄭泰義時的那種溫柔和藹的眼神，完全是看著討厭的多管閒事者為可恨敵人辯護時的視線。

而克里斯多夫的視線也差不多。厭煩的視線冷冷地射向鄭泰義。

頓時，鄭泰義意識到了，無論是誰都無法干涉那兩人之間的關係。周遭的人根本就不足以成為那兩人產生矛盾的起因。無論有多少人支持里夏德、無論克里斯多夫有沒有被孤立，這些都無法成為造成這兩個人關係這麼差的根本原因。

鄭泰義聳了聳肩，往後退了一步。

他可以感覺到站在不遠處，雙手抱在胸前、一句話都沒說，僅僅只是用那雙猶如玻璃珠般的眼眸在旁觀的伊萊正用著帶有笑意的眼神看向自己，但他故意不把頭轉過去。

而里夏德那道不露骨，卻能感覺到明顯敵意的眼神在無聲地盯著鄭泰義看了好一會兒後，便再次將視線移到克里斯多夫的身上。

兩人就這樣沉默了好一陣子。無論是里夏德還是克里斯多夫，兩人就只是一語不發地望向對方，僅此而已。在這彷彿隨時都會被打破的沉默之中，準備要來載里夏德的車子也以無聲無息地停在了一旁。

「……好，這就只是場意外。」

隨後，里夏德開口了。

那是一道既平靜又沉穩的嗓音。乍聽之下，這就像是里夏德平時的語氣。他的臉上已經找不到任何興奮或憤怒的氣息。此刻的里夏德就只差沒有露出笑容而已，那股可靠又誠懇的神色回到了對方的臉上。

里夏德就像擔心地對親密朋友給予忠告一樣，那個沒有笑容、安靜的表情乍看之下甚至顯得溫柔。

「你本來就是這種人，這也不單單只是因為你一個人的過錯才發生的事。可是在意外發生時，你竟然跟以前一樣無動於衷。好吧，看來你殘忍的性情都沒變。從十幾年前到現在，始終如一。」里夏德字字句句，在口中充分品味咀嚼才吐出的話語，就這樣在空氣裡散了開來。

隨著時間一分一秒地流逝，里夏德也變得越來越冷靜。剛才那個將怒火毫不保留展露出來的人彷彿根本不是里夏德似的，他完美地保持冷靜與從容，甚至還露出了淡淡的微笑。

「你剛剛說單憑我兒子那種貨色，根本就不夠格當你動手的目標，對吧？——你還真是了不起啊。雖然大家總是說我的品行優秀，但是在我看來，你比我還要好上一百倍呢。你連對我兒子出手的念頭都沒有，而我卻對你的家人都產生了怨恨。」

那一瞬間，克里斯多夫一直漠不關心又冷淡的表情微微地凝固了。

里夏德則是已經恢復成跟平時一模一樣的狀態。

那張既親切又讓人印象很好的臉龐浮現出了溫柔的笑容。眼角柔和的皺紋也讓整體印象顯得更加溫柔，與克里斯多夫那漸漸僵住的表情呈鮮明對比。

「你怎麼會回來？你原本不是打算一輩子都不回塔爾坦嗎？難道不是嗎？你當初之所以會去T&R，不就是因為不打算回來了嗎？」

「……因為繼承，是數十年一次的重要活動……」

「啊哈，看來你是因為很重視家族的重要活動才回來的啊。也就是說，不是有人隨便聯絡你的。」

克里斯多夫的臉色頓時變得蒼白。他就這樣一動也不動地默默凝視著里夏德。

「嬸嬸呢，她還好嗎？不久後，繼承的時候應該就能見到她了。這是睽違幾年的見面？我跟她好像已經有十幾年沒見了。雖然她偶爾會寄信過來，但我從來不曾打開來看，所以我也不知道她的近況呢。」

「……謝謝你的關心，她很健康。」

「是嗎，那就好。」

里夏德大方露出溫柔的笑容，「這真的是太好了呢。」再次重複了一遍後，里夏德靜靜地點起了頭。

看著他們的這副模樣，鄭泰義老早就失去了笑意。

從剛剛開始，他的腦中就不停地有東西在閃爍著。那近似於警告的提醒指向了克里斯多夫。

克里斯多夫正以越來越蒼白，宛若幽靈般沒有任何表情的臉蛋望向里夏德。

「可是——你應該也很久沒有回去了吧，你又是怎麼知道嬸嬸還很健康的？她現在不但上了年紀，甚至還得忍受著年輕時就罹患的舊疾……你確定她真的沒有生病？」里夏德故作擔憂地問道。

他暫時抹去臉上的笑容，微微地皺起眉望向克里斯多夫，還搖了搖頭。

「反正馬上就會見面了，你不需要提前擔心她的健康狀況。」

克里斯多夫靜靜地說。比起說話，那更像是雙脣下意識地在翕動著。克里斯多夫彷彿是把提問者當作自己似的，以過於微弱的音量在講給自己聽。

克里斯多夫看上去就像一具蠟像，整張臉既白皙又蒼白。好像只要手輕輕一摸，對方就會直接融化一般。

就在這個時候，鄭泰義微微地皺起了眉頭。

克里斯多夫的雙脣微微顫動著。

一開始，鄭泰義還以為對方是在發抖。正當他疑惑地歪起頭，思考著在這個一點都不冷的天氣下怎麼會發抖時，他這時才意識到對方是在低語著什麼。那不是要講給其他人聽的話，而是克里斯多夫的自言自語。

隨後，不僅僅是雙脣，克里斯多夫整個人都開始顫抖了起來。

他正以蒼白的臉，凝視著眼前里夏德嘴脣附近的位置——不對，更準確地說，此刻的他什麼都看不見——，肩膀小幅度地抖動了起來。這就好比是因為寒冷而不自覺抖動起來的模樣。

然而里夏德就像什麼都沒看見般，露出了既溫柔又香甜的笑容。隨後，里夏德微微地彎下腰，將身子靠往克里斯多夫的方向，並在對方的耳邊低語道：「希望這次能看見她健康的模樣呢……畢竟我還沒決定好要選哪一隻畜生的屍體，擺在她的墳前上。」

「……！」

清楚聽見對方低語的鄭泰義沉著一張臉，下意識地握緊拳頭時，克里斯多夫動了起來。

還沒等鄭泰義反應過來，克里斯多夫的拳頭便砸向了里夏德的臉。而那道不停傳進耳中的撞擊聲並沒有就此停下。

兩次、三次，那道撞擊聲就這樣重複了好幾次。

「克里斯多夫！」鄭泰義吼道。

克里斯多夫的臉上沒有任何的表情。沒有對焦的眼眸，就像把眼前的人當作是沒有生命的布偶般，不停地揮舞著拳頭。

「好吵。」

鄭泰義之所以可以從對方那幾乎沒有翕動的雙唇中聽清那道細微的嗓音，是因為他曾多次地聽對方講過這句話。

克里斯多夫的口中重複著既不是針對里夏德，也不是針對哪個特定人物的話語，而拳頭則是毫不留情地瞄準著里夏德的要害攻擊。即使是一旦真的打中，就有可能打死對方的危險部位，克里斯多夫也沒有絲毫的遲疑。

「克里斯！夠了——」

然而，還沒等鄭泰義出面阻止。

一道沉重的撞擊聲便隨之響起。那是一道從稍微不同的方向傳來的撞擊聲。

好幾次被擊中要害的里夏德精準地出拳，並擊中了克里斯多夫的胸口。克里斯多夫愣了一下，為了發出呻吟聲而下意識張開的雙唇卻發不出任何的聲音。他彎下了腰，緊抓著自己的胸口，望著腳下發楞。

「怎樣？一聽到我要拿屍體裝飾你媽的墳墓就生氣了？你當初可是故意殺掉野狗，把屍體埋進奧莉維亞的墳墓裡？」里夏德揉了揉自己的拳頭說道。

對方看上去依舊既從容又平靜，甚至還掛上了淡淡的微笑，溫柔地望向克里斯多夫。隨後，沉默了一會兒的里夏德就像覺得克里斯多夫很可憐似的「嘖」了一聲。

「你還真的是個可憐的傢伙。明明生來就能得到想要的一切，什麼都不必擔心，也無需畏懼任何事，偏偏這裡有點問題。」里夏德用食指輕敲著耳朵上方的太陽穴，嘆了口氣。看上去就像感到十分惋惜般，用著憐憫的眼神看向克里斯多夫。

儘管如此，那張依舊充滿好感的臉上仍然掛著溫柔的笑容。鄭泰義見狀忍不住深吸了一口氣。

……該死，結果這個傢伙也是個不折不扣的瘋子。

鄭泰義焦躁地用另一隻手搓揉著不知不覺用力握拳到甚至關節都發白的手。

此刻，傳入耳中的每句話聽上去都是這麼的殘忍。雖然他無法理解話語中的內容。但每一句話都相當殘忍，無論是對聽的人來說，還是對說出這番話的人來說都是如此。

然而即使他想阻止他們，也不知道該怎麼做。他唯一知道的就只有，他不該出面。對鄭泰義來說，他並沒有插手的資格。

嘖。咂著嘴的鄭泰義倏地將視線移到伊萊的身上。

對方宛若在看電影一樣，用著平靜的態度望向那兩人。伊萊將雙手抱在胸前，就像在等著看這部乏味電影會怎麼收尾似的。

而微微歪著頭的伊萊在注意到鄭泰義的視線後，便將眼珠子轉往鄭泰義的方向。兩人就這樣四目相交。在看見對方那沒有任何波瀾的眼眸後，鄭泰義這時才總算想起對方不再是伊萊，而是里格勞的事實。

媽的。也對，現在沒有人會站在我這邊。

鄭泰義撇起了嘴。而伊萊在看見鄭泰義的表情後，那張冷冷的臉龐微微皺起眉頭。

就在這個時候，作勢敲打著自己頭部的里夏德以遺憾的語氣搖了搖頭說：「這也難怪你媽會厭惡到拋棄你。」

隨之響起的是里夏德的咂嘴聲。

除此之外。

原先彎著腰，緊緊抓著被打中的胸口的克里斯多夫也動了起來。不過克里斯多夫並沒有朝里夏德走去，而是朝著反方向，自己的身旁走去。

距離他們二十幾步之外的位置上，站著一名以嚴肅的表情——其中還參雜著明顯的好奇心——盯著他們看的警衛。而克里斯多夫就這樣沒有絲毫遲疑地朝那人大步走去。

面無表情，連眼睛都不曾眨過一下的克里斯多夫彷彿失去了靈魂般，徑直地朝警衛走去。乍看之下，克里斯多夫就像個詭異的人偶。

警衛在看見沒有絲毫血色的蒼白蠟像逼近自己面前，嚇得汗毛直豎，不自覺地後退了兩三步。不過還沒等他站穩，走到他面前的克里斯多夫就伸出了手。

在意識到再次收起手的克里斯多夫從警衛身上搶走了什麼東西之後，鄭泰義的表情變得非常嚴肅。

那個原先掛在警衛的腰際，現在卻跑到克里斯多夫手上的物品正是鐵製警棍。

「克里斯！不行！」

然而鄭泰義的喊叫聲根本就無法傳進克里斯多夫的耳裡。

克里斯多夫的雙眼失去焦距，就像被操縱的人偶般徑直地朝里夏德走去。

那是能夠殺人的武器。不對，在落入克里斯多夫手中的瞬間，那根鐵製警棍便成為了專門拿來殺人的武器。如果是不熟悉鐵製警棍的人拿到，或許還不需要太過擔心，可是一旦落入了熟悉武器的人手裡，要一擊就殺死人絕對不成問題。就算不特意瞄準頭部，即使只隨便擦過，骨頭也會輕易被打斷。

里夏德在看見面無表情朝自己走來的克里斯多夫後，暫時抹去了臉上的笑容。不過也就僅此而已，里夏德並沒有躲開，而是直直地站在那個位置上。

「他們家的人到底是怎麼回事啊……！」鄭泰義咬牙切齒地痛罵道。

打從一開始，他就不是很喜歡這個家族。就算他們對外有多團結，但內部卻劃分成兩派互相爭鬥。

光是眼前的情況就足以解釋一切了。兩人之間並不是友好的競爭，甚至還以殺了對方為目的在互相爭鬥。塔爾坦家是真的徹底瘋了。

鄭泰義不自覺地向前跑去。當他意識到自己的行為時，腦中雖然冒出「看來我也徹底瘋了。我一定是被傳染了，該死」的念頭，但等他反應過來時，他早就已經加入了這場紛爭之中。

仔細一想，之前好像也曾經發生過類似的情況。

對，當時是在教堂裡。

當時的鄭泰義為了要阻止克里斯多夫去攻擊另一名男子，便出面擋在了中間，最後卻一起被打到暈了過去。

……看他手中的那根鐵製警棍，我想這次應該不僅僅是暈過去這麼簡單。

當鄭泰義擋在兩人的中間時，克里斯多夫已經距離里夏德沒剩幾步了。

克里斯多夫一看見突然出現在眼前的鄭泰義，雖然愣了一下，但隨後又像機器般不帶任何情感地說：「滾。」

「克里——」

還沒等鄭泰義講出對方的名字，拿著鐵製警棍的手臂就揮動了起來。下一秒，鐵製警棍作勢要從頭頂落下。鄭泰義可以清楚感覺到一道冷空氣朝自己襲來。

「……！」

鄭泰義咂了咂嘴。同時，他也不忘將身體往一旁閃開。即使早就做好了心理準備，可是對方的速度依舊快到嚇人。他原本還以為自己一定能順利躲開，不過前臂卻仍然不小心被鐵製警棍掃到。一道劃破空氣的駭人聲響就這樣在他的耳邊響起。

他好像隱約聽見了身後傳來粗重的腳步聲，但此刻的他根本就無心去管這些。

在看見鄭泰義反射性地躲開後，克里斯多夫便不再理會鄭泰義，再次朝里夏德的方向走去。於是，鄭泰義不由自主地抓住了克里斯多夫的手肘。而抓住對方的瞬間，鄭泰義立刻就後悔了。

克里斯多夫馬上變臉，並用力地揮舞著自己的手臂。由於動作太大，鄭泰義不小心被克里斯多夫的手肘打到了臉。

「啊……！」

鄭泰義痛到整張臉就彷彿要裂成兩塊似的。他的眼前好像出現了星星，頭腦也頓時暈眩了起來。

克里斯多夫再次背過身，並朝著里夏德大步走去。鄭泰義根本無暇顧及那麼多，只能按壓著刺痛的臉頰朝對方跑去。

等鄭泰義趕過去的時候，里夏德與克里斯多夫早已沒剩幾步的距離。

「該死……！」

當鄭泰義再次擋在兩人中間時，他的腦中不合時宜地冒出了「不知道我的臉現在看上去還正不正常」的擔心，以及埋怨著里夏德怎麼一直待在原地不逃跑。

現在的時機很糟糕。

鄭泰義原本是打算要不顧後果如何，先朝克里斯多夫的下巴揮拳讓他昏倒。殊不知當他好不容易擠進兩人的中間後，克里斯多夫已經用力揮下手中的鐵製警棍。

「……！啊……！」

他已經來不及躲開了。

話雖如此，但還是得想辦法減輕傷害。

要是他直接用手接住鐵製警棍，手骨一定會被打碎，說不定連手腕都會跟著受傷。可是此刻的他想不到更好的辦法了。

正當鄭泰義咬緊牙關，準備要抓住那根鐵製警棍時。

鏘……！

那是一道厚實的金屬聲。

一根細長的鐵棍重擊了鐵製警棍，驚險地避開了鄭泰義正要抓住鐵製警棍的手。

畫出巨大弧線揮下來的鐵製警棍與鐵棍碰撞摩擦，發出刺耳的聲響，偏離了原本的軌道。隨後，鄭泰義的耳邊再次響起比剛才更加鮮明的金屬撞擊聲。

因為手中的鐵製警棍被鐵棍擊中，一時之間無法承受這股重量的克里斯多夫鬆開了手，任由鐵製警棍掉在地板上。

「沒帶腦子出門的傢伙。」

還沒等鄭泰義反應過來發生了什麼事，那低沉又冰冷的嗓音便傳進耳中。而在他意識到那道嗓音的主人是誰之前，耳邊便傳來一道巨響。隨即，他的臉頰就像著火似的疼痛。

他先是感覺到自己的眼前一閃一閃的，接著又變得一片漆黑。而腦中也湧上了暈眩感，使他無法保持清醒。

一直等到十幾秒後，他才反應過來自己剛剛被打了一巴掌。

被打到耳鳴的鄭泰義摸著自己火辣辣的臉頰，出神地呆愣在原地。而賞了鄭泰義一記耳光的男子隨即又一把抓住了在弄掉鐵製警棍後，仍然朝著里夏德走去的克里斯多夫的後衣領，也賞了對方一記耳光。

「克里斯多夫，你清醒點。」

男子說著這番話的同時，還不忘在克里斯多夫的另一側臉頰上也賞了個耳光。

而被打到整張臉都往一旁撇去的克里斯多夫隨後便踉蹌著後退了幾步。下一秒，克里斯多夫吐出了混雜著鮮血的口水。

這麼一看，我的口中也散發著一股血腥味。看來我剛剛也被打到流血了。

鄭泰義呆愣地用著還有些反應不過來的腦袋，凝視著眼前的畫面。

隨著意識逐漸恢復，他也緩慢地環顧起四周。那根不知道從哪裡拔來的鐵棍就這樣掉在地上。一旁還能看見不久前被握在克里斯多夫手中的鐵製警棍。

我好像在哪裡看過那根鐵棍……

這麼想著的鄭泰義倏地轉過頭看向了長椅。隨後，他發現原本固定長椅靠背的鐵欄杆竟然被硬生生拔掉了一根。

「……居然用那種恐怖的蠻力毫不留情地賞我巴掌……嘶，啊啊啊……」鄭泰義輕撫著自己的臉頰，發出了痛苦的哀號聲。

就在鄭泰義摸著瞬間腫脹的臉頰並喊痛時，那名有著駭人手勁的男子正冰冷地垂下眼俯視著他。從結果來說，雖然伊萊．里格勞的確幫了鄭泰義的忙，但同時也為他帶來了無法輕易就消除的疼痛。

過了幾秒後，伊萊冷冷地低喃：「你就這麼想尋死嗎。」

「——怎麼可能，我一點尋死的念頭都沒有……只是想說頂多會廢掉一隻手而已。」

鄭泰義握緊又放開自己完好無損的手，用細若蚊蚋的聲音不滿地碎念著，伊萊殺氣騰騰地瞪向他。鄭泰義見狀連忙瑟縮起身子，低下了頭。

伊萊以彷彿在看全天下最愚蠢的人的視線盯著鄭泰義好一會兒後，便撇過了頭。

此刻，克里斯多夫正雙眼無神地呆站在原地。

克里斯多夫已經不再看向里夏德了。他就這樣呆站在那裡，用著旁人無法聽清的音量自言自語著。

隨後，伊萊再次毫不留情地賞了克里斯多夫一記耳光。伊萊彷若不在乎對方剛剛有沒有吐出帶血的口水般，手中的力道沒有絲毫減弱的跡象。

「你給我振作起來……還沒振作起來嗎？」

伊萊就像在打招呼似的，用著平靜的語氣說完後，便又再補上了一巴掌。

「里格勞，夠了。」

正當伊萊抬起手，準備要再次動手時，一直站在一旁靜靜看著這一切的里夏德卻出聲阻止。

不久前，當克里斯多夫拿著鐵製警棍衝向里夏德的時候，明明他差點就有可能死在對方的手下，可是里夏德卻始終面不改色地直視著克里斯多夫。然而此刻的里夏德卻主動朝伊萊搖了搖頭，「這樣就夠了。我已經把我想說的話都告訴他，也得到了我想看見的反應。」

里夏德靜靜地說道。對方平靜到彷彿剛剛所發生的騷動都跟他無關似的。

而維持著抬手姿勢，就這樣望向里夏德的伊萊見狀忽然嗤笑了一聲。「里夏德，你好像誤會了什麼，我不是為了你才阻止他的。我要不要收手，這不是你說了算。」

「好，那算我拜託你。停手吧。」

里夏德露出難堪的神情，笑著說道。他看上去就像在拜託自己的摯友般，擺出了溫暖的笑容直視著伊萊。

里夏德此刻的表情與鄭泰義之前第一次見到對方時一模一樣，同樣是這麼的溫柔，並且還散發著令人產生好感的氛圍。

「……對，伊萊，你說得沒錯。克里斯多夫也說得沒錯。那傢伙不僅僅是個大變態，最好不要跟他有任何交集。那男人才是真正腦袋有問題的人。」

鄭泰義拚命吞下湧至喉頭處的話語，並以驚愕的眼神望向里夏德。

而伊萊在咂了咂嘴後，便放下抬起的手。里夏德見狀也笑著向伊萊道謝。

此時，早已將車停在不遠處，並等待著適當時機要打斷他們的一名男子走過來向里夏德搭話。里夏德在朝那人點了點頭後，便邁開了步伐。

「那我就先去醫院了，畢竟我還得看奧利佛的檢查報告。」

留下這句取代道別的話語後，里夏德簡單地朝伊萊舉了個手，接著將視線移到鄭泰義的身上。

里夏德先以微妙的眼神緩慢地打量了鄭泰義好一會兒，隨後才露出笑容並打了聲招呼，「謝謝你幫了我。多虧你，我才能順利得救。」

「……別這麼說，畢竟我也沒做什麼啊。」

他就只是一股腦地用自己的身體擋住克里斯多夫的去路罷了，真正阻止克里斯多夫的人是伊萊。再者，他會這麼做也不是為了里夏德。

他之所以會不惜犧牲自己，也要這麼做的原因是——

「看來今晚的西翼會很不平靜啊。」

里夏德宛若自言自語般，獨自咕噥著。而他的視線則停在了克里斯多夫的身上。克里斯多夫好像什麼東西都看不見，也聽不見似的呆站在原地。

於是，鄭泰義的心底湧上了一股情緒。

他不想讓克里斯多夫如此毫無防備、出神的模樣暴露在遠處那些看好戲的旁觀者們面前。就像撞見年長疲憊的長者在大庭廣眾之下神智不清，暴露出羞恥的一面似的，讓人心裡隱隱作痛。

「克里斯多夫，我們進去吧。」

鄭泰義走向對方。然而克里斯多夫只像個人偶一樣，兩眼失去焦距，只是呆站在那裡。他的雙唇還微微顫抖著。

隨後，鄭泰義聽見關上車門的聲響。里夏德坐在駛向醫院的車子裡，眼神直直地看向他們。里夏德似乎愉悅地瞇起了雙眼，就這樣看著克里斯多夫。

不久後，隨著車子離開建築物的前方，里夏德的身影也消失在鄭泰義的視線之中。

「難道你覺得只要你不插手，他就會乖乖被打嗎？」

鄭泰義聽見了伊萊的嗓音。不過他就只是默默地望向車子消失的方向。

就在這個時候，遠處的圍觀群眾中有名看上去年紀比較大的男子面露難色，拿出手帕擦了擦額頭，朝他們走來。

「里格勞先生。」

從對方畢恭畢敬稱呼伊萊的態度，以及這麼晚了還穿得如此正式的模樣來看，那人應該是據說這家中僅僅只有三四名的管家級僕人之一吧。

「可以麻煩您跟我去本館一趟嗎？我想了解一下剛剛究竟是發生了什麼事。」

鄭泰義心不在焉地聽著這些話，觀察著克里斯多夫的情況。然而無論是那微微顫抖著的肩膀，抑或是沒有血色的雙唇看上去都沒有絲毫好轉的跡象。

「克里斯多夫……進去吧，我們回房間。」鄭泰義靜靜地說。

每當這種時候——又或者正是因為在這種情況下——，鄭泰義就很感慨竟然沒有人願意靠近克里斯多夫。

眼看對方就像僵在原地般，始終不打算移動的模樣，鄭泰義只好抓起對方的衣角，緩慢地將對方拉往西翼的方向。

就在這個時候。

「金英秀？」

聽見那道熟悉的嗓音呼喊出了陌生的名字後，鄭泰義先是愣了一下，接著才轉過頭看向伊萊。

原先準備要跟著管家一起前往本館的伊萊在看見鄭泰義轉過來之後，立刻將某樣物品丟給了他。鄭泰義反射性地接過那樣物品，不知所措地垂下頭望向自己的手掌心。

那是一個褐色的玻璃瓶。那個瓶子大約跟兩根手指一樣大，裡頭裝著不明的液體。可以隔著玻璃感受到液體在裡頭晃來晃去的動靜。

「這是……？」

鄭泰義狐疑地抬起了頭。

然而伊萊在確認完鄭泰義接下那個物品後，便默不作聲地離開。鄭泰義只能默默地看著對方逐漸遠去的背影。

在挑了挑眉，再次望向手中的玻璃瓶後，鄭泰義聳著肩將那樣物品收進口袋裡。隨後，為了解決眼下最棘手的問題，他走向了克里斯多夫。

* * *

鄭泰義原本還以為回到房間後，克里斯多夫就會漸漸冷靜下來。

可是在他拉著對方的衣角，把對方拖回房間的途中，神情恍惚地跟在他身後的克里斯多夫仍舊不停地痙攣著。走進西翼後，準備要轉過頭重新抓好衣角的鄭泰義一看見對方的模樣，立刻嚇了一大跳。

外頭的天色太暗，他一直以為克里斯多夫就只是氣色比平時還要差而已。可是在進到室內後，他才看清克里斯多夫的臉不僅沒有任何的血色，甚至還開始發青。

克里斯多夫就這樣頂著猶如屍體般的臉，雙唇微微地顫抖並低語起了什麼。

雖然鄭泰義反問了：「你說什麼？」然而克里斯多夫並沒有回答他的問題，而是像被什麼東西附身一樣，不斷地低喃著。

而眼下的這種情況——喪失理智的克里斯多夫不僅僅是想威脅對方，而是真的抱持著要殺了對方的氣勢撲上去的情況——，似乎並不是第一次發生。

當鄭泰義拉著克里斯多夫的衣角走進西翼時，其他人的視線無聲地說明了一切。比起詫異、衝擊或震驚，他們的眼神中更多的是厭惡與害怕。而這些視線也間接表明了這件事雖然沒有經常發生，但也不是第一次了。

在前往克里斯多夫房間的時候，靜靜跟在鄭泰義身後的克里斯多夫似乎還沒恢復。甚至在進到房間後也是如此。

鄭泰義原本還以為在避開人們的視線及竊竊私語後，寂靜的環境就可以使克里斯多夫逐漸恢復精神。就算得花上一點時間，鄭泰義依舊認為對方在稍微平靜下來後，就可以恢復平時的狀態。

可是在進到房內沒有多久，他卻冒出了「再這樣下去是不是有點危險」的念頭。

鄭泰義原本打算等到克里斯多夫稍微冷靜下來，就要回去自己的房間。因此他便坐在門旁的椅子上稍微喘口氣。然而隨著時間一分一秒地過去，克里斯多夫的顫抖卻沒有絲毫減緩的趨勢。

鄭泰義詫異地望向對方。不知道是不是錯覺，他總覺得對方的臉色變得越來越蒼白，身體也依舊間歇地顫抖著。隨著克里斯多夫的嘟噥聲漸漸加大，鄭泰義也總算能聽清對方在說什麼了。

那張沒有絲毫血色，猶如屍體般的臉凝視著虛空。那雙幾乎不怎麼眨眼，也找不到焦距的眼眸還不安地晃動著。

「……不會……不會就這樣放過……會殺了他，殺掉……！……呃……」

那道既低沉又沙啞的嗓音聽上去就像野獸的咆哮。那已經不再是克里斯多夫平時的嗓音了。對方宛若被鬼附身似的，閃閃發亮著的藍色眼眸微微地顫抖，而嗓音也像被人掐住脖子般，聽起來異常嘶啞。

「克里斯多夫……克里斯。」

鄭泰義在一旁靜靜地呼喊著對方的名字。然而嗓音根本就無法傳進對方的耳中。除了原先抖動著的眼神與嗓音之外，克里斯多夫的身體也不停地顫抖。

小幅度痙攣著的肩膀漸漸抽搐得越來越大力。隨後，抽搐的症狀便蔓延至全身。

克里斯多夫緊緊地環抱住發抖的身體，啃咬著發青的雙唇，發出野獸般的呻吟。

「克里斯，你冷靜一點。克里斯。」

無論鄭泰義呼喊了幾次，似乎都沒有起到任何作用。克里斯多夫連看都不願意看他一眼。可是鄭泰義並沒有放棄，繼續耐著性子地呼喚對方。

他就這樣用著平靜，又緩慢的嗓音不停地呼喚著克里斯多夫。

不知道究竟過了多久，被克里斯多夫咬到出血的雙唇之中漸漸不再可怕的咒罵與呻吟。對方自言自語的音量小到幾乎都快聽不見，最後，整個空間裡只剩下克里斯多夫那顫抖的呼吸聲。

原先蜷縮了起來，緊緊抱住自己顫抖的身體，嘴唇還在微微顫動的克里斯多夫看上去似乎總算稍微平靜了一點。下一秒，他轉動著眼珠，瞥了旁邊一眼。

當鄭泰義與對方那雙仍舊不安晃動著的眼眸對視後，再次喊出了對方的名字。

「克里斯……沒事的。」

「……頭好痛……」

鄭泰義聽見了細微的說話聲。克里斯多夫那不停顫抖的嗓音與身體，看來就像被寒風凍到快受不了的人似的。

「沒事的，沒事。一切都會好起來的。」

就算鄭泰義明知看起來一點都不像沒事，一切也不會這麼快就好轉，但他還是只能這麼說。即使因為握拳握到指甲陷入掌心，拳頭都發白了，可是他除此之外沒有其他能做的事。

「好吵……我一直聽到那些聲音……好吵，耳朵好痛，頭也好痛……」克里斯多夫茫然地自言自語。

那不是要講給其他人聽的話語。他之所以將視線固定在空中，口中不停地低語著這些話，全是為了不要讓耳朵只充滿著那些他人所聽不見的噪音罷了。

「你聽到了什麼聲音？」鄭泰義輕聲問道。

然而克里斯多夫就只是喃喃重複著「好吵、好吵」而已。隨後，克里斯多夫的臉逐漸扭曲了起來。那張蒼白到駭人的臉龐，彷彿下一秒就會翻著白眼暈倒似的。

鄭泰義開始覺得克里斯多夫的狀態變得有點危險了。

「克里斯。」

鄭泰義拉了拉對方的衣角。原先呆站在原地的克里斯多夫就像被人猛推了一下，踉蹌著走了幾步。搖搖晃晃的身體看上去岌岌可危，鄭泰義便下意識地抓住了他的手臂，扶住了他。

就在這個時候。

當鄭泰義的手碰到對方身體的那一剎那，克里斯多夫身體好像僵硬了一下。幾乎同時，他粗暴地甩開鄭泰義的手。鄭泰義也因此被他的拳頭狠狠打中了臉，往後退了幾步。

「不要碰我！」

如同那些原本奪走克里斯多夫身體熱量，潛伏於體內的火焰就像一下子被點燃似的，克里斯多夫扯著嗓子大吼。他就像尖叫一樣粗聲地喊叫著，狠狠瞪向鄭泰義。那冰冷的視線駭人地刺向鄭泰義，彷彿要切碎他的全身似的。

「好吵……好吵！好吵！吵死了！」

克里斯多夫沒有看著鄭泰義。然而，鄭泰義就身處在他視野可及之處。克里斯多夫以顫抖越加激烈的身體，朝著鄭泰義邁開了步伐。

看著對方那搖搖晃晃又危險的步伐正朝自己走來後，鄭泰義忍不住咂起了嘴，「該死……冷靜一點啊，你這個傢伙……！」

對方前進了幾步，鄭泰義就跟著後退了幾步。兩人之間的距離並沒有因此而拉開，抑或是縮短。不過要是再這樣下去，鄭泰義最後肯定會無處可逃。

鄭泰義只能無奈地嘆了口氣。

往好處想，至少房內並沒有足以成為武器的物品，也沒有隨身帶著鐵製警棍的警衛。因此鄭泰義眼下的情況說不上有多危急。

……不過要是被那雙手抓住的話，肯定也不會有什麼好下場。

現在要怎麼辦啊，難道就沒有什麼可以緩解這個情況的東西嗎？有沒有什麼不是武器，而是——

即使鄭泰義沒有印象自己帶著什麼有用的物品，但他還是翻找起了口袋。而他的指尖還真的碰到了某樣東西。

「……！」

那是一個剛好可以放進手掌裡，堅硬的玻璃瓶。

隨著瓶身輕輕地晃動，可以感覺到裡頭的液體在擺動著。鄭泰義先是握緊了瓶子，隨後又鬆開了手。

「不管是什麼都好，只要能幫上忙就行，不然他會生氣的。」

鄭泰義一邊覺得自己好像找錯了出氣的對象，一邊拿出口袋裡的玻璃瓶。

好，這個瓶子裝的東西究竟是好還是壞……該不會是鹽酸吧。

鄭泰義的雙眼緊緊盯著克里斯多夫，用一隻手打開了玻璃瓶。明明看見鄭泰義從口袋裡掏出玻璃瓶，可是克里斯多夫卻不為所動。不對，克里斯多夫的眼裡早就已經看不見其他的東西了。

隨著鄭泰義打開玻璃瓶，一道刺鼻的味道猛地擴散開來。

那是氯仿。

「……」

鄭泰義不由自主地皺起了眉頭。一段不是很光彩的回憶猛地從他的腦中閃過。也不知道是不是他的錯覺，當伊萊將這罐玻璃瓶丟給他的時候，臉上好像還露出了耐人尋味的笑容。

不過此刻的情況已經無法使他在意這麼多了，氯仿的確是眼下最適合拿來應急的物品。看來這瓶子裡頭裝的的確是好東西。

鄭泰義拿出塞在另一個口袋裡的手帕，將玻璃瓶內的東西倒在手帕上。很快，四周瀰漫的刺鼻氣味讓鄭泰義感到眼前天旋地轉，連忙屏住了氣息。

「……！」

此時，他的背已經抵在了牆上。

他與克里斯多夫間的距離正以飛快的速度減少著。

「嘖」了一聲後，鄭泰義咬緊牙關朝克里斯多夫走去，一把抓住對方的後頸。

當鄭泰義的手一碰到克里斯多夫的皮膚，他先是瑟縮了一下，接著便不停地揮舞著雙手，想要甩開鄭泰義的手。他的手肘用力地打中鄭泰義的耳邊。眼前再次天旋地轉，這次卻是截然不同的理由。

縱使鄭泰義痛到緊皺起了眉頭，卻還是沒有鬆手。下一秒，他用另外一隻拿著手帕的手蓋在克里斯多夫的鼻子與嘴巴上。拚命掙扎的克里斯多夫毫不留情地攻擊著鄭泰義的胸口與小腹。

該死，被打的地方又被打一次真的好痛。痛得要死。剛剛被怪力狠揍的臉現在都腫成這樣了。

鄭泰義今天真的是走到哪就被打到哪。

他就這樣喊著：「好痛，真的很痛！」一邊使勁地按壓住克里斯多夫的口鼻。

沒過多久，克里斯多夫的動作開始變得遲鈍。那雙為了甩開鄭泰義，而緊緊抓著鄭泰義衣領的手也緩慢地鬆開。隨著克里斯多夫發出「喔……」的微弱呻吟後，便徑直地倒了下去。

鄭泰義見狀連忙扶住那猶如沉重的布偶般無力倒下的身體。對方的重量都壓在他的肩膀上。

「………呼……」

確認倒在自己身上的克里斯多夫全身無力，不再掙扎後，鄭泰義這時才重重地呼出了一口氣。

好不容易攙扶住那因為失去平衡而不停滑下的身體後，鄭泰義連忙將對方拉往床邊。「噗通」一聲，他便將克里斯多夫丟在了床上。

「這個傢伙也真是很需要其他人照料啊……」

在彎著腰將對方放在床上後，鄭泰義捶了捶不小心扭到的腰際，皺起了眉頭。他就這樣皺著眉，俯視著對方。

克里斯多夫不再發抖也不再抽搐，甚至也不會再不停地嚷著「好吵」了。那猶如死去般蒼白的臉色也以緩慢的速度，一點一滴地恢復了血色。

「……」

鄭泰義默默地凝視著對方。或許是因為剛剛流了太多的汗，感到有些涼意。明明外頭的天氣是這麼悶熱，但他的體內卻不停地發涼。他不禁搓揉起自己的手臂。

此刻緊閉著雙眼的克里斯多夫令人想像不到對方幾分鐘前竟然還像個瘋子般，瞪大雙眼不斷地慘叫著。

「欸……你真的有點問題……嗯？甚至你的問題還不只有一、兩個。你這樣是要怎麼辦啊……」鄭泰義坐在床邊，忍不住嘆了口氣。

於是，他的心底就像被什麼東西堵住似的，無比鬱悶。於是他只好用力地拍了拍自己的胸口。而在感受到不久前被克里斯多夫擊中胸口時的疼痛後，他痛得彎下了腰。

他今天簡直就是所有人的出氣筒。

重重嘆了口氣後，他緩慢地摸索起自己的身體。每當他碰到被打過的位置時，總會傳來一陣刺痛感。不過值得慶幸的是，除了刺痛之外，就沒有其他不適。看來傷勢應該不算太嚴重。

「可是之後幾天肯定會一直隱隱作痛。」鄭泰義一邊嘀咕，一邊看向了克里斯多夫。

失去意識，安靜下來的克里斯多夫看上去就像被暫時放在床上的雕像。

鄭泰義見狀不禁懷疑起自己真的有辦法再遇到第二個像克里斯多夫這麼漂亮的人嗎。單憑對方那張臉，無論要迷住誰應該都不成問題。只要克里斯多夫想要，肯定可以輕易地從任何人的身上獲得關愛。

可是。

「……嗯？你這樣到底要怎麼辦啊……」

明明對方也聽不見，但鄭泰義還是吐出了猶如嘆息般的低語。

在默默凝視了對方好一陣子後，他倏地伸出了手。

他的手徘徊在那張要是克里斯多夫醒著，就算是天塌了下來，他也不敢觸碰的臉龐之上。明明克里斯多夫不可能這麼快清醒，不過當他真的要動手時，卻又莫名遲疑了起來。

他的手就這樣停留在克里斯多夫的額頭上方，既不敢放下，也沒有收回。輕輕地、非常輕地，他不敢接觸對方的肌膚的手，小心翼翼地觸碰滑落到額頭上的頭髮。

殊不知就在這個時候。

「整個房間都是氯仿的味道，你要是再不打開窗戶通風，下一個暈過去的就是你了。」

一道鮮明的嗓音猶如匕首般，從身後刺進了鄭泰義的胸口。

那道帶著些許笑意的熟悉嗓音在不知不覺間，悄然無聲地進到了房內。

鄭泰義在愣了一下的同時，指尖不小心碰到了克里斯多夫的額頭。對方的皮膚摸上去既冰涼又光滑。就像真的雕像一樣。

默默收回手，鄭泰義轉過頭看向了自己身後。

「里夏德那裡有什麼消息嗎？」

「啊，他不久前有聯繫。奧利佛在抵達醫院後沒多久就清醒了。雖然有些檢查報告已經出來了，有些還沒出來，但從目前已知的情況來看，應該是沒有什麼大礙。」

「那就好……」

鄭泰義點了點頭。卡在他心中的其中一塊大石總算消失。

「我看得先去吃顆止痛藥了……」

或許是因為不再那麼緊張的緣故，他的頭開始抽痛。他熟門熟路地打開克里斯多夫的抽屜，並從中拿出了藥瓶。

「誰叫你不馬上打開窗戶換氣，嘖嘖。」

「沒有。我之所以會頭痛，也不單單只是因為氯仿。」

在聽見鄭泰義不悅的咕噥聲後，走到窗邊打開窗戶通風的男子輕輕笑了，「要比頭痛程度的話，應該沒有比當我在這裡看到你的那個時候還要痛吧。」

「難道不是因為你無時無刻都把氯仿帶在身上的緣故嗎？」

「如果不用見到克里斯多夫，那我也不至於把那種東西帶在身上。你看，現在不就起到了很大的作用？」

「……離家兩個多月，還得隨時帶麻醉藥在身上，真是辛苦你了啊，里格。」

聽完鄭泰義不滿的嘟噥聲後，男子露出淡淡微笑的同時，眼中閃過一道光芒。

從長期跟對方相處的經驗來看，鄭泰義馬上就意識到那是危險的信號。他隨即便瞪大了雙眼，「幹嘛，你又怎樣了。」

「這稱呼真是讓人不悅啊。」

在聽見對方那猶如自言自語般的話語後，鄭泰義露出啼笑皆非的表情盯著他好一會。距離男子威脅他要是不喊那個名字，就要他好看也不過才過去了幾個小時而已。

「你到底要我配合你的哪個說法。」

「既然這裡沒有外人在，我們就沒有必要裝得這麼生疏啊，泰一。」

在惡狠狠地瞪了對方厚著臉皮笑著說出這番話的雙唇後，鄭泰義忍不住嘆了口氣。好，你想怎樣就怎樣。

「好不容易才離開柏林，沒想到竟然會在這裡遇到你……伊萊，你的氣色看上去還真好啊。」

鄭泰義不悅地說完這番話之後，伊萊．里格勞再次愉快地笑了起來。

鄭泰義默默在心中數著。

距離他們最後一次待在同一間房間裡，與彼此對視談話已經是兩個月又十幾天前的事了。

關上房門後，伊萊便將房內的所有窗戶都打了開來，並靠在窗邊。不知為何，一看見對方的這副模樣，鄭泰義竟然感到相當新奇。

當人與人變熟之後，就算很常一段時間無法見到面，久違見面後也能像昨天才剛見過彼此一樣熟悉。而他和眼前的這名男子之間自然也是如此。他們同住在一個屋簷下已經有好幾年了，只不過是短短兩個多月沒見到面而已，根本就不可能對對方感到陌生。

可是，鄭泰義還是莫名地湧上了一股新奇感。在思索了一會兒後，鄭泰義便像想通似的點了點頭開口道：「你怎麼會穿成這樣？我還以為你是什麼時髦的年輕企業家。」

靠在窗邊，將雙手抱在胸前的伊萊見狀挑了挑眉，「在你眼裡看起來是這樣嗎？不久前剛進來的會計師才抓著我談起了做假帳的事呢。」

「……聽完你的這句話後，看上去倒也有點像惡德律師。」鄭泰義的視線掃過伊萊穿著十分整齊的西裝、梳得乾淨俐落的頭髮，以及明明沒有度數，但不知道為什麼要戴的眼鏡後，像是自言自語般的嘟囔道。

而伊萊聽完則是再次挑起眉頭，露出了微妙的笑容。

與此同時，一道露骨的視線也移到了鄭泰義的身上。

無比熟悉的黝黑雙眼中沒有絲毫的笑意。只有嘴角帶著笑意。

於是，鄭泰義心中的警報響了起來。他可以聽見自己的腦中傳出了刺耳的警報聲。

對，仔細一想，自從離開柏林並來到這座豪宅後，這還是他們兩個第一次單獨待在一起——其實更準確地說，他們並沒有單獨待在一起。畢竟一旁還有失去意識的克里斯多夫躺在那裡——。

他正在離家好幾公里之外的地方，與那名曾經說過「敢出門就死定了」的男子面對面地互看著。

鄭泰義想著好險自己比較靠近房門口，一邊不情願地開口問道：「不過你真的可以過來這裡嗎？聽說你不能與特定的人接觸，得一直保持中立。」

因為想從對方口中獲得待在這座豪宅時，至少生命還不至於受到威脅的保障，鄭泰義下意識地握緊了拳頭，認真地盯著對方的雙唇看。從對方雙唇所吐出的答案將會決定他的性命是否會受到立即的危險。

而明知鄭泰義在想些什麼的伊萊就只是默默地發笑，用冰冷的視線打量著他。就這樣過了好一會兒後，像是終於思考完的伊萊才緩慢地開了口。

「對，在這裡的這段期間，我得成為一名稱職並可靠的里格勞家一員。」

鄭泰義鬆開了緊握著的拳頭。

看來對方不至於會在這裡展現出真面目。

為了不要把內心的喜悅表現得太過明顯，鄭泰義拚了命地控制自己的表情。要是他現在表現得太開心，或許又會不小心惹怒那名不按牌理出牌的人。

伊萊在以微妙的笑容，凝視了努力維持著面無表情的鄭泰義好一陣子後，猛地挺直了腰桿。伊萊從容地朝鄭泰義坐著的床邊走了過來。

「……我原本是打算這麼做的，可是某人就是不願意幫我的忙啊。嗯？」

「——你說誰。」

隨著兩人之間的距離漸漸拉近，鄭泰義也露出警戒的眼神問道。與此同時，伊萊並沒有因此而停下腳下的步伐。

雖然鄭泰義曾經冒出過要不要趕快起身，隔著一張床鋪與對方對峙的衝動，可是他下一秒就又放棄了。畢竟猛獸本來就是越受到刺激，就會變得更加危險。

隨後，伊萊停在鄭泰義的面前。對方就這樣站在只要伸手就能碰到他的位置，垂下眼俯視著他。而鄭泰義也抬起視線，望向了對方。

「鄭泰義。」

倏地，伊萊低聲地開口道。

在意識到對方的語氣之中沒有絲毫笑意的剎那，那道柔和的嗓音便以令人毛骨悚然的方式傳入了他的耳中。

「你不想活了是嗎？」

「不，我一點都不想死。」

對方語音剛落，鄭泰義便馬上答道。要是他此刻敢有半點遲疑，肯定會立刻死在對方的手裡。

「那你之後不准再插手克里斯多夫與里夏德之間的事。雖然我不知道你到底產生了什麼誤會，但要是剛剛那種程度的騷動就會殺死里夏德，那他早就已經死過不下數百次了。」

「……你的意思是，克里斯多夫曾經像剛剛那樣發作過不下數百次？」

「如果不是非得跟里夏德扯上關係的話，那次數的確是快接近數百次。」

在聽完伊萊的回答後，鄭泰義詫異地看向對方。

縱使實際上所發生的次數可能沒有像對方講的這麼誇張，但伊萊之所以會這麼說，肯定就代表對方時常撞見克里斯多夫發作的模樣。

「可是我剛剛看其他人的表情，這件事好像沒有你說的那麼頻繁……」

聽見鄭泰義的咕噥聲後，伊萊瞇起了雙眼，直勾勾地盯著他看並開口道：「他還在這個家中的時候，發作的次數的確不多。畢竟他在成年後沒多久就進到了T&R，平時也不怎麼回來塔爾坦家。所以在此之前，最多可能也就只有發生過幾次吧。」

「但你剛剛不是才說他發作的次數接近數百次嗎。」

「那些都是我在T&R的時候看見的。」

伊萊就像在回味過往似的，一邊緩慢地喃喃自語，陷入了短暫的沉思之中。就這樣過了好一會兒，伊萊才又滿不在乎地聳了聳肩。

「也對，機動隊都被外人稱作『瘋子巢穴』了，在那裡面發生這種事好像也……」被伊萊的說法說服的鄭泰義默默地點起了頭。

下一秒，伊萊靠坐在床邊的床頭櫃上。不過那櫃子比一般的床頭櫃還要高上許多，因此伊萊的姿勢更接近於靠在櫃子上。

跟原先面對面的情況相比，縱使此刻的距離安全了許多，不過伊萊的腳卻碰到了鄭泰義的腳。在感受到拖鞋上傳來一股微妙的壓迫感後，鄭泰義雖然愣了一下，但他並沒有表露出來。

「所以你不要再插手這傢伙與里夏德間的事了……不，你乾脆就盡你所能地不要對這傢伙的任何事產生興趣。跟一群腦袋不正常的傢伙們混在一起，對你來說沒有半點的好處。」

伊萊彷彿不在乎自己的腳碰到了鄭泰義的腳似的——不對，他看上去就像完全不知情一樣——，淡然地說道。

而鄭泰義則是故作沉思的模樣，垂下頭凝視著對方那隻踩在自己拖鞋上的腳。伊萊現在已經大剌剌地踩上去了。

不過比起跟對方計較這件事，伊萊剛剛說的那段話之中，有個部分令他十分在意。被伊萊說成是腦袋不正常的傢伙，看來克里斯多夫的人生是真的完蛋了。

雖然他也想直接說出這句話，最後還是選擇稍微拐了個彎的方式。「我還以為你跟克里斯多夫是朋友。」

倏地，鄭泰義回想起了克里斯多夫板起臉說自己跟伊萊絕對不可能是朋友的那個畫面。這麼一看，伊萊好像也沒有把克里斯多夫當成是朋友。

如鄭泰義所料，伊萊皺起眉頭思索了幾秒後，搖著頭說：「我不知道你心中『朋友』的定義是什麼，但我跟他應該不屬於你所認為的那種朋友。」

「朋友是還能有什麼定義。只要你認為對方是你的朋友，那他就是你的朋友啊。」鄭泰義以一種不知道對方在講什麼廢話的語氣嘟噥道。與此同時，他再次瞥了自己的腳一眼。

伊萊脫下腳上的拖鞋，赤腳踩在鄭泰義的拖鞋上，接著再緩慢地將自己的腳伸進鄭泰義的拖鞋之中。拖鞋並沒有大到可以容納兩名成年男子的腳，空間立刻變得十分狹窄。

伊萊的腳趾先是慢慢掃過鄭泰義的腳背，隨後再伸進腳底凹進去的空間。不知為何，鄭泰義總覺得這個感受異常的微妙。

鄭泰義抬起頭來不滿地看向對方。然而伊萊在與鄭泰義對視後，看上去依舊是一副不以為意的模樣。

是我的思想變得太奇怪了嗎？為什麼對方只是拿腳來鬧一下，我竟然會產生這麼微妙的心情……

因為鄭泰義沒有勇氣向對方說出「可以不要再碰我的腳了嗎。會讓我聯想到一些色色的事」所以他只能將自己的腳從拖鞋中抽走。與此同時，他也逃離了那隻不停踩著他腳背的腳。

他就這樣將腳往後藏，並撓起了頭，「就算你們不是朋友，但至少你們是同事吧。你不是說過在 T&R 機動隊裡的時候，曾經一起共事過？」

「利害關係一致的時候，才算是同事。」伊萊簡潔地答道。

而鄭泰義見狀再次抬起頭望向對方。

當兩人在同個團體內一起共事時，基本上就代表彼此對外的利害關係是一致的。然而若是深入瞭解一些瑣碎的部分的話，縱使他們待在同個團體裡、以同樣的目標在行動著，但內部難免會存在權力鬥爭。

換句話說……

「這就像塔爾坦家對外總是宣稱家族內部的凝聚力很好，可是私下卻劃分成不同的派系在內鬥一樣。」鄭泰義點起了頭。不過伊萊並沒有答話。

當鄭泰義不解怎麼會出現這陣沉默，疑惑地看向伊萊時，對方的視線停留在失去意識躺在床上的克里斯多夫的身上。倏地，伊萊咂起了嘴。

如果是其他人做出這個動作，鄭泰義或許會覺得那人在為克里斯多夫感到惋惜或憐憫。不過換作眼前的這個男人後，鄭泰義只覺得他是感到困擾及厭煩。

在為此感到新奇的同時，鄭泰義還不忘暗自在心底搖起了頭。

「想想他之前做過的那些事，我會這樣認為其實也很正常。」鄭泰義忍不住低聲咕噥了起來。

「我來告訴你這傢伙的壞毛病吧。」

突然，伊萊開了口。

對方的語氣輕鬆到就像在閒聊著之前曾經發生過的可笑失誤般，微笑著將身子往後方靠去。隨後，伊萊伸直自己的腿，再次踩在不小心就大意的鄭泰義的腳上。

「我待的那個私人機動隊，除非有特別情況，否則基本上都是自由簽約制。換句話說，當我跟蒙太古簽約的時候，隸屬於同個機動隊裡的其他人也有可能跟凱普萊特簽約。」[3]

3　莎士比亞《羅密歐與茱麗葉》中，兩個主角各自所屬的世仇家族分別為蒙太古（Montague）家族與凱普萊特（Capulet）家族。

鄭泰義一度想踢開伊萊的腳，但在聽見這番話後，立刻把腦中的想法拋在後頭，皺起了眉頭，「這個制度還真怪。」

同事之間可能槍口相向這種事，即使用比較「自由契約」這種好聽的說法來包裝，聽起來也不怎麼令人滿意。

因此，這其實可以說是幾乎違反了大部分私人武裝團體都列為主要禁止條款的「雙重契約」規定。

「經常有人這麼說，但站在我們的立場上，也不得不認同這個制度。若是看不慣，那大可不要簽約。」伊萊聳了聳肩，不以為意地說。

隨後，對方笑著補充道：「況且打從一開始，把同事之間的感情看得比工作能力還重要的品格高尚者根本就不可能會找上我們。」

在聽完對方的這番話之後，鄭泰義也只能苦澀地認同。

「在這樣的前提下，有次就碰上了當我在幫蒙太古做事的時候，這傢伙跑去幫凱普萊特做事的情況。雖然這在機動隊裡算不上是多罕見的事，但我跟他就成為了對立方。」

「所以你跟克里斯多夫打起來了？」

「簡單來說，的確就是這樣沒錯。」伊萊邊說邊露出了微妙的笑容。

其實就算伊萊沒有露出這麼微妙的笑容，鄭泰義也能猜到兩人之間的爭鬥絕對不是只用一句簡單的「打起來」就能帶過的。

「我當時的任務是要從這個傢伙的口中套出某件事，但這傢伙也有他自己的任務在身，因此死活都不願意告訴我。在這種情況下，我不得已只能用多少有些強迫並暴力的手段來逼他——我當時可是真的很兩難，也很頭痛啊。」伊萊搖了搖頭後，又補上了一句，「我當時真的被他搞到很累。」

鄭泰義將另外一隻腳踩在對方那隻壓在自己腳背的腳上——當然，這會導致他被壓在最下面的腳變得更加沉重，但人嘛，有些時候就是寧願忍受痛苦，也不想讓對方好過——，瞇起雙眼說道：「我想你之所以會這麼兩難，一定不是因為良心不安於得對同事做出狠心的事。我猜八成是克里斯多夫直到最後都不願意開口？」

「啊哈……你還真了解呢。」伊萊笑了起來。

鄭泰義先是撓了撓頭，接著轉頭看向躺在身後的克里斯多夫。

「從結論來說，即使我後來順利從其他傢伙的口中得到了情報，不過那時這傢伙也已經被我打到得入院好幾個月了。」

「我總算知道當我問克里斯多夫你們是不是朋友的時候，他為什麼會露出那麼厭惡的表情了……」

聽見鄭泰義的嘟噥聲後，伊萊輕笑了起來。他帶著笑意，微微傾身身子靠向鄭泰義，壓低嗓音地說：「當我在這傢伙無法反抗時，單方面對他施加暴力，他連一聲慘叫都沒有。不對，連呻吟都沒有。就維持那張無趣的臉，一動也不動。」

當伊萊露出微妙的笑容說完這些話，鄭泰義的表情也跟著微妙了起來。伊萊不會手下留情到讓對方還能忍住慘叫。鄭泰義很清楚這傢伙的手勁有多大，剛剛被打的臉頰到現在還像燒起來一樣痛。

既然如此……

「他該不會沒有痛覺吧……？」鄭泰義皺起眉頭咕噥道。

如果真的是這樣，那對從事這一行的人來說是件致命的事。感受不到疼痛就等同於感知不到危險。

可是伊萊卻搖了搖頭。不過下一秒，不知道在想些什麼的伊萊又點起了頭，笑著說出含義完全不一樣的答案。

「後來當我拿著慰問品去醫院探望他時，他漫不經心地說，因為要是他當時喊痛的話，之後很有可能會忍受不住那股痛楚，一直不停喊痛，所以才會一聲不吭地忍到最後。」

鄭泰義抹去了臉上的表情。他輕輕皺起眉頭想要說些什麼，可是在間隔了好一會兒後，他才說出口。

「如果硬要說的話，要那樣想好像也……」

話才說到一半，他又安靜了下來。

這不是一般人能夠理解的情況。他必須完全忍受單方面的痛苦，以及壓倒性的傷害與痛苦。

而伊萊俯視著默默與他對視的鄭泰義好一陣子後，開口道：「這個傢伙的腦子裡沒有痛覺的概念。就算有，認知系統也已經壞了。當他因為反胃嘔吐時，他不會覺得是胃痛，反倒還會以為是喉嚨痛。」

「……」

鄭泰義垂下了頭，凝視起自己十指相扣的手。

他停頓了一會，他才嘆了口氣地嘟噥道：「這不是那種聽完就可以當作沒這回事的事。」

他的口中散發出了一股苦澀的味道。那股味道實在是太苦了，讓他無法嚐到其他味道。他緊緊地握住十指相扣的手，用力地搓揉起手指關節。即使如此，他口中的苦澀感還是揮之不去。

盯著鄭泰義看的伊萊則是愉快地瞇起了雙眼，「我就知道你會這樣說。」

聽見對方那句帶著微微笑意的話語後，鄭泰義惡狠狠地瞪向伊萊。

「那你幹嘛故意跟我說這件事？」

雖然伊萊有著許多怪癖，但不是會笑著分享這種故事的人。不，打從一開始，伊萊就對這種類型的事不感興趣。無論是他人的幸福或不幸，這些都無法讓伊萊產生興趣。

可是伊萊現在卻故意跟鄭泰義提起了這件事。

伊萊先是歪起頭，接著緩緩地移動起那隻踩著鄭泰義腳背的腳。明明對方柔和掠過的腳是這麼溫暖，可是鄭泰義卻感到無比寒冷。

「你不是說你的理想型是溫柔的人嗎？所以我偶爾也得在你的面前展現出這一面啊。」

鄭泰義就像被突如其來的石頭砸中後腦杓般，驚訝地皺著臉看向他。

縱使最先令他感到荒謬的是這個男人竟然會說出這種話，不過更讓他想要追究的還是那句話的內容。

「剛剛哪裡有出現過溫柔的一面？你是指拷問他人這件事？還是親自去探問被自己拷問過的人這件事？」

雖然兩人生活在一起很長一段時間了，但鄭泰義偶爾還是無法理解眼前的男人到底在想些什麼。不，其實他很多時候都無法理解對方的想法。甚至他有時還會覺得如果自己哪天真的能理解對方在想些什麼時，那他的人生也完蛋了的念頭。

當鄭泰義因為那句無法理解的話語而激動得大吼時，伊萊「噗嗤」一聲地笑了起來。等到對方嘴角的笑意漸漸消失後，那雙如冰般的黝黑眼眸也停在了鄭泰義的身上。

「對這種腦子有病的人來說，無論你用什麼方法求對方讓你離開，他到死也不可能放你走。」

語畢，伊萊直直地凝視著鄭泰義。

面對那駭人的視線，鄭泰義一時腦袋一片空白，只是默默眨著眼睛。

他像是措手不及似的，怔怔看著伊萊。接著，鄭泰義微微地皺起眉頭。歪著頭，望向對方張開了嘴。然而張開的雙唇卻說不出任何一句合適的話語。

明明腦中有無數想說的話，卻不知道該從哪一句開始說起。

是該先說，「無論我要去誰的身邊，那個人願不願意放我走，這也不是你說了算的事」；還是應該說「如果是腦子沒問題的傢伙，你就會乖乖放我走嗎」；又或者是先點出「你怎麼敢厚著臉皮地以自己腦子沒問題為前提來討論這話題」呢。

這些念頭雜亂無章地在腦海中翻攪著，鄭泰義只能斷斷續續地嘟噥著「無論……如果……你怎麼……」這些話。最終，鄭泰義彎下腰嘆了口氣後，將額頭抵在十指交扣的手上，用疲倦的聲音開了口。

「這竟然是你所認為的溫柔的一面……我果然還是搞不懂你在想些什麼。」

不過轉念一想，至少無法理解對方想法的鄭泰義的人生還不算真的完蛋。

所有的疲勞感一時之間都湧了上來，讓鄭泰義恨不得立刻躺在這張床上休息。身體的疲勞感與精神的疲勞感全都交織在一起。

今天還真的是個坎坷的一天啊。不但得知了一堆不想知道的事，甚至還聽見了、看見了許多根本就不想知道的事。

他只想趕快結束這一天，將身體泡在溫暖的浴缸裡，放空腦袋，鑽進床裡入睡。

好，我還是趕快回房間吧。

就在鄭泰義抬起沉重的眼皮時，他與一雙無聲凝視著他看的眼眸四目相交。

縱使他早就知道對方坐在那個地方了，可是在看見那雙不曾移開過視線，一直盯著他看的眼眸時，他的肩膀還是不由自主地瑟縮了一下。

伊萊的指尖緩慢地敲打著床頭櫃，而那不帶絲毫情感的雙眼也無聲地俯視著他。鄭泰義無法從伊萊的眼眸中猜出對方究竟在想些什麼。

「伊——」

當鄭泰義準備要開口時，伊萊那隻原先一直在鄭泰義腳背上緩慢畫圓的腳觸碰了他的腳踝。那隻腳慢慢地往上移動，輕撫著鄭泰義的脛骨與小腿肚。動作緩慢又輕柔。

「好……既然想說的話差不多都說完了，那現在也是時候要來聽你的解釋了。」

不知為何，對方低沉的嗓音聽上去異常的危險。

鄭泰義皺起了眉頭。啊，他不小心就把這件事給拋在了腦後。

「你怎麼會出現在這裡呢？嗯？那個對我說『我會在你下個月回來之前先離開』的鄭泰一先生。是啊，你確實說到做到，真的離開柏林了。」伊萊瞇起了雙眼，「我明明還叮囑過要你乖乖待在家裡。」

該死，我踩到他的地雷了。難怪他從剛剛開始就一直在踩我的腳。

鄭泰義偷偷地將自己的腳從對方的腳下移開。不過由於對方死死地踩著他腳踝下方的部位，讓他無法如願。

「你難道是打算逃跑嗎？」

伊萊問道。然而，問出這個問題的伊萊似乎並不是真的這麼想，他用腳趾輕輕拍打鄭泰義的腳背。

縱使鄭泰義根本就沒有想過要逃跑，可是被對方這麼一問，他頓時便很想承認。……不過考慮這麼回答後可能會帶來可怕的後果，鄭泰義只能盡量面無表情地說出他所能想到的最好回答。

「沒有……我是聽說你在這裡，所以才跟過來的。」

「……」

鄭泰義厚著臉皮地抬起頭，直視著伊萊，面不改色地說道。臉上還擺出一本正經的表情。

陷入短暫沉默之中的伊萊隨後「呵……」一聲地笑了出來，「你是因為我才過來的？」

「當然。」

「看來前幾天我哥打電話來說的那些話，是我聽錯了。他說你為了幫他拿回被克里斯搶走的書應該會被折磨得很慘，還要我想辦法幫你。」

凱爾，你這次是真的從頭到尾都不打算站在我這邊啊。

鄭泰義雖然在心底短暫地埋怨著凱爾，不過他實際上也不認為臨時編造的謊言可以騙過伊萊。他只是想含糊帶過罷了。

然而，因為凱爾的那通電話，別說是含糊帶過，一切全都搞砸了。

「既然你知道的話，那幹嘛還問我啊。」

鄭泰義不滿地嘟噥著，一邊迅速將自己被踩在伊萊腳下的腳抽走。伊萊的腳就這樣輕輕地撞在了地板上。

下一秒，伊萊微微地挑起了眉頭。在經過短暫的曖昧沉默後，鄭泰義又悄悄地將他的腳緩緩地塞進伊萊的腳底。

「……好吧，那就當作是我聽錯電話內容了。既然你想用『跟著我過來』的這種可愛理由當藉口，那我也只能照你說的這麼想了。」

「你還真是溫柔啊。」

鄭泰義這次也用著十分正經的表情立刻乾巴巴地嘀咕道。雖然乍聽之下很像嘲諷，但他絲毫沒有嘲諷的意思。如果說是拍馬屁的話倒還說得過去。

伊萊只是默默地凝視著鄭泰義。

在看見對方那僅僅只有嘴角夾帶著些許笑意，雙眼冷到不能再冷的表情後，鄭泰義只覺得很棘手。

那是一張十分難懂的臉。

他既猜不到對方在想些什麼，也無法推敲出對方現在是什麼樣的心情。他唯一知道的就只有，當對方露出這個表情時，絕對不會說出什麼愉快的話題。每當伊萊在思索著什麼棘手難題時，總是會露出這種表情。

鄭泰義也曾經想過，這或許是感到為難或困擾的表情，但他怎麼樣都無法想像，那個無所畏懼的男人會遇到為難或困擾的狀況。

難題嗎，那他此刻會面臨的難題究竟會是什麼？

鄭泰義無從得知。他只能從伊萊接下來要說的話語中推測罷了。

「泰一。」

隨後，伊萊開了口。而鄭泰義則是一語不發地望向對方。

「回去柏林。」

他只說了這麼一句話。沒有任何的補充的解釋。

……啊哈。

即使鄭泰義猜不到理由，但他好像能隱約推敲到對方不樂意的點是什麼了。

「可是我已經來到這裡了？」鄭泰義故作毫不知情地歪頭問道。

或許伊萊也看出鄭泰義只是裝作什麼都不知道，對方倏地瞇起雙眼。踩在鄭泰義腳背上的腳也加重了力道。鄭泰義感到有點痛。

「你是不想回去嗎？」

鄭泰義聽見對方低沉的嗓音從頭頂傳來。出乎意外的是，對方的語氣不像是要逼迫他回去，更像是單純好奇鄭泰義為什麼不想回去似的。

鄭泰義疑惑地看著他，再次歪起了頭。

他其實沒有不想回去。他既沒有非要待在塔爾坦家的理由，也沒有想要待在這個地方的理由。無論是身體還是心靈，待在柏林都會更舒適。

可是他還沒找到凱爾的書。這是他難得可以幫上凱爾的機會，若是可以的話，他是真的很想幫對方找回那些書。

況且。

「……」

鄭泰義瞥了躺在自己身後熟睡的克里斯多夫一眼。伊萊見狀也挑起了眉頭。

「可是我還想待在這裡一陣子……難道有什麼我不能繼續待在這裡的理由嗎？」

因為這個男人看上去太不安了。

就算他對此也束手無策，不過在看到對方這麼岌岌可危的模樣後，他實在無法說走就走。

「你很在意克里斯多夫嗎？」

伊萊的嗓音在耳邊響起。鄭泰義也愣了一下。

明明剛才兩人雖然膝蓋和腳有接觸，但還是隔著一定的距離。可是就在他轉過頭看向克里斯多夫的這段期間，伊萊已經不知不覺地從床頭櫃上離開，來到鄭泰義的面前。由於對方站了起來，踩在鄭泰義腳背上的腳也增加了沉重的壓力。

「泰一，到此為止。再多就不行了。」

低沉的嗓音觸碰到了鄭泰義的耳垂。

隨著踩在腳背上的重量消失，伊萊的全身都壓在鄭泰義的身上。

「——喂，等等，停下來。」

伊萊把鄭泰義推倒在床上，又趴在他身上施加力量。一時大意被推倒在床上的鄭泰義慌張地瞥了身旁一眼。克里斯多夫此刻正躺在距離他不到兩掌寬的位置上。

「喂、喂，你幹嘛！拜託你看一下場合！」

不知為何，約翰曾經說過的那句「烤松茸不管是何時何地吃都是這麼美味」突然浮現。鄭泰義連忙甩頭想要把那句話從腦中甩掉。他冒著冷汗低語道：「我的房間就在隔壁而已！喂！喂！！」

「因為那人是克里斯，我才一直忍著沒動手。」

伊萊就像聽不見鄭泰義的話語，自顧自地說出自己想說的話。他先是從鄭泰義的耳垂一路緩慢地舔至臉頰，接著毫無預警地抓住鄭泰義的胯下。

鄭泰義屏住了氣息。

即使中間隔著褲子跟內褲，但伊萊的大手還是不偏不移地抓住了鄭泰義的性器，輕輕地擠壓。

伊萊停在彼此的鼻尖就快要碰到的位置上，俯視著身下的鄭泰義。而他緩慢擺動著的手也漸漸湧上了熱氣。

然而從伊萊雙唇中吐出的話語聽上去卻是這麼的冷靜。

「泰一，我知道你喜歡的不是那種雕像般五官深邃的臉，所以即使你黏在那傢伙身旁偏袒他，我也沒多說什麼。」伊萊接著補充道，「對了，況且那傢伙也還有嚴重的接觸恐懼症。」

語畢，伊萊吸吮著鄭泰義的嘴唇。雖然吸吮著下唇的力道大到令人疼痛，但此刻真正的問題是在下半身。

對方隔著衣物粗暴地抓握揉捏，手勁大到讓人疼痛。但問題不只是疼痛而已，縱使想要推開對方，不過伊萊就像鐵了心一樣，根本推不開。在這些刺激下，喘息聲也快冒出來了。

完蛋了。

鄭泰義用餘光再次瞥了一旁。即使他也知道吸了氯仿的人不可能這麼快就清醒，但這也無法改變此刻他們的身旁就躺著一個人的事實。

「所以，一切就到此為止。你不准再深入下去了。」伊萊低聲說道。

接著，他再次用力地吸吮鄭泰義的唇瓣。彷彿要與下面較勁，看哪邊的刺激更為強烈似的。

伊萊隔著布料有些粗暴地搓揉起鄭泰義的性器，同時在上方俯視著鄭泰義的表情變化。注意到對方的視線後，鄭泰義皺著眉並撇過了頭。

伊萊的糟糕習慣又出現了。

鄭泰義已經想不起來對方是從什麼時候開始有了這種習慣，不過每當鄭泰義因為刺激而興奮時，伊萊便會直勾勾地打量著他的表情，看著他因為刺激而變手足無措的模樣。有些時候，伊萊甚至還會在鄭泰義快要高潮的前一刻，緊緊按壓住他的性器，不讓他射精。

當鄭泰義即將高潮的瞬間被阻止，不知所措地顫抖時，伊萊就會像是非常滿足似的瞇起雙眼，凝視著他好一陣子。

在鄭泰義看來，那大概是這世界上最殘忍的眼神。

幸好因為隔著布料，加上周遭的環境讓他無法集中精神，還不至於發生會讓鄭泰義日後一回想就會感到十分痛苦的局面。但被對方直直地盯著自己興奮的表情看，難免還是會覺得很難為情。

「不要再看了……」

「看屬於我的東西又怎麼了？」

當鄭泰義撇過頭，舉起手臂遮住臉時，伊萊馬上就拉開他的手，啃咬起他的臉頰。

「伊萊，拜託你不——」

「回去柏林。」

就在鄭泰義準備再次舉起手時，伊萊靠在他的耳邊低語道。那一瞬間，鄭泰義立刻閉上嘴凝視著伊萊。

伊萊滿足地注視著鄭泰義發紅的臉龐，但眼神中依舊留有一絲冷靜。

忽然間，一個疑問閃過鄭泰義的腦海，那與之前他曾短暫感受到的不協調感十分類似。

伊萊反常地在叮囑完要他乖乖待在家中後才離開的行為、連續打回來確認好幾次的舉動，以及在這裡撞見鄭泰義時那既詫異又冷漠的表情。

……從這些線索來推敲的話，最簡單的結論便是他在這裡有了新歡……該死，雖然想認真思考，但那隻手卻一直讓人分心……

鄭泰義怒視著對方那執著地撫摸、搓揉著自己逐漸勃起的性器的白皙手指。縱使他的大腿時不時就會因為過於刺激而顫抖，但他還是努力地動腦思考。與此同時，他也把有了新歡的這種荒謬想法給拋到腦後。

……在肉體的折磨之下，我到底要怎麼靜下心來地整理腦中的想法……

「問題是出在這裡不是柏林，還是因為這裡是德勒斯登？」

鄭泰義在喘息之間，勉強問出了這個問題。

就在這時，不停搓揉著鄭泰義下身的手突然停下了動作。而那張不是在吸吮著他的雙唇，要不然就是在舔舐著他臉頰的臉也稍稍後退了一點。

伊萊停在距離只有一掌寬的上方俯視著鄭泰義。

鄭泰義看著對方面無表情的臉，在這簡短又突兀的寂靜之中眨了眨眼。

……哦……？

他的腦中倏地閃過一絲疑問。

「看來直覺太好也不全然是件好事啊……」

就在鄭泰義聽見對方那道猶如自言自語般的低語聲時，「……啊！」

緊握著鄭泰義性器的手瞬間加重了力道。手指也準確地往性器的下方，鄭泰義最為敏感的地方探去。隨著布料的摩擦，感覺也變得更加敏銳。

「等等，伊、伊萊……」

大力摩擦的動作讓他感覺到了疼痛，鄭泰義不得不停下了說話聲。他的下體已經腫脹到極限了。性器就像是要貼合隔著布料不停刺激著他的寬大手掌似的，性器的頂端也溼潤了起來。

鄭泰義甚至都沒有時間去在意內褲溼掉的不適，伊萊就這樣不斷地啃咬著他的嘴唇，將舌頭吸進自己的口中品嚐。與此同時，鄭泰義也迎來了高潮。

「……！……！」

伊萊將間歇顫抖著的鄭泰義抱入懷中，並朝他低語了什麼。

那是道非常細微的聲音。

對於一個前一秒才迎來高潮，腦中頓時一片空白的人來說，那道聲音實在是過於細微，難以辨識。

——不過，也對，既然都見面了，就這樣送走你也很可惜。明明只剩下不到一個月而已。

鄭泰義茫然地看著眼前那好像在說些什麼的雙唇。對方似乎講了什麼很重要、一定得聽的話語，但他卻沒有聽清楚。

鄭泰義出神地感受著射精後的無力感，不知道他是不是精神已經恍惚了，不知不覺地嘟噥了：「你不做嗎？」

等講出那句話之後，他才總算回過了神。糟糕，心瞬間涼了半截。

等一下、等一下，我不但在別人的床上——甚至床鋪的主人現在就躺在他的旁邊——做出這種難以啟齒的事，現在竟然還提出了這種荒謬的提議？

「沒有，不是，在這裡做實在是有一點，我的意思是……」

伊萊靜靜地看著鄭泰義不知所措的模樣，接著猛地從他的身上起身。

或許是察覺到了什麼動靜，伊萊走到窗邊向外望去。而鄭泰義就只能尷尬地看著對方的身影。

那傢伙今天怎麼這麼反常……

狐疑地盯著對方看的鄭泰義隨後便聽見外頭傳來車子駛來的聲響。車頭燈也從窗邊一閃而過。

這麼晚了，還有誰會來啊？

思索了一會兒的鄭泰義馬上就意識到，現在也差不多是里夏德該從醫院回來的時間。

伊萊站在窗邊，一語不發地望向窗外。他的食指也輕輕地在玻璃窗上敲打著。就算鄭泰義現在向他搭話，也不會得到任何回應。

一直等到車子的引擎聲漸漸遠去，車身完全消失在視野裡後，伊萊的視線才從那輛車子上移開。那雙冷靜估量著什麼的雙眼，繼續凝視了空無一人的窗外好一會兒，等到外頭再次變得鴉雀無聲時，才總算從窗邊背過了身。

起身後，鄭泰義就這樣坐在床上望著伊萊。

此刻就好像有什麼東西卡在他的心底般，一股不是很痛快的感覺停留在他的腦中，不斷地發出聲響干擾著他。歪著頭思索了好一陣子後，卻始終得不出個結論，他只能無奈地嘆了口氣，再次將視線移到伊萊的身上。

「……」

仔細一想，他們直到不久前都還在床上翻雲覆雨。可是此刻卻沒有迎來早已被他視為理所當然的順序，這也讓他感到不安。這種感覺就像是平凡的日常突然產生天翻地覆的變化，掉進了一個陌生的空間裡似的。

那傢伙不是這種人。

這樣的想法讓他陷入了越來越深、近似於懷疑的苦惱中。

比起繼續僵持在這裡，他還寧願對方趕快做一做，然後爽快地結束。

「…………」

可是在考慮到自己的人身安全、考慮到美好的明天後，他實在是不想開口說出這種話。

不過就只有自己發洩欲望，也有點不公平，況且不久前——雖然那是他在腦袋不清楚的狀況下冒出的胡言亂語——他都已經開口了，現在直接裝作什麼事都沒發生的話，實在有點卑鄙。

「……你不做嗎？……不過真的要做，也不要在這間房間。」話說到一半，鄭泰義不忘再補上但書。

算了，反正我已經做好要死一次的覺悟了。以現在的這種覺悟，只要不是在這間房間的這張床上、只要不是在房間主人的身旁做的話，不管他想做什麼，我似乎都能接受。

雖然此刻的鄭泰義已經累到快死了。

雖然他今天的身心因為過於煎熬，身體就像吸了水的棉花一樣沉重，若是可以直接睡著的話那不知道該有多幸福。

可是鄭泰義還是選擇收起那過於瑣碎的惋惜。

伊萊站在窗邊，默默地望向鄭泰義。對方看上去似乎在思索著什麼，不過視線卻始終停留在鄭泰義的身上。

於是，伊萊的目光移到了鄭泰義的臉頰上。也不知道上頭是沾到了什麼東西，還是有什麼蟲子停留在那裡，伊萊就這樣直視著他的臉頰，眼神瞬間冷了下來。隨後，伊萊「嘖」了一聲，眉頭也不悅地微微蹙起。

然而沒過多久，伊萊便再次恢復成平時的表情，離開窗邊並徑直地朝著門口走去。

哦……？

鄭泰義茫然地看著對方。伊萊在抓住門把的剎那，又瞥了鄭泰義一眼。

「如果你還打算繼續待在德勒斯登，那我也不用趕著現在就做。況且你一副只要躺在床上、脫光衣服就會馬上睡著的模樣，我目前又沒有急迫到需要對像屍體一樣昏睡的人做愛。」

少騙人了！我之前因為修理屋頂累到不行的時候，你還不是照樣對半夢半醒的我宣洩性欲！我到現在都能回想起隔天起床時因為肌肉痠痛而生不如死！

縱使想反駁的話已經湧到了喉頭，但鄭泰義還是緊緊地閉上嘴。

雖然難以置信，不過這該不會是……

就在鄭泰義帶著半信半疑的表情盯著伊萊看時，伊萊在打開房門的前一刻再次看向了他。以著沒有絲毫笑意的表情，認真地開了口。

「我把話說在前頭，你要是再讓自己陷入危險，我會讓你覺得寧願直接死在我手上。」

「……好，我不會再這樣做了。」

即使鄭泰義從來不曾想過要因為他人而賭上自己的性命，不過比起向對方辯解，他最終還是選擇了乖乖地點頭答應。

但他怎麼會說出這麼不像他平時會說的話啊。

鄭泰義依舊用著半信半疑的表情直勾勾地打量著對方。

正當伊萊打開了房門，一隻腳踏出房外時，「那你趕快去睡……但是不要睡在這裡，回你自己的房間睡。」

對方漫不經心地說完這句話之後，便關上了房門。

「……哦……？」

鄭泰義待在頓時安靜下來的房內，獨自一人——先不算失去意識的那個人——坐在床上，望向被關上的房門。

該怎麼說呢，他現在就像掉進了新世界似的……

鄭泰義歪起了頭。隨後，他再次把頭歪向另一邊。然而來回重複了好幾次後，他仍舊無法解釋剛剛發生的那一切到底是怎麼回事。

難道對方突然洗心革面了嗎？還是靈魂換成了另外一個人？該不會是顧慮到這裡是別人的家，才不想在這個地方做出太放縱的事嗎……不，這絕對不可能。

即使鄭泰義提出了好幾個假設，但這些都無法合理地解釋伊萊怎麼會在沒有做出任何暴行的情況下，就直接離開。鄭泰義甚至都已經做好不是直接死在這裡，要不然就是死一半的覺悟了。

「這未免也太稀奇了……看來他是真的覺得我看起來很可憐吧。」

鄭泰義歪著頭撓了撓自己的臉頰。然而下一秒，卻突然發出痛苦的哀號聲，停下了手中的動作。

他的臉頰已經明顯腫了起來，口中也有了撕裂傷。半邊臉火辣辣地刺痛像是骨頭被打碎了一樣，痛到連手都不敢去碰。

他一時匆忙，不小心就忘記了這件事。這麼一想，他原本還打算要跟對方抱怨這件事，結果卻忘記了。

剛才在外頭被對方那野蠻的力氣狠狠打了一下，害他嘴巴內部撕裂，半邊臉頰也腫了起來。明天起床後，他的臉肯定會腫得慘不忍睹。

……被打了好幾下的克里斯多夫一定會更慘。

鄭泰義短暫地垂眼看向了克里斯多夫。比起自己，他更惋惜那張猶如雕像般漂亮的臉就這樣毀掉。

然而實際上，他並沒有真的打算要跟伊萊抱怨這件事。從當時那危急的情況來看，伊萊沒有直接說出「既然你這麼想死，就直接死在我手上吧」然後朝他揮拳就已經很仁慈了。

「……」

鄭泰義坐在床上，抬頭看向了天花板。高處貼著深色壁紙的天花板顯得特別厚重。

——那你趕快去睡。但是不要睡在這裡，回你自己的房間睡。

於是，他的腦中猛地閃過對方最後說的那句話。

鄭泰義呆坐在床上好一會兒後，便撓了撓自己的後頸。

——況且你一副只要躺在床上、脫光衣服就會馬上睡著的模樣，我目前又沒有急迫到需要對像屍體一樣昏睡的人做愛。

隨後，他又回想起了那道隱約參雜著些許嘲諷的嗓音。

鄭泰義這次換撓起了自己的頭。

「這一切看上去很好懂，卻又這麼的費解……」

他下意識地冒出了自言自語。與此同時，他也不忘嘆了口氣。

然而，在嘆完氣之後，他卻忍不住笑了起來。噗嗤噗嗤，就這樣偷笑了好一陣子後，最後終於低聲笑了出來。

雖然他馬上就發出哀號，一邊摀著臉頰皺起眉頭，但隨後又再次噗嗤噗嗤地笑了起來。

——《PASSION：DIAPHONIC SYMPHONIA 02》待續

BONUS TRACK

某天假日的午後，凱爾難得有空坐在書房裡，從容地喝著茶。

按下組合音響的按鈕後，喇叭中便流淌出了巴哈的樂曲。隨著第一樂章那莊嚴的旋律響起，凱爾也把前幾天放在一旁的空CD盒拿了起來。

《BWV 244》。

即使他信奉天主教，但實際上卻說不上是個多麼虔誠的人。然而這樣的他，卻十分喜歡這個作品。

「Erbarm dich unser, O Jesu……」

沉醉於曲子的凱爾甚至開始跟著哼了起來。就在他滿足地晃動起雙手時，茶杯中的茶不小心灑了出來，他也嚇得立刻睜開了雙眼。

「哎呀……我怎麼會犯下這種失誤……」

值得慶幸的是他已經快喝完了，所以就只有幾滴茶水灑了出來。不過看見茶水滴落在下方攤開的書本上後，凱爾露出狼狽的表情，立刻放下茶杯，並抽出了衛生紙。

「嘖嘖，我怎麼會在這麼珍貴的書本上……」

小心翼翼地拿起那本老舊泛黃到可以被保存在博物館裡的書本後，他輕輕地用衛生紙用按壓地擦去上頭的水漬，並咂了咂嘴。

不只這本書，大部分擺在這間書房裡的書都是他花了極大的心力才拿到手的寶物。其中自然也不乏他這輩子可能再也無法買到的書。因此這些書對他來說都是猶如珍寶般的存在。

在這些書中，最近最令他感到快樂的書是——

一想到這裡，凱爾的臉色立刻蒼白了起來。好不容易平復下來的頭痛又要復發了。

不久前，由於等不及代理人幫忙從遙遠的埃及把書帶回來，他甚至還親自飛去開羅拿。可是那本書此刻卻不在他的手上。

「我的書……比什麼都還珍貴的埃爾訥米爾舒……」

只要一想起那本書，凱爾的心又開始隱隱作痛。同時，他的腦中也閃過了那名像惡魔般一口氣偷走珍貴書籍的偷書賊。

對此刻的凱爾來說，他唯一能做的就是搓揉著疼痛難耐的胸口，並祈禱自己的書可以毫髮無傷地回來。

不知道他有沒有順利地找到我的書。等等，在此之前，他真的能……

凱爾一邊將手中的書放進書櫃裡，一邊發出了「哼嗯……」的嘟噥聲。

就在這個時候。

一旁的電話猛地響了起來。

在瞥了電話機一眼後，凱爾看見螢幕上出現了一串熟悉的數字。

「啊哈……這人怎麼會突然打過來呢。」

在調低組合音響的音量之後，凱爾按下了電話機上的按鈕。下一秒，螢幕上便跳出一張熟悉的面孔。

「嘿，你最近過得還好嗎？」

「我還是那樣啊。你怎麼會突然打來？難道是有什麼好消息嗎？」

「沒有，我就只是想打來問你的近況罷了。不過若硬要說的話，就是集訓結束，那群歐洲小混混們總算能回去了吧？」

「啊哈，還真是辛苦你了。」

語畢，凱爾便開始打量起畫面中朋友的氣色。

從對方剛剛提及的內容來看，UNHRDO定期舉辦的集訓好像告一段落了。而其中，又屬歐洲分部與亞洲分部間的集訓最容易出事。身為必須幫部員們善後的教官，照理來說，對方這陣子一定忙到一個頭兩個大。

然而朋友看上去不但沒有絲毫疲倦的神情，甚至還說得上是意氣風發。

「看來這次的集訓進行得很順利啊。」

「啊啊，因為那名惡名昭彰的瘋子不在了，所以也不至於發生什麼需要煩心的事。」

在聽見朋友泰然地笑著講出貶低自己弟弟的話語後，凱爾也見怪不怪地笑著附和：「這倒也是。若是那名惡名昭彰的瘋子現在沒有住在我家，我想我應該可以更爽快地為你的幸運感到開心吧。」

「啊哈哈哈，還能怎麼辦，這就是你的命啊。世界果然是公平的，你說是吧？」朋友若無其事地笑著說出帶刺的話。

由於無法反駁對方，凱爾也就只能暗自地感傷。

凱爾有個個性數一數二糟糕的弟弟。

沒有人可以選擇自己的家人。就像孩子無法選擇自己的父母一樣，父母也無法選擇要生出哪種小孩。而手足間自然也是如此。

對凱爾來說，他的父母非常完美。除了讓他含著金湯匙出生之外，其他方面也沒有什麼可以挑剔的。不過上天卻非常公平地讓他同時擁有了代表著幸運與不幸的兩個手足。

他的妹妹很好，是個懂事、堅強又美麗的女孩。自從跟一名可靠的男子結婚後，現在在其他國家和丈夫以及兩個像她一樣漂亮的女兒幸福地生活在一起。

然而問題就出在他的弟弟身上。

即使他現在多少已經習慣了，但他的弟弟仍然是邁入壯年期的他最大的煩惱。甚至他還有好幾次差點就死在對方手裡的經驗。

「既然你都提到他了，那里格最近過得還好嗎？」

「從他沒有傳出什麼消息來看，我想他應該過得還不錯。」

「他還在德勒斯登嗎？」

「對啊……不過再怎麼說，他應該不至於在那裡攻擊那傢伙吧。」

實際上，就算伊萊有辦法攻擊對方，凱爾也不會多說些什麼。可是他並不認為伊萊會在對方的地盤上做出這種事。畢竟兩個家族間的友好關係已經維持好幾代了。

「哈哈，但那人也不是被打還不還手的類型啊。那好不容易擺脫里格的魔掌，總算有時間可以悠閒度日的我的姪子過得還好嗎？」

「嗯？啊——你是說泰一嗎……」

凱爾停頓了一下。縱使他停頓的時間並不長，但他的朋友還沒有遲鈍到不會發現那個不尋常的停頓。

「怎麼了，發生了什麼事嗎？難道他生病了？」

「沒有，什麼事都沒發生，他也非常的健康……至少前幾天見到他的時候是這樣沒錯。」

「前幾天？那他現在——」

正當朋友狐疑地準備要開口詢問時，一道電話插播音便像特地挑好時機般地響起。

「啊，又有人打來了。等我一下喔…………還真是說曹操，曹操就到啊。」

保留了朋友的通話之後，凱爾便看向螢幕上位於朋友臉龐下方那一閃一閃的數字，反射性地皺起了眉頭。

是弟弟打來的。

其實凱爾多少能猜到對方為什麼會選在這個時間點突然打給自己。

「看來這個傢伙又要來找我興師問罪了。為了讓我可以順利地存活下來，你也陪我一起吧。」

「什麼？」

凱爾假裝沒有看見朋友那一頭霧水的表情，直接按下了同時通話的按鈕。

電話一被接通，一道低沉又生硬的嗓音便冷冷地響起。

「是哥把那傢伙送來這裡的吧。」

縱使對方劈頭就冒出了這麼一句話，但凱爾卻沒有絲毫遲疑，馬上就反應過來對方在講哪件事。

「看來你們總算遇到了啊。沒想到在那座那麼寬敞的豪宅裡，你們還能相遇。我原本還以為到最後，你們也不會遇見彼此。」

「現在這種情況，你為什麼還要把他送來這裡？你是瘋了是嗎？」

「我把話說在前頭，我絕對沒有其他的意思。最主要是因為克里斯把我的書拿走了，所以我才請泰一去幫我拿回書。你知道克里斯拿走哪本書嗎？他竟然拿走埃爾訥米爾舒一九〇八年的初版！」

或許是因為太過激動，凱爾講到最後甚至直接吼了出來。

「要不然你也可以去找克里斯要回那本書，然後把書交給泰一並把他送回來啊。」在稍微平復了一下心情後，凱爾壓低嗓音補充道。不過話筒的另一端卻是一片寂靜。

而佔據螢幕上一半的畫面，默默聽著兩人對話的朋友似乎是現在才意會過來他們在說什麼似的，就這樣點起了頭。

「……我乾脆直接把你那該死的書燒掉算了。」

不知為何，弟弟那道低沉的嗓音聽上去格外的鮮明。

凱爾也嚇到差點就打起了嗝，「喂，臭小子！！！你講那什麼話啊！！！」

「如果不想看見你的寶貝變成灰燼，那當初就不要做出這種事。」

相較於激動到大吼的凱爾，話筒另一端的弟弟似乎是稍微冷靜了一點，從容地開口道。

於是，話筒裡就只剩下凱爾鐵青著臉的喘息聲，以及弟弟一語不發的沉默。而一直沒有開口說話的朋友在某個瞬間卻突然低聲笑了起來。

對方似乎是覺得眼下的情況很好笑似的，笑聲隨即便變得越來越大聲。然而聽在凱爾的耳裡卻是越來越刺耳。

「你為什麼要笑得這麼開心？」

「沒有，比起好笑……喂，你怎麼這麼會使喚我的姪子啊？」朋友用著依舊愉悅的語氣補充，「人家難得可以喘一口氣，你怎麼又把他給推進火坑。」

凱爾很少能看見有人用這麼爽朗的嗓音在責怪把自己的姪子推入火坑裡的人。這麼無情的叔叔恐怕也不多了。

「欸，昌仁，你幹嘛把話講得這麼難聽啊。我敢保證，我絕對比任何人都還要疼你的姪子。」

再怎麼說，至少也比在地球另一端，無情嘲笑著自己姪子的叔叔還要疼他。

雖說在剖開朋友的心之前，凱爾都無法摸清對方到底有多疼自己的姪子，可是凱爾是真的發自內心地疼惜著鄭泰義。畢竟像鄭泰義這樣可靠、正直又好說話的年輕人真的是屈指可數。再者，鄭泰義甚至也已經比凱爾的親弟弟還要更像他的家人了。

就在凱爾講述著自己平時有多關照鄭泰義時，話筒中突然傳出「噗嗤」的笑聲。而發出這個聲響的人正是他的弟弟。對方那張冷漠的臉龐上浮現出嗤之以鼻的表情。

「……」

凱爾陷入了短暫的沉默。

朋友似乎也湧上跟凱爾差不多的心情，在沉寂了一會兒後，對方靜靜地開了口。

「里格……雖然我不打算否定你的意見，但可以請你將一些不太正確的手段從『疼惜』的定義中排除嗎？」

「隨便你。」弟弟爽快地回答並點了點頭。

在聽見對方那彷彿在說著「隨便你怎麼解讀，反正我會照自己的方式去詮釋」的語氣後，凱爾只覺得心情異常沉重。一直到這個瞬間，他才總算意識到自己對鄭泰義做了多過分的事。

早知如此，他就讓鄭泰義跟弟弟分開久一點。他為什麼又偏偏把鄭泰義送入關押著猛獸的籠子中呢？

然而不管他現在有多內疚，一切都太遲了。更何況，往好處想的話——

「昌仁，我哪有把泰一給推入火坑啊。再怎麼說，都還有這個傢伙扛著，泰一怎麼可能會受傷。」

伊萊既是最有可能傷害鄭泰義的人，同時也是會負責幫鄭泰義擋下其他小傷害的人。縱使凱爾沒有把後話給說出口，不過朋友似乎也心領神會了。朋友用著依舊十分愉快的表情點了點頭，「也對，你說得有道理。雖然我難免還是會擔心，但至少已經不再那麼不安了。我只能在遠處默默地祈禱著我那可憐的姪子可以迎來一個和平的未來。」

聽完朋友的話語後，凱爾倏地感到有些愧疚。畢竟摧毀鄭泰義和平未來的最大元凶便是自己的弟弟。

「昌仁，請你相信我，我是真的很疼你的姪子。」

「啊哈，好吧。」

值得慶幸的是，朋友似乎願意相信他的話，馬上就爽快地答道。與此同時，話筒另一端的弟弟卻保持著沉默。

倏地，朋友就像想起什麼般地嘟噥道：「所以泰義現在跟克里斯待在一起囉。」

於是間，話筒內再次剩下一片寂靜。

在思索了一會兒對方話語中所隱藏的含義後，凱爾憂鬱地開口：「……抱歉。」

克里斯。克里斯多夫・塔爾坦。

對方除了是之前 T&R 私人機動隊裡最惡名昭彰的人物之外，同時也是歐洲殺戮戰場的主角。

一想到自己竟然把鄭泰義丟到那名既難搞又令人摸不著頭腦的人身邊，凱爾就再次認知到自己的罪孽究竟有多重。

「不過若是泰一，那應該沒關係的……對，會沒事的。」凱爾先是沒有什麼信心地開了口，隨後又肯定地再補上了一句。

「再怎麼說，畢竟伊萊也在……」

說到一半，凱爾又再次陷入了沉默。於是，他想起了克里斯多夫這個人。

仔細一想，克里斯多夫不僅是伊萊的兒時玩伴。雖然他與對方相差了好幾歲，但因為兩家的關係很好，所以小的時候時不時就會見到對方。每當兩家發生了什麼大大小小的事情時，也會將消息分享給彼此知道。

正因如此，年紀比其他人都還要大的凱爾常常會在一旁看著那些與伊萊同齡的孩子們玩在一起，抑或是打在一起的模樣。

在那群孩子之中，克里斯多夫無疑是最顯眼的人。就連此刻在凱爾的記憶裡，克里斯多夫也是所有孩子之中最令他印象深刻的人。

而這不單單只是因為外表。雖然對方從小就長得特別出眾，但凱爾之所以會對克里斯多夫產生這麼深的印象，絕對不單單只是因為長相。

偶爾，在一閃而過的短暫瞬間裡，凱爾便會察覺到對方獨特的一面。當克里斯多夫與所有孩子隔著一步距離盯著那群孩子看的時候，他冷漠的眼中便會出現某種——又或者是沒有某種——東西。

然而凱爾卻無法精準地掌握那到底是什麼東西。每當他好像快要找到答案時，那股頭緒又會像雲霧一樣消散。那是只有那名少年才有，凱爾所沒有的東西；反之，那同時也是那名少年無法獲得，而凱爾卻獲得了的東西。

每次都是在出乎意料的剎那，像閃電般短暫，那彷彿看不見卻又看得見的東西留在了心中。就像克里斯多夫那雙靜靜凝視著孩子們的湛藍眼眸一樣茫然。

因此，每當凱爾聽聞克里斯多夫的消息時，他都不會感到震驚。無論是克里斯多夫以傭兵的身分去參加哪場內戰殺了多少人、或是又除掉了誰，克里斯多夫因為哪種過激的方式解決事情而引發爭端，他聽完後都會一邊嘟囔著：「他的個性真的跟外表差好多。」但內心某個角落卻又自然地接受了這件事。

假如克里斯多夫突然爽快地捐血給生命垂危的孩子，了解對方個性的其他人或許會感到十分錯愕，但凱爾卻能點著頭地說：「如果是克里斯的話，那他的確有可能這麼做。」

不對，若是需要的話，克里斯多夫說不定還會當場捐出自己的器官。

凱爾甚至可以想像到對方面無表情地切開腹部，取出體內器官的模樣。這不是出自克里斯多夫的善意，抑或其他的理由，這單純只是因為善變罷了。

如果是克里斯多夫的話，就有可能做出這種事。因為對方在擁有某樣東西的同時，也遺失了某樣東西。

打從一開始，克里斯多夫就跟大家不一樣。

在這種沒有什麼明確理由的脈絡下，凱爾在送鄭泰義過去的時候，內心暗自冒出了「如果是泰一，應該沒問題」的念頭。

「對，泰一會沒事的。」

至少克里斯多夫不會傷害鄭泰義。

雖然凱爾說不出個所以然，但他就是這麼相信著。

「唉……既然你都這麼說的話，那我也只能相信你了。」

畫面裡靜靜盯著凱爾看的朋友在聽完他的這番話之後，便笑著答道。而凱爾一聽見老友這麼說，壓在心中的大石也頓時減輕了許多。

「對，如果是泰一的話，那就沒問題。即使真的有問題，泰一也會想盡辦法讓情況好轉的。」

再者，縱使這對鄭泰義本人來說可能不是件值得慶幸的事，不過至少對方的身邊還有那名猶如怪物般的弟弟在。

「反正你也在那裡啊。只要你在的話，我應該就不用擔心泰一的安危了。」凱爾若無其事地朝弟弟說道。

與此同時，他可以看見視野一角的朋友瞇起雙眼的模樣。

對，我也很清楚。跟以前比起來，我已經變得可以厚著臉皮地說出違心之論了。

凱爾為自己的這種改變暗自嘆了口氣。實際上，他比誰都還要清楚，他的弟弟也不是有人說好聽話就會乖乖照做的人。

而如他所料，弟弟果真沒有什麼特別的反應。對方就只是以傲慢的態度，用著一副「你在說什麼廢話」的模樣不滿地說：「就算是這樣，你也沒必要把事情搞到這個地步吧？」

從另一個方面來看，反倒更需要他擔心的弟弟皺起了眉頭，低聲咂著嘴。

「要是事情往煩人的方向發展的話，這對我來說只會變得更麻煩。」

「煩人的方向？……難道泰一闖了什麼禍嗎？」凱爾疑惑地問，「泰一雖然很有可能被捲入其他的紛爭之中，但他不是會主動闖禍的人。」

弟弟就像陷入了沉思般緩慢地敲打著桌子，並沒有回答他的問題。

咚，咚。於是，話筒裡就只剩下手指敲打著桌子的聲響。就這樣持續了好幾秒後，那隻手指才停下了動作。

「不是……唉，算了。反正那傢伙喜歡的是像糖果一樣的臉，那跟他的喜好也不同。」

由於無法理解弟弟的這番話，凱爾皺起眉頭發出了咕噥聲：「嗯？」不過弟弟卻不再回應他的提問。畫面裡的朋友見狀也微微地挑起了眉，像是在思索著什麼般。然而朋友並沒有選擇開口，而是保持了沉默。

喜好是像糖果一樣的臉……這該不會是……

腦中浮現出某個假設的凱爾隨即又搖起了頭。

雖然鄭泰義倒楣到被自己的弟弟逮到，可是對方看上去還不至於連看人的眼光都沒有。再怎麼說，鄭泰義都不可能引火焚身。

無論如何，對此刻的凱爾來說，他唯一能做的就只有靜觀其變，祈禱那兩人能平安地回來。

正當凱爾在心中默默祈求著兩人的平安時，弟弟猛地咂起嘴說道。

「雖然事情變得很麻煩，但既然都發生了，那也沒有辦法。不過我勸你最好還是放棄想要那本書好好回到你手裡的美夢。」

弟弟語音剛落，電話就被單方面地掛斷了。與此同時，凱爾內心的平靜也就此結束。

「喂！你不准動那本書！不准！」

無論他怒吼了幾次，這些話語都無法傳達給早就掛斷了電話的弟弟。話筒裡只剩下他吼叫過後的回音。

與陷入混亂之中的凱爾不同，朋友從容地嘟噥了起來，「這段期間發生了滿多瑣碎的事呢。看來我之後可以時常打來詢問你的近況了。」

他從來沒有想過朋友的笑聲竟然可以這麼惹人厭。

「欸，那可是埃爾訥米爾舒……甚至還是埃爾訥米爾舒的初版……」

「啊啊，我的埃爾訥米爾舒現在還好好地收在金庫裡。希望你也能好好地守住你的那本埃爾訥米爾舒。」

凱爾不曾這麼憎恨過眼前的老友。現在這麼一看，或許老友還暗自為他那連帶連累了對方姪子的不幸而感到竊喜也說不定。

凱爾現在只能默默等待著鄭泰義順利完成任務，並把他的愛書帶回柏林。

——《PASSION：DIAPHONIC SYMPHONIA 01》完

高寶書版集團
gobooks.com.tw

CRS071
PASSION: DIAPHONIC SYMPHONIA 01

作　　者　YUUJI
譯　　者　皮皮
封面繪圖　NJ
編　　輯　賴芯葳
美術編輯　李竹鈞
排　　版　彭立瑋
企　　劃　黃子晏

發 行 人　朱凱蕾
出　　版　朧月書版股份有限公司
　　　　　Hazy Moon Publishing Co., Ltd.
地　　址　臺北市內湖區洲子街 88 號 3 樓
網　　址　www.gobooks.com.tw
電　　話　(02) 27992788
電　　郵　readers@gobooks.com.tw（讀者服務部）
傳　　真　出版部　(02) 27990909　行銷部 (02) 27993088
郵政劃撥　19394552
戶　　名　英屬維京群島商高寶國際有限公司臺灣分公司
發　　行　英屬維京群島商高寶國際有限公司臺灣分公司 / Printed in Taiwan
　　　　　Global Group Holdings, Ltd.
法律顧問　永然聯合法律事務所
初版日期　2025 年 7 月

國家圖書館出版品預行編目 (CIP) 資料

PASSION: DIAPHONIC SYMPHONIA / YUUJI 著 ; 皮皮譯 . -- 初版 . -- 臺北市 : 朧月書版股份有限公司出版 : 英屬維京群島商高寶國際有限公司台灣分公司發行 , 2025.07
面； 公分 . --

譯自：패션 : 다이아포닉 심포니아

ISBN 978-626-7642-00-9 (第 1 冊 : 平裝)

862.57　113018733

GOBOOKS & SITAK GROUP ©